30-251-1

元　禄　期

軽　口　本　集

——近世笑話集(上)——

武藤禎夫校注

岩　波　書　店

凡例

二百六十年に及ぶ江戸時代を通して、短い笑い話を集めた噺本《はなしぼん》は一千余種も出版されている。本巻では、近世初期における笑話の集大成『醒睡笑』(岩波文庫所収)に代表される「咄の類」につづく時代で、文化に参加する階層が広がり、各種の庶民的文芸が盛んになった元禄期前後の「軽口本《かるくちぼん》」の中から、素人同好者による創作笑話選集と、職業話芸者の口演笑話集を五種所収した。すでに生活に身近な内容と洗練されたサゲを持った親しめる笑いで、現代でも十分鑑賞し共感できるものが多い。

まず、各書の中扉裏に、使用した底本の書誌を主とした解題を簡単に記した。

本文の翻字にあたっては、元来の趣旨が噺本の特質であるおもしろさを紹介することにあるので、通読の便を考えて次のような方針をとった。(厳正な校訂による翻刻や複製本については解題中に示しておいたので、必要な際には参看されたい。)

1 底本の漢字は、原則として常用漢字や通行の字体を用いた。また、異体字(例、𤫊→霊)や記号化した文字(〻→也)、極端な宛て字(為中→田舎)なども通行のものに改めた。

2　副詞・助動詞・動詞・接続詞語尾の類にあてた特殊な漢字(置け共→置けども、無筆成人→無筆なる人)などは仮名書きに直し、仮名書きでは分かりにくい個所は適宜漢字に改めた。

3　仮名は原則として原本の用字・表記に従い、旧仮名遣いに統一しなかった。また、当時平仮名の意識で使われた「ハ」「ミ」「ニ」の片仮名や特殊な連字(ゟ→より、被成→なされ)などは、通行の平仮名に改めた。

4　原本の送り仮名は不統一な上、省略が見られるが、多く活用部分から付け加えた。ただ読みが確定できぬ場合(聞ば→聞かばカ、聞けばカ)は、そのままにしたこともある。

5　振り仮名は、すべて新仮名遣いとした。原本にはあっても判読容易なものや重複する場合は削り、逆に漢字に改めた際に新たに付したものもある。

6　反復記号は、原本の「ゝ」「ゞ」は用いず、同字を重ねるか、「々」「〳〵」「〴〵」などとした。(たゞ→ただ、各ゞ→各々、中〳〵→中々、これ〳〵→これ〳〵、さま〴〵→さまざま)

7　清濁・句読点は、私意によって付した。

8　会話部分には括弧「　」を付した。また、心内語の場合に付したものもある。

9　拗音・促音は使わず、片仮名は原則として感動詞などの場合(ハア、ヤレ)のみ残し、小文字は評語や連字の中に付した場合(一チ夜、一ト息)で残したのもある。

10　明らかな誤りや衍字《えんじ》は、本文中で正して注記しなかった。

11　本文中、脚注を施した語句の下に、注番号を付した。また、特に他書や他文芸との関連を記したい場合は、文末に＊印を付した。

挿絵は、原本の全図を収め、該当話の近くに挿入した。

脚注は、本文中の語句や人名・地名、および際物咄の背景にある事象、サゲの理解に役立つものなどについて簡単な説明を付けた。この場合、引用文以外は新仮名遣いとした。

補注は、笑話に多く見られた同想話のうち、筋やサゲの部分で興味ぶかい異同のある話に限り、五十話ほど参考に掲げた。脚注を補う記述や典拠の資料などにはあえて触れなかった。

解説は、近世初期から元禄期にいたる笑話の変遷と、この時代の噺本の特色を記した。

底本を利用させていただいた東京都立中央図書館加賀文庫・東京大学文学部国文研究室・同国語研究室各位の御好意と、同僚矢野公和氏の御教示に、厚く御礼申しあげます。

目次

当世《とうせい》手打《てうち》笑《わらい》

（延宝九年刊）

解題　底本は東京都立中央図書館加賀文庫蔵本。半紙本五巻合一冊。替表紙で題簽を欠き、後人筆で「当世手打わらひ　全」と墨書。目録題・内題・尾題とも「当世手打笑」。柱刻「笑一(〜五)　丁付」。本文は半面八行、一行約一八字詰で句点がつく。序一丁半、目録一丁(各巻)。本文丁数六九(一一・一四・一六・一五・一三)。話数八五(一三・一八・二〇・二一・一三)。挿絵数半面図二一(五・四・四・四・四)。巻五本文末に「延宝九年正月吉日　敦賀屋弥兵衛」の刊記が付く。底本は巻頭の半丁(序は一丁裏から始まり、一丁表は後補の白紙のまま)と巻三の十七丁(目録から推定して、十七丁は最終話の後半部分)の一丁が落丁である。こうした不備も、他に本書の所在を知らぬため、補えぬままにした。

延宝七年の『にがわらひ』にはじまり、同八年の『軽口大わらひ』『けらわらひ』、同九年の『軽口口まね笑』と、本書同様「わらひ」を書名に冠した軽口本が続刊された。いずれも、俳諧の連衆にも似た笑話同好者が、町の「咄の会所」に集まって、競って「語り遊びし軽口を書集めて」出来た笑話本である。従来の古今の笑談を主とした生硬な「咄の類」に比べると、格段に身近な話題と洗練されたサゲを持つ純度の高い笑いとなっている。日頃見聞したり新たに考えついた笑話を披露した同好者による創作活動は、話芸者の口演笑話と関連し合い、純粋な笑話の確立に役立った。この種の代表作品として取上げてみた。

なお、本書の改題細工本に『軽口居合刀』(元禄十七)がある。版本の所在は不明で、国立国会図書館蔵の写本によると、序文を新刻し、巻一は本書の巻二で一四話まで、巻二は本書の巻一で一二話まで、巻三以下は、一二話、一二話、一〇話までの計六〇話所収の縮小本である。本文も書写の際に生ずる異同以上に語句の改変が見られる。(巻三第二話の補注参照)

本書の翻刻は『噺本大系』第五巻(東京堂出版・昭50)にあり、改題縮小本『軽口居合刀』は『近世文芸叢書』第六「笑話」(国書刊行会・明44)などで見られる。

序

なげぶし[一]の唱歌《しょうが》[二]つけるすべしらず、諸分《しょわけ》[三]の座敷にのぞく事もなくて、竈《かまど》士関白《かんぱく》[四]にてうち暮らすならひならば、いつの世にかは大臣《だいじん》[五]とは仰がれん。いでや、おのこと生まれては[六]騒《ぞめ》く[七]こそ為以《おもわく》[八]なれと、土の車の我等しきまで、[九]ゆるりくはん[一〇]として暮らす忝《かたじけな》さを観じゐたる折から、はしたなき槙《まき》の板戸を音《おと》づれて来る。みれば、あたりの通《とお》り者等《ら》[一一]が、いざのめよと、夕部《ゆうべ》の月花に向ひて打寄り、語り遊びし軽口[一二]を書集めて、五巻となしてみする。もとより僕《やつがれ》も好士《すきもの》[一三]にて、さらばとてこれをひらけば、どうもいへぬおかしさにて、こらへ袋[一四]のをのづから、座敷もどよみて、大わらひになりぬ。さて、此の書に初冠《ういかぶり》[一五]させて、当世手打笑《とうせいてうちわらい》といふ事しかなり。

一 投げ節。近世前期に流行した小歌の一種。
二 楽器に合わせて歌い、旋律をくちずさむこと。
三 堂に入った遊び方。
四 家の中だけで威張る人。亭主関白。
五 大尽。豪遊する遊客。
六 『徒然草』第一段の文句をなぞる。
七 遊里をひやかし歩く。
八 心に思う所。考え。
九 野暮で田舎者同然の我々風情までとの卑詞か。
一〇 緩り寛。ゆったり落着いた様。原本「り」脱。
一一 粋な人。通人。
一二 滑稽な洒落や笑い話。
一三 趣味に凝っている人。
一四 堪忍袋。
一五 元服。書名を付ける。

当世手打笑第一目録

十三　人の男《むすこ》を女《おなご》じやとあらそふ事

当世手打笑第一

一　祇園町《ぎおんまち》一にて羽織を拾ふ事

ある者、夕《ゆう》べ花見の帰りが落したるちりめんの黒羽織を、祇園町にて拾いたるとて悦《よろこ》びけり。とつと二ぬけ男三二人《ふたり》、これを聞きて、「いざ、おれらも拾いに行かふ」とて行きけり。あなたこなた見まはしけるが、一人の者、「落ちてあるぞ」とて、づか〳〵と立寄り、取らんとしたれば、真黒なる犬が、わんといふて飛びかかりければ、逃げて帰りた。連れの男、「拾《ひろ》やつたか」といへば、ぬからぬ顔四にて、「羽織は落ちてあれど、犬めが先《せん》をこした五」といへば、「さては、あいつも拾いに出たよの」。

一　京都市東山区の祇園社(八坂神社)付近の地名。島原と並ぶ京の代表的な色里。
二　全く。まことに。
三　間抜けな男。抜け作。
四　平気な顔。すました顔。
五　相手に先んじて事をする。先回りする。

（巻一　第一話）

二　与作《よさく》といふ者を使《つかい》にやる事

ある侍、与作とて、ただ一人の若党を使ひけり。「けふは晴れの所[一]へ使にやる程に、口上《こうじょう》[二]つめひらき[三]、よくたしなみて、をれが外分《がいぶん》[四]をつくろへよ。『御使《おつかい》の御名《おな》は』と問はば、与作丹波《よさくたんば》のといふ小歌《こうた》[五]を思ひ出して、『丹波与作』と答へよ」といへば、「かしこまりました」とて使者に行きけり。あんのごとく、「御使者の御名は」と尋ねければ、丹波をば取違へて、「しやんとさせ与作[六]」といふた。

三　田舎者巾着《きんちゃく》[七]切らるる事

田舎者、三条の辻にて巾着を切られ、大きにおどろき、めつたと[八]追つかけて行きたり。ある摺箔屋《すりはくや》[九]へかけこみ、「なんでも巾着切は、ここへ逃げたであらう」とわめきければ、町中《まちじゅう》[一〇]も出合ひたり。「これの亭主は、すりの大将さうな」といふ。「これはさて勿体《もったい》[一一]なや。何の証

一　公の晴れがましい場。
二　口のきき方。挨拶。
三　立ち居振舞。言動。
四　外聞。名誉。面目。
五　丹波国の馬方与作と関の小万との情事を唄った流行の俗謡小曲。「与作丹波の馬方すれど、今は世に出て刀差しじや、しやんとさせ与作」(『丹波与作手綱帯』)などと唄われた。
六　小歌の詞章の誤用。
七　口を緒でくくり、腰に下げた革製の財布。
八　「めたと」を強めた語。むやみやたらに。
九　布などに金箔・銀箔

挽があるぞ」といへば、「あれほど暖簾《のうれん》に、すりはぐ屋[一二]と書いてはないか」といふた。

四　在郷《ざいごう》[一三]に入聟《いりむこ》[一四]を取りたる事

ある在郷に入聟を取りけるが、ぎやうに[一五]抜けたる男なり。舅《しゆうと》いふやう、「地下《じげ》[一六]を歩《あり》くとも、人にじぎ[一七]をせよ。仕事などしてをる人には、挨拶をいへ」といひければ、「心得ました」といふ。かの聟、野へ出しが、向ふの岸に大木《たいぼく》に上《のぼ》りて枝をきる者あり。これを見付けて、「これ〳〵」と手まねきしければ、急ぎふためきて降りて来たり、「何事ぞ。心もとなし[一八]」といへば、「別《べち》の事でもござらぬ。御太儀《ごたいぎ》[一九]でござる」といふた。

五　無筆《むひつ》なる者[二〇]銀請取《かねうけとり》に行く事

無筆なる男、銀子を請取に行きたり。先より、「請取[二一]をなされよ」

を模様に張りつける商売。
一〇　町役人。
一一　不都合。以ての外。
一二　「掏摸剝ぐ」と家業の「摺箔」をかけた洒落。
一三　田舎。地方。
一四　聟養子。
一五　ひじょうに。甚だ。
一六　領内の村里。地元。
一七　時宜。礼儀に適った挨拶。
一八　気がかりである。
一九　ご苦労さま。
二〇　読み書きの出来ない人。
二一　領収書。

（巻一　第四話）

と硯紙《すずりかみ》を出しければ、「憚《はばか》りながら、こなた、なされて下されよ」といふ。先の人も興をさまし、「手形《てがた》[一]の事なれば、そちの手で書かねば埒《らち》があかぬ」[二]といへば、「悪筆《あくひつ》[三]でござる」といふ。「悪《あ》しきは苦しからぬ」といへば、ひしとつまりて[四]、「いや、じたい、書かぬ筆《ひつ》[五]でござる」といふた。

六　うつけ者[六]賀茂《かも》の競馬《けいば》[七]に餅を売る事

うつけたる男、賀茂の競馬に餅を売りに行きたり。ある者いふやう、「このやうな人ごみでは、すりがあつて売物を盗み、また、当世《とうせい》の六《ろっ》法《ぽう》[八]は、物を食ふても銭《ぜに》を出さずに逃げて行くほどに、用心をしやれ」といへば、「心得たり」とて荷をおろし、餅を並べてゐたり。かかる所へ、馬きれて騒[九]ぎければ、かの男、大はだぬぎて[一〇]、「ぬかる事[一一]ではないぞ。人に食らはれんより、をれがしてやる」とて、かたはしから食ふた。

一　証文・証書の類。
二　きまりが付かない。
三　字の下手なこと。
四　すっかり。
五　文字を書かない筆と無筆を言いつくろった。
六　おろか者。馬鹿者。
七　陰暦五月五日、上賀茂神社境内で行う競馬。
八　六方。任侠の徒。また、男だての度が過ぎた無法者。無頼漢。
九　驚いて道を外れる。
一〇　着物の上半身を脱ぐ。
一一　ぐずぐずする。

（巻一　第六話）

七　紺屋《こうや》[一]へ使に行く事

ぎやうさん抜けたる男を、紺屋へ使にやるとて、「『色は花色[二]にして、あられ小紋《こもん》[三]を付けて』といへ。あられを忘れたらば、二月十五日[四]に煎《い》りて食ふたあられ[五]を思ひ出せ」といへば、「心得ました」とて行きたりしが、紺屋にてあられを、はたと忘れて、「色は花色にして、釈迦《しやか》のはなくそ[六]を付けてたもれ」といふた。

八　秀句《しゆうく》[七]のまねをする事

ある所に、四五人咄《はな》してゐたり。一人、菓子にありし飴《あめ》を取るとて、「しやう〳〵のよる飴[八]を食はふ」といひければ、また一人、「をれは平《へい》沙《さ》のらくがん[九]をしてやらう」といふ。「これはよき秀句なり」とほめけり。それを聞きたる粗相者、「をれもどこぞで、この秀句を言はう」と思ひたりしが、ある時、東福寺[一〇]の前を通るとて、かの秀句を思ひ出

一　染物屋。
二　縹色。薄い藍色。
三　霰粒状の染め模様の小紋。
四　釈迦の入寂した日。
五　賽の目に切った干餅。
六　涅槃会に供える煎ったあられの俗称。「花供の誤りなるべし」(『嬉遊笑覧』)とある。
七　歌文などの巧みな言いかけ。上手な洒落。
八　中国の瀟湘(しょうしょう)八景の一「瀟湘夜雨」に「飴」をかけた。
九　同じく「平沙落雁」に干菓子の「落雁」をかけた。
一〇　京都市東山区にある臨済宗大本山。五山の一。

し、連れの人に、「いざ、しやう〳〵のよるの地《じ》黄煎《おうせん》[一]を買はう」といふた。[*]

九　誓願寺《せいがんじ》[二]の図子《ずし》[三]にて手の筋《すじ》[四]見る事

誓願寺の図子に、手の筋を見る者あり。八瀬《やせ》[五]の男、「見てたもれ」とて手をさし出しければ、筋を見る者、粗相者にて、八瀬の男、髪をつのぐりたるを[六]、女じやと心得、「こなたは子をうむたびに平産《へいざん》であらう」といふ。八瀬の者、大きにおどろきて、「をれは男でおじやる」といへば、ぬからぬ顔にて、「なんぼう男でも、手は女《おなご》じや」といふた。[*]

十　べらばう[七]を知らぬ事

とつと抜けたる男いふやう、「向ひの道場[八]の御坊《ごぼう》は、名をかはられたを、知りやつたか」といふ。「いや、知らぬ」といへば、「御坊の今《け》

一　地黄を煎じた汁を加えて練った飴。「東福寺前菊一文字や其名高し」（『人倫訓蒙図彙』）とある。
＊　類話→補注一
二　中京区新京極にある浄土宗西山深草派総本山。
三　小路。細い横町。
四　手相。
五　洛北郊外の景勝地。
六　ぐるぐる根元に巻きつけ、笄を挿す女の髪型。
＊　類話→補注二
七　阿呆、馬鹿者の罵倒語。寛文末年頃に道頓堀の見世物に出た、異形で愚鈍な感じの可坊（べらぼう）から出たという。
八　仏道修行の場所。とくに浄土真宗などで信者の集まる場所をいう。

(巻一　第九話)

朝《さ》通られたれば、次郎《じろ》や三郎《さぶ》が言はるるには、『あれ、べらぼうが通る』と言はれたで聞いた」といふ。「それは、かはりた名ではない。あほうじやといふ事よ」といへば、かの男、「さては、をれをもあの衆が、せんみつ〳〵[一]といふも、よい事ではあるまいの」。

十一　めつたとこばす者[二]の事

めつたとこばす者あり。ある人、「こなたの親仁様《おやじ》にあひましたが、おたしやで[三]めでたうござる」といひければ、かの男、「こなた様の御親仁様こそ御太平《ごたいへい》にござれ。私の処のは、もはやたいはに[四]及びまして、はなどもこと〳〵く破損《はそん》しました」といふた。

十二　脚半《きやはん》[五]をかたし[六]履く事

粗相なる侍あり。鷹野《たかの》[七]の供に出るとて、脚半をかたし履《は》きて出たり。傍輩ども、どつと笑ひければ、急ぎ宿《やど》へ、かた〳〵[八]を取りにやりた。

一　千三つ。千のうち真実は三つくらいしか言わない意で、嘘つきのこと。「万八」も同じ。
二　気取った物言い。勿体ぶったむずかしい言い方。
三　お達者。原本「つ」の脱字。
四　頽破。崩れ壊れる。
五　脛に巻く布。
六　片足の約。
七　鷹狩り。
八　片一方。

（巻一　第十話）

小者《こもの》[一]取りて来たり。わきより、「どこにあつたぞ」と問へば、「縁柱《えんばしら》に履かせてござりました」といふ。かの侍、さはがぬ顔にて、「それほど道化《どうけ》[二]ねば、おもしろふない」といはれた。

十三　人の男《むすこ》を女《おなご》じやとあらそふ事

ある者、うゐに[三]男子《なんし》をまうけて、蝶や花と育て[四]しが、抜けたる男、久しぶりで来たり、「これには、子をまふけられたげな」といふ。夫婦の者、「玉のやうなむすこを持ちました。連れてこい」といへば、下女《げす》が抱《だ》いてきた。かの者見て、「よい子かな。男じやと言やれども、をれがやうに、男の子は得《え》持ちやるまい」といふ。夫婦あきれて、「この子は男じやが、何を言やるぞ」といへば、「まだ言やるか。あれほど女《おなご》の証拠には、額《ひたい》に紅《べに》で犬といふ名が書いてあるは[五]」といふた。

当世手打笑第一終

一　雑役する奉公人。
二　おどける。自分の片一方の足と思い、縁柱に脚半を巻いた失敗の弁解。
三　初に。
四　子供を大切に愛育する譬え。
五　魔除けのため、幼児の額に「犬」の字を書く俗信があった。『菟玖波集』巻十九雑体に「犬こそ人のまもりなりけれ／みどり子のひたひにかける文字を見よ」(良阿)の付合が見える。

当世手打笑第二目録

当世手打笑第二

一　田舎者饅頭《まんじゆう》を買ふ事

田舎者、三条の堤《つつみ》[一]にて、「饅頭買はふ」といふ。「一分《いつぷん》[二]づつでござる」といへば、「田舎者じやと思ひ、ぎやうな空値《そらね》[三]を言やる。一文に十売りやれ」といふ。亭主あきれて、「いやはや、興がさめる」といへば、「はて、三貫飴《さんがんあめ》[四]さへ一文に売るは」といふた。

二　山家《やまが》[五]の者蚊屋《かや》を知らぬ事

とつと奥山の者、市《いち》[六]へ出ければ、宿《やど》の亭主、「ここもと[七]は蚊がたくさんにいまする。蚊屋へ入《い》つてやすましやれ」といへば、蚊屋を見て大《おお》に仰天《ぎようてん》して、「これを見やれ。この袋の中へ入《い》れといふは、寝入りたら、しめ殺さうとのたくみ[八]であらう。うつかりとは寝まいぞ」といふ

一　三条河原の土手。東海道の終点にあたり、掛小屋・茶屋などで賑わった。
二　銀の単位。銭で約八文ぐらい。
三　ひどい掛け値。
四　三官飴。明の陳三官が伝えたという細かく切って米粉をまぶした白飴。銭の「三貫」とかけた。
五　山中の家。山間部の田舎。
六　市街。町。
七　此処許。この辺。
八　工夫。たくらみ。

（巻二　第一話）

た。

三　うつけたる男買物する事

ぎやうさんうつけを使ふ人あり。買物をさするとて、「むさと[一]買はずとも、百の物を一文に付ける[二]もならひじや。方々であたつて[三]みて買へよ」といひけり。ある見世《みせ》にて、こたつを値切り、「負けませう」といふ。「それならば火をたもれ」といへば、たばこを出《い》だす。火入れ[四]をやぐらの中へいれ、羽織を打ちかけて、「百の物を一文に付けるもならひ、まづあたつて[五]みて買はう」といふた。

四　吝《しわ》き者の事

吝き者ありしが、他国より客あり。「ここもとは、さかなの大切[六]な所で、御馳走も得《え》致《いた》さぬ」といふところへ、「鯛や〳〵」と売りければ、息子、「とと様、さかなを売るぞ」といへば、「をのれが何を知っ

一　やたらに。うっかり。
二　値切って買う譬えか。
三　探して交渉する。
四　煙草を吸うための炭火を入れる小さい器。
五　こたつに「あたる」と方々の店に「あたる」をかけた。
六　貴重。

て。あれはあたりの若い衆《しゅ》が、魚売《うおうり》の稽古をしやる」といふた。

五　魚《うお》くひ坊主の事

坊主、鮒膾《ふなます》[一]を大きなる鉢にて和《あ》へてゐる最中に、旦那[二]来たる。隠すべきやうなければ、かの鉢にむかひて、高らかに陀羅尼《だらに》[三]をとなへたり。「これは何事ぞ」といへば、「旦那衆振舞《だんなしゅうふるまい》[四]をしらるるが、俄に献立が変りて頼まるるほどに、今の間《ま》に蒲鉾《かまぼこ》に祈りかへる」といはれた。*

六　粗相者公家衆《くげしゅ》へ参る事

粗相者、御公家の短冊[五]を書きてよませらるるを聞きて、「御名乗《おなのり》[六]が卑《いや》しうござりまする。おかえなされませい」といふ。「何とて、さうは言ふぞ」と仰せければ、「金茂《きんもち》[七]とは食ひ物のやうで、下卑《げび》て聞えまする」といふ。また同じやうなる男、「さう言やるな。昔も中院《なかのいん》や食《しょく》[八]といふがあつた」。

一　薄切りの鮒を蓼酢や辛子酢で和えたもの。
二　檀家。施主。
三　梵語による呪文。
四　寺側で檀家の代表者を招いて饗応すること。
*　類話→補注三
五　詩歌などを書き記す細長い料紙。
六　元服時に、幼名に変えて付ける実名。
七　公家の三条家では名前に「公」(きん)の一字を付けることが多く、鎌倉末期には「公茂」がいたが、江戸初期には見当らない。食物の「餅」に通ずる。
八　中院通勝の号の「也足(やそく)軒」と「夜食」をかけた洒落。

（巻二　第六話）

七　山家《やまが》の者饅頭を拾う事

山家の者、市《いち》へ出《い》でて饅頭を拾い、ねぢひねりてみれども知らず。「とかく、庄屋殿に見せませう」とて見せければ、「なんぞの玉子であらう。あたためてみよ」といひければ、綿《わた》に包みてあたため、二三日してみれば、毛が生へたり。[一]庄屋、大きに驚き、「玉子から毛が生へたほどに、鬼[二]の玉子であらう」といふた。*

八　ある人小者《こもの》に弁当持たする事

ある人、賀茂《かも》の芝原《しばわら》にて遊びゐたり。弁当をひらき、いろ〳〵のさかな取りいだし、あれよこれよといふ折から、赤犬来りて、一つくはへて逃げた。旦那、「久三郎よ、[三]あの犬めをすかし寄せて、[四]くはせい」[五]といひすてて、宮《みや》[六]へ参りた。帰りて酒をのみ、「さかなを出せ」といへば、久三郎、「先に、『くはせよ』[七]と仰せられましたにより、犬にく

一　饅頭が腐ってカビの生えた状態を形容した。
二　異形な怪物の形容。
*　類話→補注四
三　久三、久七等と同様、一季奉公の下男の通名。
四　だまし。欺き誘い。
五　打て。なぐれ。
六　賀茂神社。
七　打ち叩くの「くはせる」を、肴を「食わせる」と錯覚。

（巻二　第八話）

はせました」といふた。

九　抜けたる息子の事

ある者、腫物《しゆもつ》をわづらひしが、よそより見廻《みまい》の状《じよう》をおこした[一]。「御はれ物平愈《へいゆう》なされ候哉《や》。せつかく[二]快気《かいき》[三]をえらるべく候」と書きたり。息子、この状を見て、「平愈とは何の事でござる」といへば、親仁、「なをるといふ事じや」と教へたり。打ちうなづきてゐたりしが、友立《ともだち》[四]の口説《くぜつ》[五]して和睦《わぼく》[六]したる所へ状をやるとて、「両方中《なか》を平愈なされ、目出《めで》度《たく》候。せつかく快気をえらるべく候」と書いてやつた。

十　田舎者京のぼりの事

ある所に、「よろづうつし物[七]」といふ看板あり。田舎者、「看板を見てきました。何でもうつして下さるるか」といふ。「いかにも、お好み次第に、本《ほん》[八]を見て書きうつしまする」といへば、「重畳《ちようじよう》[九]の事。本は

一　病気見舞の手紙を寄こす。
二　折角。十分気を付け。
三　病気が治ること。
四　「友達」の宛て字。
五　口論。言い争い。
六　仲直り。
七　書物等を書き写す。
八　手本。元になる物。
九　好都合。

これでござる」とて、真黒なる肌をぬぎて、うしろ向いた。「これはどうぞ[一〇]」といへば、「この背中のたむし[一一]を、榎《えのき》にうつして[一二]下され」といふた。

十一　在郷出《ざいごうで》[一三]の男を置く事

ある者、在郷出の男を置きけるが、「火の元《もと》を大事にせよ。火事あるときは、京には早鐘《はやがね》[一四]が鳴るほどに、聞付けたらば、屋内《やうち》[一五]を起こし、あたりにも知らずば起こせよ」といひければ、「心得ました」とて、その日も暮れたり。下隣《しもどなり》に、じんじやう[一六]を申すおやぢありしが、例のせめかけて[一七]鉦《かね》を叩きければ、かの男聞付け、「やれ、早鐘を鳴らすは」と屋内を起こし、そのまま門《かど》へ走り出て、「火事よ〱」とわめきければ、町中《ちょうじゅう》騒動する事、おびただし。さらに火本《ひもと》知れねば、かの男を叱らぬ者はなし。「重ねてからは[一八]、隣あたりの鳴り音を、とくと[一九]聞きさだめて、人を起こせよ」と言付けけり。そののち、裏の町より火

一〇　どうしたことか。
一一　皮膚病の一種で、白癬の俗称。
一二　榎は樹皮に虫の巣ができやすく、虫が多く付くので、虫の名のある「たむし」を移そうとした。
一三　田舎出。山出し。
一四　火事などの危急を知らせるために打つ鐘。
一五　家の中の者。
一六　晨朝。朝の勤行。
一七　急調子に激しく。
一八　これからは。
一九　念を入れて。

（巻二　第十一話）

出て焼けたり。亭主おどろき、「久三郎めは、まことの時には、どこにおるぞ」と尋ねければ、見世《みせ》に耳をあてて、平蜘《ひらぐも》のやうに一なりて居たり。「何をするぞ。火事の行く二をば知らぬか」といへば、押ししづまりたる声にて、「はじめから聞いていれど、まづ隣あたりの鳴り音を、とくと聞きまする」といふた。

十二　関東者愛宕《あたご》参り三の事

関東の者、愛宕へ参詣しけるが、広沢《ひろさわ》四の辺《ほとり》にて、ある茶屋へはいりて、「茶を飲まふ」といへば、折しも婆《ばば》がありて茶をたてけり。関東者、なまりたる声五にて、「在名《ざいみょう》六は何といふぞ」といへば、婆が耳には「改名《かいみょう》七は何といふぞ」と聞て、「妙声《みょうせい》といひまする」といふ。「その事ではない。所《ところ》の名は何といふぞ」といへば、「所は八近江《おうみ》の者でござる」といふ。「いや、それでもない。ここの小名《こな》九の事じゃ」といへば、「これはさて、こな一〇が事を知つてござるか。こなは此中《このじゅう》、京へ行きまし

一　ぺしゃんこに。平身低頭する様の形容。挿絵では見世に張りつく形。
二　火事が起こる。
三　京都・愛宕山上の愛宕大権現に参詣すること。とくに陰暦六月二十四日の千日詣が有名。
四　嵯峨野広沢の地域。
五　訛りのある方言。
六　在所の地名。
七　戒名。受戒者の法名。
八　在所を生国と錯覚。
九　小分けした地名。字(あざ)。
一〇　「子ら」の転。特に女性を親しんで呼ぶ語。自分の娘と同音の「小名」を誤解。

た」といふ。かの男、腹を立てて、「それはきよくるか[一]」といへば、「されば、けふくるやら、あすくるやら知りませぬ」といふた。

十三　祝《いわい》の座敷へ粗相者来る事

ある人、法体《ほったい》[二]をして振舞《ふるまい》などする所へ、粗相者来りて、「御法体めでたうござる。お名は何と申しまするぞ」と問へば、「道夢《どうむ》とかへました」といふ。粗相者聞きて、「さても、うれいな[三]名を付かせられた」といふ。かの仁《じん》、腹を立て、「それは何事を言やるぞ」といへば、「はて、その証拠には、ゆや[四]の謡《うたい》に、『泪《なみだ》ながらにかきと道夢《どうむ》[五]』と謡はぬか」といふた。*

十四　掛硯《かけすずり》[六]を盗まるる事

抜けたる男、掛硯を盗まれたり。人々聞て、「笑止[七]や」といへば、この男、少しもおどろかずして、「ようござる。やがて持《も》て来て返し

一 曲(きょく)る。からかう。それを「今日来る」と錯覚した。
二 隠居して剃髪すること。又出家すること。
三 憂いな。心配な。
四 熊野。平宗盛と寵女熊野の物語を主題にした能楽の曲名。
五 「古事までも思ひ出の、涙ながらに書きとどむ」の詞章に「道夢」を掛けた。
＊ 類話→補注五
六 掛子式の硯箱。下部は引出しで金銭等が入る。
七 気の毒。大変。

ませふ」といふ。「それは何事ぞ。まじなひにてもめされたか」といへば、「いや、さうでもござらぬが、鎰《かぎ》が此方《こち》にあるほどに、あける事がなるまい」といふた。*

十五　小者に使教ゆる事

ある人、田舎出の男を置きて、使にやるとて、「まづ、物申《ものもう》八といふて、先の人こたへてから、口上《こうじよう》九を言ひ渡せよ」と教へてやりたり。かの先の仁《じん》に町中《まちなか》にて、はたと行合ひたれば、づか〳〵と前へ行て、大《だい》道《どう》の真中《まんなか》にて、「物申」といふた。

十六　下部《しもべ》一〇どもが願ひの事

下部ども寄合ひて、めん〳〵の願ひをいふ。一人のいはく、「をれはつね〳〵、ひだるいとねぶたいとが病《やまい》じやほどに、身代《しんだい》一一がよくなりたらば、食《めし》を食ふては寝、食ふては寝ふ」一二といふ。かたはらより聞き

* 中国笑話集『笑府』殊稟部「叉袋」に原形があり、「盗人に鑰」(二一三三頁)も同話。

八 「物申す」の約。他家を訪れ案内を乞う時の言葉。

九 口頭で述べる伝言。

一〇 身分の低い者。雑事に使われる者。奉公人。

一一 生活。暮しむき。原本「身体」とある。

一二 「寝よふ」の「よ」脱。

て、「はてさて、身代さへよくなれば、うまい物がいろ〳〵あるさかいに、食ふては食ひ、食ふては食ひ、食ふにかかつて[一]いよふほどに、寝る間《ま》が何があらうに」といふた。

十七　物しり顔の事

物しり顔する男、人に語りけるは、「諸人《しよにん》のたつとぶ孔子《こうし》といひし人は、いかいかたわであつた」といふ。聞く人おどろきて、「それはつゐに聞かぬめづらしき話なり。して、いかやうのかたわぞ」と問へば、「されば、二十八九までは躄《いざり》[二]にてあつた。その証拠には、論語に、『三十而立《さんじゆうにしてたつ》[三]』とあるほどに」といふた。

十八　巾着切の女《おんな》産をする事

巾着切の女が産をするを聞きたるとて、語る人あり。この女、難産にて、子が手を先へ出して生まれず。婆《ばば》[四]、いろ〳〵と才覚すれど、手

一　専心する。かかりきりになる。

二　足が立たず、歩行が困難な者。

三　『論語』為政第二にある文言で、三十歳で立場が確立する「而立」(じりつ)の語源。

四　取揚げ婆。産婆。

をうちへ入《い》れず。いかがせんといふ処へ、ある人来りて、「仕様《しよう》こそあれ」とて、産所《さんじよ》の前に石臼を据へて、金火箸《かなひばし》を、ちりりんと引きずりければ、さすが親の子ほどありて、金棒《かなぼう》[五]かと思ひて、手をうちへ引きたり。さらば生ませんとて、高らかなる声にて、「籠者《ろうしや》御赦免《ごしやめん》[六]じや。出ませい」といふたれば、ぬつと生まれた。*

当世手打笑第二終

五　警固や夜警の番人が見回りの際突いて用いた鉄製の棒。
六　囚人の罪を許し、牢から放免すること。
*　類話→補注六

当世手打笑第三目録

当世手打笑第三

一　粗相なる坊主の事

ある者、旦那坊[一]と連立ちて歩《あり》く所へ、見事な鯉を持ちて通りけり。「さても見事鯉[二]かな。あれを刺身にして、やりたい[三]」といひければ、坊主、「刺身が一《いち》の料理でござる」といはるる。旦那あきれて、「何とて刺身をば、しらせられたぞ」といへば、ぬからぬ顔にて、「いや、をれが過去生《かこしよう》[四]で、ぎやうな好きでござつた」といはれた。

二　抜けたる男数寄《すき》[五]に行く事

ある者、数寄に呼ばれて、かこひ[六]へ脇差《わきざし》[七]をさして入《い》りければ、脇より笑止《しようし》に思ひ、小声にて、「抜いてござれ[八]」といへば、かの者もささやきて、「うちでぬいて[九]きましたれば、へさへ出ぬ」といふた。[*]

一　菩提寺の僧。
二　「見事な」の「な」脱か。
三　食う。または飲む。
四　過去に受けた生。前生。
五　風流・風雅の道。とくに茶の湯をいう。
六　囲い。茶室。
七　小刀。普通は一尺八寸以下。町人も帯刀できた。
八　茶室は脱刀が作法。
九　小児のおもらしをいうが、ここでは脱糞か。
*　類話→補注七

（巻三　第一話）

三　うつけ者旦那に叱らるる事

うつけ者、旦那に叱られたるを聞きて、同じやうなる者いふやう、「そちが旦那は、いかふ叱るの」といふ。叱られたる男、「よう歯を抜く[一]やつじや」といふ。「して、前から歯を抜くか」といへば、「昔からじや」といふ。「近い頃からであらう。目利《めきき》[二]がある。あたまが四方《しほう》髪《がみ》[三]でないは」といふた。

四　下《しも》京道伯《どうはく》の事

ある方《かた》のお小性《こしよう》[四]衆、もつての外《ほか》に腹を痛み給ひしが、道伯とて、とつと粗相なる医者来たり、「食《しよく》には何をまいりたぞ」と問ふ。「ゆふべ鯉をまいりました」といへば、手をちやうど[五]打ちて、「これはさて、敵薬《てきやく》[六]かな」といふ。「それはどうした事ぞ」といへば、「はてさて、鯉にこしやう[七]衆は禁物じや」といはれた。

一　立腹。怒る。感情をむき出して叱る形容。
二　物の良否などを見分けること。またその能力。鑑定。
三　月代をせず、四方からかき寄せて結んだ総髪。医者や学者や浪人等が結い、分別があり温厚な人が多い。
四　主の身辺で雑用する少年。男色の相手も勤める。
五　丁ど。ばしっと。
六　食い合せ次第では毒となり禁止されている物。たとえば、鯉と胡椒は食い合せで腹を病むので忌む。
七　鯉と食い合せの「胡椒」に「小姓」をかけた。

五　粗相者使を請取《うけと》る事

端玄清《はしげんせい》といふ医者、ある俳諧師[八]の所へ見まはれた。草履取はしり来て、「端玄清お見舞申す」といへば、粗相者、使をうけ取り、主《しゆう》の前にて、「はしげいせい御見舞」といふ。「ここへ端傾城《はしげいせい》[九]の来るはづはない。ふしぎな事や」といふ処へ、かの医者来たられた。帰りて後《のち》、かの粗相者をさん〳〵に叱れば、おやぢ言はるるは、「叱るな〳〵。あいつも宗因流《そういんりゆう》の俳諧[一〇]をするそうな。さても、ようとりなした[一一]」といはれた。*

六　堺の者御節会《おせちえ》[一二]拝みに参る事

堺の者、正月京にのぼりければ、よき折からなり、大内《だいり》[一三]の御節会拝まうとて、大内に行きけり。いまだ始まらざりければ、御白砂《おしらす》[一四]を見物しけり。それを京の者が見て、「こよひは田舎者が来たそうな。絵に

八　俳諧の点料を取って業とする者。
九　下級の遊女。局女郎。
一〇　式目中心の松永貞徳の貞門派に対し、奇抜な技法と清新な題材で自由・滑稽味のある西山宗因一派の談林俳諧。
一一　俳諧用語。付合手法の一種で、同音異義を応用して場面の転換を図ること。
＊　類話→補注八
一二　宮中で催す式や宴。
一三　内裏。宮中。
一四　白砂を敷いた庭園。

（巻三　第五話）

かいた公家《くげ》をば見うが[一]、生公家《いきくげ》はこよひが見初《みはじ》めであらう」といふ。堺の者腹を立てて、「京のやつは、生れてから死んだ鯛ばかり見て、生鯛《いきだい》[二]は、え見をらぬ。をれらは生公家より生鯛を見たがよい」とて、つゐと去《い》[三]んだ。

七　大仏[四]にて太箸《ふとばし》[五]を拾ふ事

ある者、年のはじめに大仏へ参詣しけるが、拝みて立ちざまに、前を見れば、太箸が一膳《いちぜん》[六]あり。「これはめでたき物。如来《にょらい》の御福《ごふく》[七]なり」と押しいただき帰りて、よろこぶ事限りなし。かかる所へ、粗相者来りて、「あまりよろこびやるな。大仏の前では、少々大きな物も小さう見ゆる。太箸じやと思《おも》やらば、太鼓《たいこ》の撥《ばち》であらふ。をれが冬年《ふゆとし》[八]、大仏の堂で手拭《てのごい》を拾うて、内へ取《と》てきて見たれば、古脚布《ふるぎやふ》[九]であつたほどに」[*]。

一　「見やう」の「や」脱。
二　「堺の浦の桜鯛」と謳われた新鮮な活魚。
三　さっと。
四　一丈六尺以上の大きな仏像のこと。京では方広寺の盧舎那仏が有名。
五　雑煮用の祝い箸。
六　箸一対。
七　神仏から授かる福。
八　去年の暮れ。旧冬。
九　古い腰巻。
＊　類話→補注九

（巻三　第七話）

八　御局《おつぼね》[一]を知らぬ事

ある者、御公家方《おくげかた》へ行きたが、「あなた方には、端傾城《はしげいせい》[二]をつかひ物[三]になさるるかして、おつぼね〳〵と言はるる。ふしぎな事じや」といふ。わきより、「ここな人は、それを知りやらぬか。お局とは、年の寄つた女房衆《にようぼうしゆ》[四]の事じや」といへば、「尤《もつとも》じや」といひしが、ある所にて、「こなたのおか様[五]は、いかう若そうな」といひければ、かの男、「いや、若うもござらぬ。おつぼねでござる」といふた。

九　文盲《もんもう》なる者法体《ほつたい》[六]する事

ある者、法体しけるが、「名は何と申すぞ」と問ふ人あり。「ほうゐつと申す」といへば、「ほうは、法《のり》でござるか。ゐつは、悦《よろこ》ぶといふ字であらう」といへば、かの男、こばさんと[七]思ひて、「ほうは、のりではござらぬ。そくゐ[八]でござる」といひたり。先の人も、よいかげん

一　自分の居室を持った高位で年配の女官。また局女郎のこと。
二　下級の遊女。局女郎。
三　使用人。召使。
四　高位の女官。また他人の妻の敬称。
五　「おかた様」の略。上方の町人の間で、他人の妻を敬って呼ぶ語。
六　剃髪して僧体になること。出家。隠居して坊主頭になることもいう。
七　気の利いた言い方をする。
八　続飯。飯粒をつぶしよく練って作った糊。

にあしらいてをかれた。そこを帰るとて、連れのいふやう、「そなたは文盲な事を言やる。ほうはそくゐといふ事があるものか」といへば、「をれも本字《ほんじ》一は知りていれども、わざと言はなんだ」といふ。「それならば、本字は何《なに》でおじやる」といへば、「ほうは、つら二でござる」といふた。*

十　侍粗相の事

ある大名、小性《こしよう》を寵愛し給ひしが、その小性を召しつれて、鷹野《たかの》三に御出ありしに、いづくともなく蜂飛びきたりて、その小性をしたたか刺しけり。見るうちに腫《は》れあがりたり。殿をはじめ、何が薬ぞと詮議ある処へ、粗相者罷《まか》り出、「よい薬がござりまする。あの御子《おこ》の歯くそ四をつけては、そのまま直る」といふた。小性衆の歯くそ、いとめづらし。五

一　本来の漢字。
二　「頬は面」。呼び方は違っていても実質は同じという意の諺。
＊　類話↓補注一〇
三　鷹狩り。
四　歯糞。歯の表面に付着したかす。「蜂に刺された時に歯くそをつけるとよい」との俗説が全国的にある。
五　小姓は男色の対象であるから、常に口中をきれいにするので歯くそが付かない。

（巻三　第十話）

十一　大仏の者万日廻向《えこう》一に商《あきな》ひする事

大仏のほとりに、菜や人参《にんじん》を売る者あり。五条の万日廻向二に、何がな商ひをせんと思へども、元手《もとで》なければ、ぜひなしと歎きけり。目をかける人、銭を五百文貸して、「子どもの好《す》く物を売れよ」といへば、「かしこまりました」とて帰る。さて、万日廻向も十日終りければ、銭を貸したる人、「商いがあつたか」といへば、「一文も、ゑ売りませぬ。子供の好く物を売れよと仰せられたにより、土人形《つちにんぎょう》三や飴《あめ》を売りました」「ふしぎな事や。何とやうに売りたぞ」といへば、売れぬこそは同理《どうり》四なれ。かの男、例《れい》の菜や人参を売るごとくに、「飴ぞい、しやうの笛五、きんぴらぞい六」と売りた。

十二　物いまひ七する坊主の事

ある寺の住持に、とつと物いまひするありけり。大晦日《つごもり》に小僧を呼

一　一日参詣すると万日お参りした功徳があるといわれる特定の日。参詣人相手の露店が出てにぎわう。
二　五条辺は浄土寺が多いが、旧暦七月九日夜から十日にかけての清水寺の千日詣がとくに有名。
三　泥土で作った安物の人形。
四　道理。当然。
五　笙の笛。舞楽で使う笙を簡単にした玩具の笛。
六　金平本の豪傑金平に似せて作った人形。
七　縁起かつぎ。

びて、「あすは何事も粗相をいふな」と言付けられた。さて元日《がんにち》の朝、小僧、いろりの火を吹くとて、灰《はい》を吹きたて、御坊《ごぼう》のあたまくだし[八]に灰がかかりければ、もつての外に気にかけられ、めでたく取直さでは悪《あ》しかるべしと思ひ、「やい小僧、一句《いっく》したほどに、めでたう祝へ」とて、

小僧こそ福《ふく》ふき懸《か》ける[九]けふの春

「何でもめでたいぞ」とてよろこばれければ、小僧、「私《わたくし》、付け[一〇]ませう」とて、

お住持様の灰[一一]にならしやる

と付けければ、ぎやうさん気にかけられた。*

十三　息子率爾《そつじ》[一二]の事

ある所に、息子灸をするとて、医者に点《てん》[一三]を頼み、肌ぬぎてうつむきゐたりしが、母親、うつむきたる鼻先を、何やら尋ねるとて歩《あり》きけれ

八　頭から浴びせかける様。
九　小僧から吹きかけられた「灰」を「福」にかえて縁起直しをした。
一〇　前の句に連関させてうまく句を作り添えること。付け句。
一一　灰になるは、火葬されるに通じて不吉。
＊　『醒睡笑』(寛永五)巻一「祝ひ過ぎるも異なもの」第七話では、「小僧めがふくとく我に吹きかけて／坊主を見れば灰にこそなれ」と出ている。
一二　軽率。無作法。
一三　灸点。灸を据えるつぼの位置に墨で印をつけること。

ば、かの息子、のけざまに[一]反《そ》りかへりければ、医者殿、墨を背中うちへにじり付け[二]、「これは何事ぞ」といへば、「それでも、母者人《ははじやびと》の裾のあをち風《かぜ》[三]で、鼻がそげるやうにござつた」といへば、医者、口のうちにて、「さては、くさつじやよ[四]」といはれた。

十四　欲深き若衆[五]の事

とつと欲深き若衆ありしが、床入《とこいり》[六]にさへなれば、物をもらひけり。その後口《あとくち》[七]には、「かやうの事を申すも、其方様《そのはう》と打ちとけたるゆへでござる。他人むきでは[八]、かやうの事は申されまい」といひければ、兄《あに》分《ぶん》[九]、大《おお》あくびをして、「いや〳〵、そうではない。床入の時は、なるほど[一〇]他人むきにしてたもれ」といふた。

十五　一儀《いちぎ》[一一]の時泣く女[一二]の事

一儀の時、泣く女房あり。脇に寝たる娘、寝耳に母の泣く声を聞て、

一　仰向けざま。
二　なすり付け。
三　煽ち風。急に強く吹く風。物がぱたぱたして起こす風。
四　陰部の悪臭が原因。「臭開(つび)」の下略か。
五　男色の相手をつとめる少年。
六　同じ寝床に入ること。
七　後につづく約束や申しこみ。
八　他人同士のように情愛の薄い関係や様子。
九　男色関係で年上の男の称。念者。
一〇　できる限り。
一一　男女の交接をいう婉曲語。例のこと。
一二　交合の絶頂時に発する喜悦の声。

あはただしく来、「かか様はなぜに泣かしやるぞ」といへば、おどろきながらおししづまりて、「とと様とあはれな咄《はなし》をして、こらへられいで泣いた。あす咄して聞かせうほどに、行きて寝よ」といへば、娘帰りて寝たり。ややありて、また泣き出した。今度は娘、ぬき足にてそろ〳〵と来り、あとの方《かた》より這い寄りたり。またおどろきて、「なぜ来たぞ」といへば、「をれ[一三]もこらへられませぬ」といふた。*

十六　道頓堀《どうとんぼり》[一四]より火事を見る事

ある時、大坂に火事いできけるに、道頓堀の芝居には、木戸番[一五]らが櫓《やぐら》[一六]にあがりて、騒ぐ事おびただし。下なる者、「どこじやぞ〳〵」といひければ、上なる木戸番、声をばかりに、いつもの癖[一七]が出て、「かはつた〳〵」とわめく。下よりおかしがりて、「それは何事をわめくぞ」といひければ、ぬからぬ顔にて、なを大声上げて、「かはつた〳〵。風[一八]がかはつたぞやう」といふた。

一三　自称。男女貴賤を問わず用いる。
＊　類話→補注一一
一四　大阪南の繁華街。芝居小屋や茶屋が多い。
一五　芝居小屋入口の番人。
一六　劇場正面入口の屋上に高く構えた所。官許の証に、座元の紋を染め出した櫓幕を張り廻らした。
一七　木戸番は、芝居の変り目に狂言の名題や役割、役者名などを節をつけて読み上げる。
一八　風向き。

十七　丸山[一]にて大酒の事

ある者、友達あまたにて、丸山へ遊びに行けり。殊の外の乱酒《らんしゅ》[二]になりて、座敷の隅々に寝《いね》てゐる者多し。その中に、ゐきり者[三]ありて、「酒などに酔《え》ひてねるといふ事は、ひけた事[四]じや。われらは呑《の》めば呑む程、気がはつきとする[五]」といひて、徒《かち》にてぶらつきて帰りければ、笑はぬ者はなし。初夜《しょや》[六]時分の事なるに、祇園《ぎおん》の松原下《さが》る所に、八文字《もんじ》屋[七]のかかが、火をともし、茶を売りてゐたり。かの酔《え》ひたる男、このかかを見て、つつしんでじぎ[八]をして通りければ、連れ、をかしがりて、「あれは誰じやと思やるぞ」といへば、ぬからぬふりにて、「ここな衆《しゅ》は、『男はじぎにあまれ[九]』といふ事を知らぬか」といふ。また、祇園町に躄《いざり》[一〇]の乞食《こつじき》がゐたれば、づか〳〵と寄りて、「はて、御慇懃《ごいんぎん》[一一]な御人や。お手あげられませい[一二]」といふた。

一　京都祇園社の後方の地。現在の円山公園一帯。
二　度を過ごした飲酒。
三　熱り者。興奮して息巻く人。
四　肩身の狭い。負ける。
五　はっきりと。確かに。
六　午後八〜九時ごろ。
七　京の有名な版元や島原の揚屋・染物屋の屋号だが、茶を売るのは未詳。
八　時宜。辞儀。挨拶。
九　男は十分に謙遜の気持を持ち、遠慮しすぎるくらいがいいという諺。
一〇　足腰の不自由な者。
一一　丁寧。躄で立てず、手を突き跪くのを見て。
一二　「丁寧にお辞儀されては恐縮」の意の挨拶語。

十八　大上戸《じようご》[一三]の事

大上戸あり。たび〳〵酔狂《すいきよう》[一四]するゆへに、親類寄合ひ、いろ〳〵意見すれど聞入れず。ある時、おびただしく酔《え》ひて、吐逆《とぎやく》[一五]をしたり。ある者、ひそかに鳥の肝《きも》を拾いきて、ふきたる物の中へ入置き、醒《さ》めて後これを見せて、「人には腹中《ふくちゆう》に五臓[一六]がありてこそ命もあるに、そなたは臓《ぞう》を一つ吐き出したり。やがて死するであらふ。ひらに酒をとまれ」といふ。かの者、「いや〳〵、苦しからず。もろこしに二臓たらぬ三臓法師《ほつし》[一七]さへありし。をれはまだ四臓あるほどに、苦しからぬ」といふた。*

十九　片言《かたこと》[一八]いふ事

ある者、客を呼びけるが、挨拶にこばさん[一九]とや思ひけん、「何の風《ふ》情《ぜい》もござりませぬ。せめて庭前《ていぜん》の掃除をいたしたれども、跡《あと》から諸鳥《しよちよう》が馬糞《ばふん》を致して、むさう[二〇]なりまする」といひければ、脇から、くつ

一三　大酒飲み。
一四　酔って正体を失う。
一五　へどを吐くこと。
一六　肺・心・肝・脾・腎の五つの内臓。
一七　唐の玄奘三蔵。『大唐西域記』の著者。同音の「蔵」と「臓」をかけた酒落。
＊　類話→補注一二
一八　筋の通らぬ、不完全な言葉。
一九　気の利いた物言いをすること。
二〇　「むさく」の音便。不潔、きたない。

〳〵と笑ひければ、かの仁《じん》、赤面して、「をれがいふ事は人が笑ふは。何と梵字《ぼんじ》一にあたらぬか知らぬ。いつぞ二字《じ》者衆《しゃしゅ》三に問はふずよ」といふた。

二十　唐様《からよう》四を書く事

唐様の手本をならふ人、さる方へ状をやりたり。例の書き散らしたるにて、一字も読めず。二三日過ぎて、先の人、状を持参して、「此間下されたる状は、一字も読めませなんだ。

(以下落丁)*

一　卒塔婆などに書く梵語の文字。
二　いつか。
三　書き手。筆者。
四　中国風の漢字の書体で、近世初期に流行した明の書風を真似たものをいう。

*　落丁分→補注一三

当世手打笑第四目録

当世手打笑第四

一　ある者湯屋へ行く事

ある人、「お公家衆《くげしゅう》の仙洞《せんとう》一様へござるのをば、『仙洞へ院参《いんざん》二する』と仰せらるる」といへば、粗相者聞て、湯屋を銭湯《せんとう》といふ、その事じゃと心得、「それを今まで知りませなんだ。して、女房をば何と仰せらるるぞ」といへば、「御局衆《おつぼねしゅう》三と申す」といひけり。あくる日、かの粗相者、湯屋へ行きたり。女房ども出て、「此中《このじゅう》は見えませなんだ」といへば、ここで少《ちと》こばさんと思ひ、「此中は隙入《ひまいり》四があつて、院参もしませなんだ。御局衆は、かはつた諸分《しょわけ》五もないか」といふた。

二　正月稲の穂にてかざりする事

ある在郷の者、来年は祝ゐて正月にかはつたかざりをせんとて、前

一　上皇の御所。
二　院の御所へ参上すること。
三　女房・御局ともに、五三頁に前出。
四　用事で忙しいこと。
五　事情や事柄。本来は色道または遊里での作法・しきたりなどの総称をいう。

（巻四　第一話）

の年より、穂長き稲をあつめ、それをかざりにして、孫も子供も打寄せて、「あら目出たや、穂に穂が咲いた」[一]と祝はせて、よろこぶ事限りなし。かかる所へ、粗相者ひよか〱[二]と来たり、このかざりを見て、「これはさて、めづらしきかざりや」といふ。「見やれ。穂に穂が咲いて、めでたいの」といひければ、「いかにも〱、今年から、ほだれ[三]がさがる」といふた。

三　御公家衆《おくげしゆう》の長屋にて咄《はなし》の事

ある御公家の長屋に、とひやう者[四]が集まりて、万《よろず》の咄をしてゐたり。一人いふやう、「こちらは御公家様につかはるるさかいで、うろたへた。やぶの中の荒神《こうじん》[五]よりはましじや。旦那殿は神仏《かみほとけ》はんぶんの人じや」といふ。「それはどうした子細《しさい》ぞ」といへば、「まづ神の証拠には野宮様《ののみや》[六]、仏の証拠には誓願寺様《せいがんじ》[七]じや」といふ。また一人、「それはそうじやが、籠《かご》かきの御公家もある」といふ。「ここな者は、とひやう

一　稲などの穀物がよく実った豊作の状態の形容。「やんら目出たや…今年世の中穂に穂が咲いて」(『落葉集』)とある。
二　ひょこひょこと。
三　切り口から薄の穂のように肉などの垂れ下がった穂垂れ首の約。
四　ひょうきん者。
五　藪の中の荒神＝屋敷神と公卿の新家の藪内(やぶのうち)氏か、又は千利休の門人で藪内派の茶道の祖、藪内紹智剣仲をかけたか。
六　嵯峨の野宮神社と花山院家の野宮氏をかける。
七　新京極にある誓願寺と、勧修寺家の清閑寺氏をかける。

な[一]事をいふ。どの公家様ぞ」といへば、「はて、手ぶり三条[二]殿じゃ」といふた。

四　小さき子井《い》の本《もと》[三]へ落つる事

ある所に、何とかしたり、子が井戸へ落ちたり。やう〳〵引上げて、久三郎に、「医者殿を呼んでこい」といへば、走り出しが、医者は呼んでこいで、婆《ばば》を連れてきた。「これはどうぞ」といへば、久三《ざ》いふやう、「このおばば、『おちやないか[四]』といふて歩《あり》かれましたほどに、『おちがある』といふたれば、『見て談合《だんごう》[五]せう』といはれたほどに、連れてきました」。

五　堅《かた》意地[六]なる親仁《おやじ》の事

ある者、「振舞に呼ばん」といひければ、客になる人、「何も馳走はなさるるな。一汁一菜《いちじゆういつさい》[七]になされよ」といひければ、脇より親仁進み出

一　途方もない。
二　手ぶりは従者・中間。駕かきの供人と、三条家の嫡家の呼称、転法輪三条をかけた。
三　井戸。
四　「落ち髪はないか」と、抜け毛を買い集めてかもじを作り、業とした女の呼び声。『人倫訓蒙図彙』に「都の西、常盤といふ所より出るとかや。女のかしらに袋をいただき、髪の落をかい、かもじにして売買、世渡るわざとす」とある。
五　相談。交渉。
六　強情っぱり。頑固。
七　膳部の吸物・菜が一種類ずつの質素な料理。

（巻四　第四話）

て、「一汁も無用でござる。一菜にしておかしやれ」といふ。息子いふやう、「あの人は苦しうもないが、そのやうな文盲な事は言はぬものでござる。一汁《いちじゅう》とは汁《しる》の事でござる。汁をなさるるなといふ事があるものか」といへば、親仁ぬからぬ顔にて、「その汁の汁《じゅう》は知つてをるよ。をれがいふのは、豆腐のじう[一]の事でおじやる。豆腐を煮ては、重《じゅう》箱へ入れぬか」といはれた。

六　山水《さんすい》なる者[二]洗沢《せんたく》[三]する事

山水なる者ありしが、洗沢をしたく思へど、着がへなし。いかがせんと案じたりしが、女房いふやう、「そなたを負ふて、をれが着物を二人《ふたり》して着て洗をふ」といふ。「これがよからう」とて、女房に負はれたり。かかる処へ、ある者、ちよか〳〵[四]と来りければ、かの男、「尾《び》籠《ろう》ながら[五]高うござる[六]」といふた。

一　同音の「汁」と「重」をかけた屁理屈。
二　貧しく見すぼらしい者。
三　「洗濯」の宛て字。
四　ちょこちょこ。落着きがなく小股に歩く様。
五　失礼ながら。
六　高い序列の席にある時の謙遜の挨拶語。

（巻四　第六話）

七　ある者友達と喧嘩する事

抜けたる者、友達と喧嘩をして、思ふさまなる目[一]にあひて、家《いえ》にもどりて思ふやう、「あのやつに手返《てがえ》し[二]はならず、何とがなせん」と案じたりしが、杓子《しやくし》[三]を持ちて行き、かの相手の門口《かど》にて、ひたもの[四]招きゐたり。皆人、おかしがりて、「何をしやるぞ」といへば、「あいつめが、三年の内には死ぬるはづじや[五]」といふた。

八　ある親仁《おやじ》人に状[六]を頼む事

ある文盲なる親仁、他国に息子を持たるるが、娌《よめ》[七]が死にたると聞きて、息子の所へ状をやらるる。その執筆《しゆひつ》[八]に頼まれた者が、迷惑をいたされた。「わざと一筆申《もうす》[九]」とこのまれて[一〇]、あとが埒《らち》があかねば、「依《よつて》[一一]と書きませうか」といへば、親仁、「いや、どこへも寄り[一二]はいたさせぬ。すぐにやりまする。をれがこのみませう。お夏が死んだとの、手を打

一　思いきりひどい目。
二　手向い。反抗。
三　汁や飯を掬う用具。
四　ひたすら。一途に。
五　「杓子で招かれると三年の内に死ぬ」との俗信（『俚言集覧』）がある。
六　手紙。
七　「嫁」の宛て字。
八　文書を書く書き手。
九　書出しの決まり句。
一〇　注文をつけて。
一一　用件の文句に入る常套句。さて。
一二　「依って」の文面を、「寄って」と誤解。

つた事[一三]なり。ちつとも歎くな。また、いかやうの者も呼んだがよい。心をはつきとして、鬼《おに》になりて茶[一四]をのめべく候」とこのまれた。

九　北野《きたの》[一五]の木屋在郷へ行く事

北野に文盲なる植木屋あり。奥山へ植木を買ひに行きて、いろ〳〵身の上のよせい咄[一六]しけるが、「をれは上《うえ》々様方へ植木をさし上げて、直《じき》にお詞《ことば》にかかる」といへば、「さても冥加《みようが》[一七]な事でござる」とかんじければ、その時自慢らしく、「御《ご》所方《しょがた》様、ことの外、御《ご》念比《ねんごろ》[一八]でござる。此中も参りたれば、『はてさて、よう来た』とて、御簾《みす》のうちへ呼ばせられ、『きさき、来いやい』と仰せられたれば、天人のごとくなるが、雲霞《うんか》のごとく御出[一九]なされた。『やい〳〵、あの木屋に、きのふ関白からきたる串柿を三串《みくし》とらせい』と仰せられた」。

一三　感情が激した様の形容で、それは大変だの意。
一四　女陰の隠語。「思い切って再婚せよ」を乱暴に言ったか。
一五　大内裏の北の野の意で、上京区北西部の地。
一六　余情話。見栄を張った、景気のよい話。
一七　仕合せな。名誉な。
一八　親密な間柄。心遣いがこまやか。
一九　雲や霞が湧き起るように人が群がり集まる様。

(巻四　第九話)

十　とひやうなる人[一]の事

ある侍、初対面の侍にあふて咄するとて、「侍は渡りものでござる」[二]といひければ、親仁進み出て、「さても、忰が粗相を申しました。お気にかけさせらるるな。やい、そこな粗相者。侍は渡りものとは、どふした事ぞ。あのお人が咎《とが》[三]をなされたとて、渡り者[四]になるものか。尋常に[五]切腹をなさるるは」といはれた。

十一　侘人《わびびと》[六]狂歌《きようか》の事

とつと軽口[七]なる侘人ありしが、秋も更《ふ》け行くままに、障子のやぶれより洩りくる風も、はだ寒けれど、これを張るべき紙なければ、一首の狂歌をよみて、ある人の方へ、紙をもらいにやられた。

　かみ[八]なくて障子はやぶれ秋さむや
　　仏の説きしのり[九]はあれども

一　ひょうきん者。
二　武士も奉公人である以上、主君を変えて仕えてもよいという諺。下級武士の渡り奉公は多い。
三　罪となるべき行為。
四　重罪を犯し、みせしめに市中を引回される者。
五　立派に。見苦しくなく。
六　落ちぶれた貧乏人。わび住まいの隠者。
七　軽い語調のおかしい語。巧みな洒落。
八　「紙」と「神」をかけた洒落。
九　「糊」と「法」をかける。

十二　落首《らくしゆ》[一]の事

ある所に、恩地《おんじ》五郎兵衛といふ侍あり。殿のお取立て[二]の者にて、上《うへ》見ぬ鷲《わし》[三]と暮らしけり。殿御死去の折りは、追腹《おいばら》[四]を切らいではかなはぬ処を、押し黙りてありければ、笑はぬ者はなし。何者かしたりけん、かの五郎兵衛が門《かど》に、一首の落首を立てたり。

おん五郎ひやうしんだり全《まつとう》義理《ぎり》しらず
若殿の世にあぶなうんけん[五]

十三　旦那坊主粗相の事

旦那坊を呼びて、納豆汁《なとうじる》[六]をふるまはんとて、苞口《つとぐち》[七]取出し、「これは女房どもが、さい〳〵にねさせました。精進物《しやうじんもの》[八]はお寺様の料理がよいはづじや。こなた、なされませい」といへば、御坊、「心得ました」とて、かの納豆を引きよせ、苞の口をあけ、かいでみて、「さてもよい

一　風刺・嘲笑の意をこめた匿名の戯歌。
二　登用。抜擢。
三　何の恐れもなく奢りたかぶる者や態度の形容。
四　主君の死を追って家臣が切腹すること。殉死。
五　「恩地五郎兵衛は義理知らずだ。若殿の世には危いぞ」の意を、「唵呼嚕呼嚕旋茶利摩登枳」(おんころころせんだりまとうぎ)、「阿毘羅吽欠」(あびらうんけん)の真言密教の呪文調で言った落首。
六　納豆を叩き刻み、豆腐などを入れた味噌汁。
七　食品を包んだ藁苞。
八　魚肉を使わぬ食物。

豆[九]のねれやうや。思ひやられた。おか様のが[一〇]」といひて、ちやつと口をふさがれた[一一]。

十四　立本寺《りゆうほんじ》[一二]の坊主若衆持たる事

立本寺の坊主、若衆を持ちけり。したたかなる物[一三]にて、ひきふせてやられければ、かの若衆、せつなさに、「尾籠《びろう》[一四]な仕様《しよう》かな。若衆などといふものは、横から柔らかにこそするものなれ。胴欲《どうよく》[一五]な仕様じや」といひければ、その時坊主の返答がひぞうじや[一六]。「おぬしはまだ知らぬか。をれが不受不施《ふじゆふせ》[一七]でもあらば、横からもせうが、立本寺はじふせ[一八]じやによつて、大黒《だいこく》[一九]をするやうに、地にふせてする[二〇]作法じや」といはれた。

十五　むさき若衆の事

ある者、若衆と寝て、さま〴〵物語しけるが、若衆いふやう、「を

九　納豆の原料の大豆。また女性の性器の異称。
一〇　他人の女房の敬称。
一一　豆の練れ様の連想から失言しかける。
一二　京都市上京区一番町の日蓮宗旧一致派の本山。
一三　巨根。
一四　無作法な。乱暴な。
一五　残酷な。むごい。
一六　非常。正常でない。非常識。
一七　法華宗以外の信者からは施物を受けず、また施しもしない主義の宗派。
一八　受不施。布施は受けるが、他には施さぬ主義。
一九　僧侶の妻女。
二〇　「地に伏せ」と「受不施」をかける。

れが知積院《ちしやくいん》[一]にゐた時ほど、くはつけい[二]をした事はなかつた」といふ。「何とやうな事ぞ」といへば、若衆いふやう、「このやうに寝てゐても、枕本《まくらもと》に菓子を置きて、食ひ次第であつた」といふ。念者《ねんじや》[三]も興をさまし、「さて、菓子は何が好きぞ」といへば、「菓子の内《うち》では、焼餅《やきもち》[四]が良《よ》うござる」といふた。

十六　ある人腰本《こしもと》[五]を寵愛せらるる事

ある所に、なにがしの果て[六]といひながら、町屋《まちや》ずまゐ[七]をする人あり。はし近き所へ腰元を連れよせて、昼おこなふて[八]いらるる所へ、ある粗相者、ぐはさ〳〵と戸をあけて、「御見舞ひ申しまする」といひければ、かの人、おどろきながら、騒がぬ顔にて、「これを見よ。世に落ちぶれては、自身《じしん》へき[九]をすることよ」といはれければ、かの粗相者、「これへ下されませ。致してあげませう」といふた。

一　京都市東山区の真言宗新義智山派の総本山。
二　活計。豊かな暮し。
三　男色の兄分役の男。
四　餅の皮に小豆餡を包んで鍔の形に焼いた菓子。とくに贅沢品ではない。
五　腰元。お付きの下女，
六　昔は身分が高く、今は落ちぶれた人を婉曲に表現する言葉。
七　町家に住むこと。町人の生活。
八　真昼間の性交。
九　開。女性との性交、または女性器の隠語。

十七　金剛院《こんごういん》一〇落馬の事

金剛院といふ人、馬に乗りて、どうかしつらう、さかさまに落ちられけり。連れの人、引き起して、「けがはないか」と問へば、「いや、けがはせず。をれが金剛院なればこそ、けがもせなんだれ。しぜん土《かわ》器院《らけいん》一一ならば、粉《こ》一二になるであらうに」といはれた。

十八　自堕落坊主一三の事

むかし、ある寺のなにがしは、烏《い》賊鱠《かなます》が好きじやといふ事、洛中にかくれなし。ある旦那、かの寺へ参りたれば、折ふし御坊は留守にて、小僧二人出合ひたり。この旦那、おかしき男にて、小さき小僧にささやきて、「先度《せんど》御坊様へ鮒《ふな》ずし一四を進上したが、まいりたか」と問へば、小僧、ふしぎなる顔にて、「それは知りませぬ。こちの御坊様は、烏賊鱠こそ好きなれ」といふ。また一人のが聞きて、「おふ一五を、こちや一六

一〇　金剛は金属の中でも最も剛いものの意。堅固。金剛界など仏語に多く、寺院号にも使われた。
一一　土器は素焼きの食器。もろくて割れやすい。河原(かわら)院などを連想したか。
一二　粉々にくだける。
一三　戒律を破って身持ちの悪い生臭坊主。
一四　鮒の臓物や鱗を取除き塩漬にして押しをきかせ、塩味飯を腹に詰めた鮨。
一五　ああ。
一六　私が。

告げふよ」といふた。

十九　替りたる事を好む事

かはりたる事を好む人、下男を呼びて、「よそへ音信《いんしん》[一]をしたきが、何にても、昔から人のつゐに使はぬ、めづらしき見事なる物がやりたい」といへば、下男聞きて、「思ひ付けました。買うて参りませふ」とて走り出て、しばらくありて帰りて、「かわつたものを買ふて参りました」といふ。主人よろこびて、「何ぞ」といへば、「でかしたる[二]にてはござりませぬか」といふて、取出したをみれば、大なる位牌《いはい》にてあつた。

二十　抜けたる息子の事

十六七なる草履取ども、部屋の片隅に、れき[三]をおやして[四]、仰向《あおの》けに寝ながら眺めゐたるところへ、十ばかりなる隣の息子、覗きにきたを、

一　進物。贈物。

二　よくやる。うまくしでかした。

三　例のやつ。男性器の異称。

四　勃起させる。

やがて呼びよせて、「これをなぶりて[五]くれよ」といへば、「いや」といふを、いろ〳〵頼みて、銭三文やる約束にて、なぶらせけり。ひたと[六]なぶるほどに、うつむきたる息子がはうさき[七]くだり、水鉄砲ほどはせかけ[八]たり。息子腹を立て、「腫《う》んだらうんだ[九]と言ひはせいで。これなら四文でもいやじや」といふた。

二十一　行水《ぎやうずい》して蛇《くちなわ》にくはるる事

ある者、夏の暮れ方、背戸《せど》[一〇]にて行水してゐたる処へ、草の中より蛇《へび》一筋《ひとすじ》[一一]出て、たちすましたるれきの真中《まんなか》を、しかとくひつきたり。あはて騒ぎて、弟《おとと》を呼びたり。弟、心得たりとて、菜刀《ながたな》[一二]おつとり、切りにかかる。兄がいふやう、「あはてて率爾《そつじ》[一三]をするな。よく目を見て切れ。目のなきは、をれが物[一四]じやぞ」といふた。

当世手打笑第四終

五　手でもてあそぶ。
六　一途に。ひたすら。
七　頬先。
八　勢いよく精液を浴びせかける。
九　まだ精液を知らず、腫物の膿(うみ)と思った。
一〇　家の裏口。
一一　糸や竹などのように細く長いもの一本。蛇一匹。
一二　野菜を切るのに用いる刃の薄く幅の広い包丁。
一三　軽はずみ。粗忽。
一四　男女の陰部。男根。

当世手打笑第五目録

十三　粗相なる下女《げす》が事

当世手打笑第五

一　大きなる虚言《きよごん》[一]の事

ぎやうなる空言《そらごと》をいふ者ありしが、ある者、「当世[二]は俄盲目《にわかもうもく》が多い」といふ。かの者、「あの盲目のはやるは、をれが親仁《おやじ》がはじめられた事じや」といふ。「それはどうした事ぞ」といへば、「をれが親仁、清水《きよみず》の舞台[三]にて桃を食ふてゐられたが、どうかしつらん、桃を取落し、何が吝《しわ》き親仁なれば、南無三宝といひて飛び降りられしが、とんと落ちつくはづみに、目の玉がぬけました。桃を食ふてつぶれたによつて、ひよ〱[四]とつぶれる目をば、俄《にわか》ももく[五]といひまする」。

二　吉峰《よしみね》[六]へ目薬取りに行く事

ある者、目をわづらひしが、「吉峰へ目薬を取りにやりてさしたれ

一 嘘。空言。
二 今の世の中。現代。
三 清水寺の南側の掛け出し。高い崖上に設けられ、展望がよいので有名。
四 ひくひくと。弱々しく動く様。
五 「盲目」と「桃食う」をかけた洒落。
六 京都市西京区大原野小塩町一帯の台地。吉峰寺が有名。『男色大鑑』(貞享四)巻二「形見は弐尺三寸」にも、「いにし年の水無月の末より眼を煩ひ、善峰へ来て養生すれども、はかどらず」とある。

（巻五　第二話）

ば、すきと治《なお》[一]りた」といふ。とつと抜けたる男聞きて、「目薬が吉峰に沢山《たくさん》にござるか」といふ。「一山《いっさん》[二]の内《うち》には、どこにもござる」といふ。「をれも取りに行きませう」といひしが、あくる晩にきたりて、「けふ吉峰へ行きて尋ねたが、目薬らしい物はなかつた」といふ。「どうしやつた」といへば、「木の根[三]にあらうと思ひ、掘りかへしてみました」といふた。

三　火事見舞の事

ある所に火事出できけるが、隣へ大勢見舞ひて、もみ消したり。亭主いふやう、「隣まで焼けましたに、のがるる[四]ことは、皆様の御影《おかげ》でござる。酒を参りませい」とて出しけり。「やかましき[五]上に、御造作《ごぞうさ》[六]でござる」といへば、亭主、「これはさて、何事もいたしませぬに、お礼でござる」といへば、抜けたる息子、進み出て、「その代《だい》[七]に、そちの焼ける時に、こちから参りませう」といふた。*

一　きれいさっぱりと。
二　山全体。寺院全体。
三　カエデ科の落葉喬木のオオミツデカエデの樹皮の煎じ汁を眼の洗浄に用いたので、俗に「目薬の木」という。漢方薬の多くは、木の根が原料となるが、この場合は樹皮が必要。
四　免れる。焼けずにすむ。
五　ごたごた忙しい。
六　手間。もてなし。
七　代わり。代償。
*　類話→補注一四

四　堀川[八]にて鍔《つば》を買ふ事

ある者、堀川にて、よきごろ[九]なる鍔を値切りしが、折ふし代物《だいもつ》[一〇]なくて、「後《のち》に取りにおこさう」[一一]とて宿《やど》に帰り、小者《こもの》を呼びて、「この銀《かね》を持ちて、今の鍔を取《と》て来い」といへば、「かしこまりました」とて出たりしが、日暮れになれども帰らず。何としたるぞと詮議する所へ、によこ〳〵[一二]と帰りた。「鍔を取《と》て来たか」といへば、「何ほど尋ねましても、今の見世《みせ》はござりませなんだ。けつく[一三]、よい鍔買ふて参りました」とて、取りいだしたをみれば、鑵子《かんす》[一四]の蓋《ふた》であつた。

五　数寄者《すきしゃ》[一五]かこひ[一六]を建てる事

数寄者、かこひを建てられしに、息子、その咄をする処へ、町《ちょう》の年寄《より》[一七]、とつと文盲なるが来りて、「そのかこひの名は何と申す」といふ。かの息子は、額《がく》[一八]の事を問ふかと思ひて、「松月《しょうげつ》と申しまする」といへ

八　京都市西部を南流する川。鍛冶屋、材木屋、刀剣類を扱う古道具屋が多い。
九　手頃。
一〇　代金。
一一　寄こそう。
一二　勢いよく現われ出る様子を表現する語。
一三　結句。結局。逆に。
一四　青銅製の湯わかし。
一五　風流人。特に茶人。
一六　囲い。茶室。
一七　町政を預かる役人。
一八　建物の正面に門や堂の名を記して掲げる札。

（巻五　第四話）

ば、かの年寄殿、その晩に町の会所《かいしょ》[一]へ五人組[二]を呼びあつめて、「そんじゃうそれは、[三]これほど御法度《ごはっと》[四]の遊女を抱えて、傾城屋《けいせいや》をしゃるが、おの〳〵は御存じか。急度《きっと》[五]詮議をしませう」といふ。皆きもをつぶして、「これはふしぎな事でござりまする。こなた様はどこでお聞きなされた」といへば、「慥《たしか》な事。しかも息子が語られました。傾城はかこひ[六]でござる。名も聞きました。松月[七]といひまする。とかく油断はならぬ」といはれた。

六　湯治《とうじ》[八]して髪を剃《そ》る事

ある侍、「病気に付《つき》、湯治仕度《つかまつりたく》候」と、殿へ申上ければ、「いかにも暇《ひま》を取らするほどに、何事も心まかせに、ゆる〳〵と仕れ」とあれば、御意《ぎょい》忝しと悦《よろこ》びて、有間《ありま》[九]に湯治しけり。「心持はよけれども、ぬれたる髪の雫《しずく》、身にかかりて、気の毒[一〇]じゃ」といへば、連れいふやう、「何事も心まかせにせよとの御意ある上は、それほど苦にならば、

一　自治を司る集会所。
二　江戸時代、町村の自衛組織の人々。
三　どこそこの何がし。
四　禁制。
五　しっかりと。
六　鹿恋。上方の遊里で太夫・天神に次ぐ遊女の階級。「囲い」を錯覚。
七　茶室の扁額の文字を遊女の源氏名と混同した。
八　温泉などに入って病気を治療すること。
九　兵庫県の有馬温泉。
一〇　困る。迷惑。

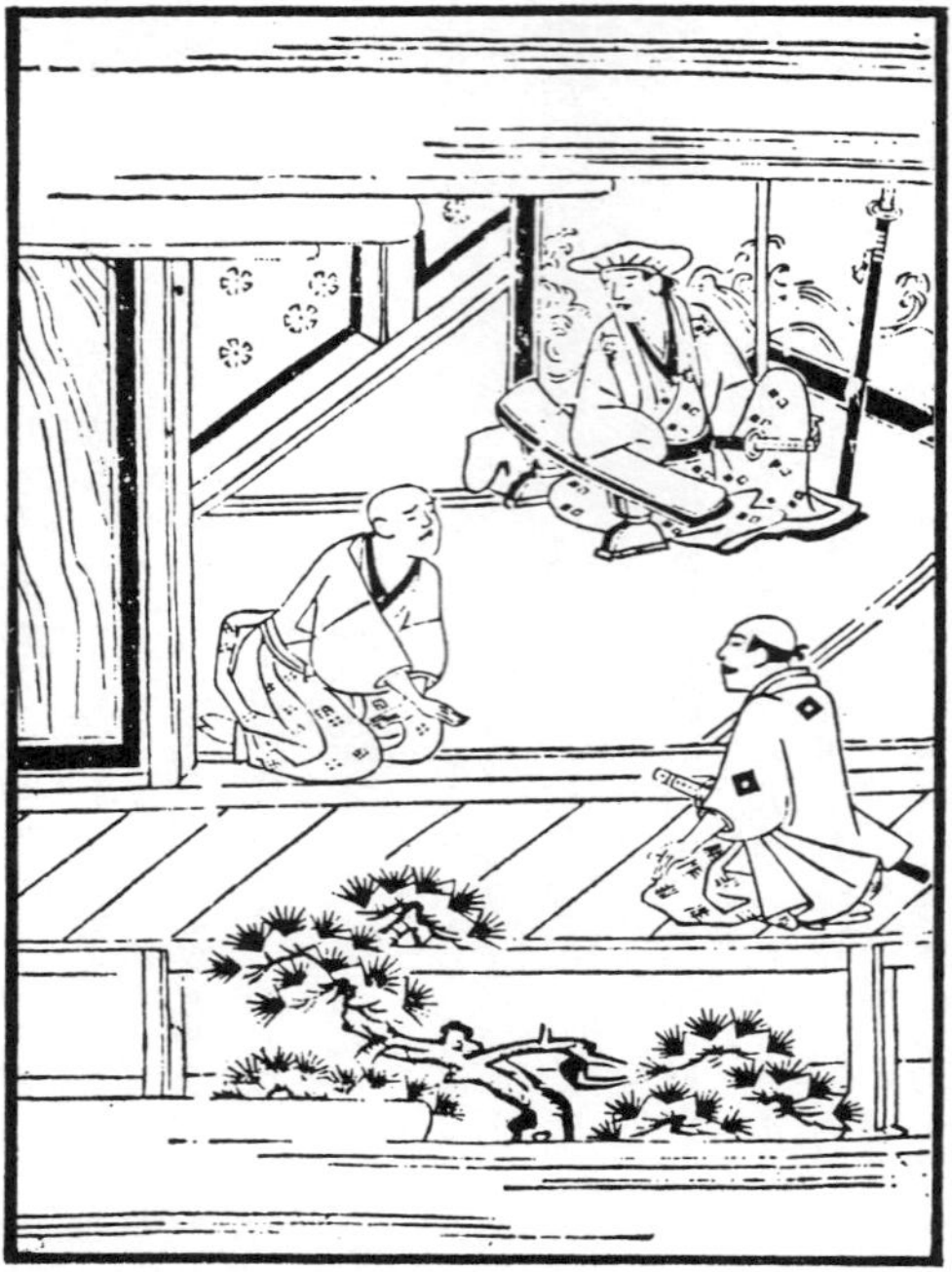

（巻五　第六話）

また生《は》ゆるものじやほどに剃《す》られよ」といへば、「尤《もつとも》なり」とて、そのまま坊主になり、「これで一段心も軽《かろ》し」と悦びけり。やう〳〵日《ひ》数《かず》かさなれば国へ帰る。親類一門これを見て、「こは、如何《いか》なる事ぞ」といへば、ありし次第を語る。「いかに、殿の心まかせと御意ありとても、これは格別なる事じや。とかく申上げいでは、かなふまじき」とて申上げたれば、手を打て仰天《ぎようてん》[一]なされた。さて、御前《ごぜん》へふるひ〳〵出たり。「その方は坊主に成て、俗名《ぞくみよう》[二]ではすまぬものじや」とて、御《お》咄《はなし》の者[三]を召して、「あれに名を付てとらせよ」と仰せければ、そのまま安椀《やすわん》と付けたり。殿、聞召《きこしめ》して、「これはめづらしき名じや。何たる子細《しさい》ぞ」と仰せければ、「総じて値段安き御器《ごき》[四]は、湯に入ますればそのまま反《そ》りまする。この男も湯に入ると剃《そ》りました[五]ゆへに、安椀でござりまする」といふた。

一　びっくりする形容。
二　仏門に入る前の在俗の名前。
三　主君に政治や娯楽向きの話相手を勤める近臣。御伽衆とも。
四　食器。蓋のある椀。
五　「剃る」と「反る」の洒落。

七　年始に耳の聞えぬ事

ある者、年の始めにいふやう、「私はよひの年[一]から耳が聞えいで、つんぼうになりました」といひければ、理発《りはつ》[二]なる人、「それを気にかきやるな。今年から仕合せがよからう。福《ふく》つんで[三]、めでたいぞ」といへば、悦ぶ事かぎりなし。それを抜けたる者聞て、「よき当話《とうわ》[四]なり。どこぞで言はん」と思ひ、それよりひたもの歩《あり》けども、耳の聞えぬといふ者もなし。かかる処へ、ふくといふ下女が来たりければ、「やれ、われはつんで[五]はないか」といふ。あちに[六]は、かるたの事[七]と思ひて、「いや、この春は、宝引《ほうびき》[八]をしまする」といふた。

八　黒谷《くろだに》[九]門前のうつけの事

黒谷門前に道心《どうしん》[一〇]の庵《あん》あり。夜な〳〵戸を叩きて、「誰《た》そ」といへば、逃げて行く者あり。今宵も来たらば捕らへんとて、道心者十人ばかり

一　宵の年。大晦日の夜。または前年。
二　利発。利口。
三　「福積む」の音便。裕福な人。金持。大阪では、福神の恵比須は聾と信じられていた。
四　当意即妙な話。
五　聾の略。
六　あちら。先方。
七　賭博用の天正カルタ四八枚のうち、一の札＝虫を「つん」と呼ぶので。
八　正月の遊びで籤で物を引きあてる福引の一種。又銭を賭けるばくち用もある。
九　元黒谷。京都市左京区八瀬町の天台宗青竜寺。法然習学ゆかりの寺。
一〇　仏道修行をする人。

待ちかけしが、夜半《やはん》の頃に、例のごとく、こと〳〵と叩く。すはや来たぞとて、手毎《ごと》に灯《ひ》をともし、棒を持出て捕らへたり。「何者ぞ」といへば、「盗人でもござらぬ。毎夜戸《まいや》を叩くも、皆これ後生《ごしょう》のためでござる」といふ。「こは何事ぞ」といへば、「はてさて、道心に似合はぬ事を仰せらるる。貞安《ていあん》の御談義《おだんぎ》[一一]に、『とかくこの夜《よ》[一二]は仮《かり》の夜《よ》ぞ。道心おこせ[一三]』とのおすすめなれば、毎夜おこしまする」といふた。

九　息子夜歩《あり》きする事

ひやうきんなる息子あり。親仁《おやじ》、夜歩《よあり》きを折檻《せっかん》[一四]すれども、さらに用ゐず。殊に盆[一五]には猶出けるが、ある時、女出立《おんなでたち》[一六]をして、夜明くるまで踊り、くたびれて部屋に入り、かの出立《でたち》のままにて打ち転ぎて寝たり。昼になれど起きざれば、親仁ふしぎして、部屋へ行てみれば、見なれぬ女、前後《ぜんご》も知らず寝て[一七]ゐたり。「これは何者ぞ。息子はどこへ行たぞ」と詮索する声に目をさまし、大きなる声にて、「松坂《まつざか》こえてや

一一　安土問答で名高い浄土僧聖誉貞安のお説教。
一二　「夜」と「世」をかけた。
一三　仏道への帰依心を持つことと道心坊主を叩き起こすこととを錯覚しての行動。
一四　厳しく叱る。意見。
一五　七月十五日の盂蘭(うら)盆。その前後数日の盆踊り。
一六　女装。女性用の衣装。
一七　正体がない様。

（巻五　第九話）

つさ一」といひさま、背戸《せど》二へ逃げた。

十　墨跡《ぼくせき》三のはなしの事

ある貴人《きにん》の御前《おまえ》にて、酒の上に、掛物墨跡のはなしがあつた。一人、かたはらの粗相者に向ひ、「昔よりすたらぬ物は、手四でござる」といふ。粗相者、「いかにも、さやうでござる」といふ。貴人《きにん》聞召《きこしめ》し、「その方も手数寄《てずき》五か」と仰せければ、「すきでござりまする」といふ。「をれも好きで集めて置いたほどに、取寄せう」とて、小性呼び給ふに、遅くなりければ、かの粗相者、「私《わたくし》、申付けませう」とて、勝手へ立ちたり。しばらくして大きな鉢を抱へて来たり、「御前《おまえ》様の御《ご》好きほどござりまして、よいのがござりました」とて、下に置いたをみれば、たこの手六であつた。

一　当世流行伊勢踊に「松坂こえて、やつこの〳〵」(『紫の一本』)と見える『伊勢音頭』の歌詞。
二　裏口。
三　墨で書いた文字や書かれた物。
四　字を書く技。書道。
五　書道を嗜む趣味。
六　蛸の手。まさに「手」違い。

十一　人に間男《まおとこ》[一]といはるる事

ある女房懐妊《かいにん》しけるが、初《うい》の事[二]なれば恥かしく思ひてゐたり。ある時、腹を痛みけれども、男は留守なり。いかがせんと思ふ所へ、医者見舞はれた。この由を見て、薬を与へられしが、「まだ直らぬ」といふ。「さあらば、腹を見ませう」とて腹をみて、「これは懐妊じや。これをとうから言ひもせいで。仕様《しよう》があるものを」といふ処へ、男帰りた。そのまま医者をとらへて、「間男じや。逃がしはせぬぞ」といふ。医者、仰天して、「何を証拠に、さやうにいはるるぞ」といへば、「『懐妊をとうから言はいで。仕様があるに』と、たつた今言やらぬか。したたか[三]したさうな」といふ。医者、はじめおはり[四]を言ひければ、男いふやう、「なんのせんさくもいらぬ。そなたの物[五]を出しやれ。目利《めきき》[六]がある」といふ。医者聞て、「これは迷惑なれども、曇りなき[七]上からじやほどに、出しませう」とて、れきを、によつと出された。男、ふつ

一　有夫の女と不倫な関係を持つ男。密夫。
二　初めての出産。
三　思う存分。十分に。
四　一部始終。事の次第。
五　性器。
六　見分け方。
七　間違いない。潔白な。

と嗅《か》いでみて、「これでこそ、間男でない証拠は知れたれ」といふた。

さては臭《くさ》[八]いに極《きわ》まりた。＊

十二　座頭《ざとう》[九]を泊まらする事

座頭を二人、二階に泊まらせて、下にて、きびしく取り[一〇]ければ、二人の座頭聞付けて、「さても心地《ここち》よい事かな。いざ、降りて聞くまいか」といふて、下に灯《ひ》のともしてあるをも知らず、真裸《まつはだか》にて、はしごを降るるを、亭主見付けて、「座頭は、どこへ行きやる」といへば、せんかたなさに、おやしたるれき[一一]を握りて、「これほどな鰹節《かつおぶし》は、爰元《ここもと》[一二]で何程しませう」といふ。跡《あと》の座頭が、「お気づかひなされまするな。聞きはいたさぬ[一三]」といふた。

十三　粗相なる下女《げす》が事

ある所に、亭主、おかた[一四]としぐみて、[一五]やう〳〵矢数《やかず》[一六]も通り、もはや

八　恥垢の臭気が性交の有無を証明。
＊　類話→補注一五
九　音曲や語り、按摩や鍼灸などを業とした盲人。
一〇　性交を行うこと。
一一　勃起した男根。
一二　この近所。
一三　女悦の声を耳にしたことを、語るに落ちた。
一四　お方。他人の妻を呼ぶ敬称だが、この場合は自分の妻か。
一五　交合すること。
一六　性交時の運動の回数。

天下をとる折から、おかた、「死にまする〳〵」といはれた。次の間《ま》に寝てゐたる下女《げす》、これを聞て、そと障子をあけて、「申し〳〵」といへば、二人ながらおどろきて、「何事ぞ」といへば、「いや、おかつ様の生きてござりまする内に、給《きゆう》の残りをくだされませい」といふた。*

当世手打笑第五終

延宝九年正月吉日

敦賀屋弥兵衛

一 性感の絶頂を極めたときの形容。
二 そっと。静かに。
三 「おかた」の転。奥様。
四 給金。
* 類話→補注一六
五 京の板元。『風流嵯峨紅葉』(天和三)など出版。

当世《とうせい》はなしの本《ほん》

（貞享頃）

解題　底本は家蔵本。半紙本一冊。替表紙で題簽を欠くが、天理図書館蔵本によれば、左肩飾り枠内に「新板はなしの本　全」とある。内題は「当世はなしの本」と大書。序文を欠く(丁付が「二」から始まるので、本来一丁目に序か目録があったと推定されるが、天理本や従来の翻刻にも序はない)。柱刻は「はなしの本　丁付」。本文は半面一二行、一行約二五字詰で句点はない。本文丁数一一。話数一四。挿絵半面図五(上下段に一話ずつの絵が載る)。刊記はない。

本書は一冊物で、序や刊記を欠くため、刊年などを知る手がかりはない。寛文十年刊の『増補書籍目録』には、「咄の本」の筆頭に、「二冊はなしの本」と出ているが、これは近世初期の『きのふはけふの物語』上下巻を正保四年に中本の二冊仕立てにした時の題簽名で本書のことではない。一冊物の「はなしの本」は当時の書籍目録類にも見えぬが、延宝末から天和・貞享頃にかけての刊行と思われる。その根拠は、全一四話のうち、延宝七年刊『うき蔵主』から四話(第二・六・七・一〇話)と同八年頃刊『けらわらひ』から七話(第一・三・四・五・九・一三・一四話)と、計一一話までが先行二書と共通し、それからの抜粋と考えられる。また書名に付した「当世」の文字も、貞享二年刊『改正広益書籍目録』では『うき蔵主』以下に「当世かる口」と付記した通り、当時の常套句であったこと、挿絵が吉田半兵衛風であること等々が、延宝末から元禄期頃までの刊行を裏付けるので、一応貞享頃の刊としておく。

序文から刊記まで整った正規の五巻物の新作ではなく、先行書から抜粋して一冊本に仕立て上げたのは、笑話が一話ずつ短く独立しているので細工しやすいほかに、それだけ噺本への需要が強かった証拠であろう。こうした安易な編集のため、序文や刊記を最初から省いたものと思われる。内容は選択しただけに、安永小咄にも再出した巻頭話から、現行落語「こんにゃく問答」の原話となった巻末話まで、佳話が多い。

本書は、近世文藝資料2『近世笑話本集』(古典文庫・昭30)、『噺本大系』第五巻に翻刻がある。

当世はなしの本《ほん》

一　中間人《ちゆうげん》[一]に打擲《ちようちやく》[二]せらるる事

石塚備中《びつちゆう》といふ人の中間、ある屋敷へ日暮れがたに使に行きけるに、門《もん》の内《うち》より、「何者なれば、日暮れて門《かど》にたたずむは。ぬす人にてあるらん」と、さん〴〵に打ちければ、物も得いはず逃げかへり、右の段々[三]いひければ、「何とてをのれは、備中の守《かみ》ものじやと言はなんだ」と叱られければ、「されば、びと言へば叩き、備《びつ》と言へば叩きて、つゐに中《ちゆう》の音《ね》を上げさせなんだ」といふた。

二　練物屋《ねりものや》[四]親子粗相の事

むかし練物屋に、生得《しようとく》[五]親子ともに粗相なる者あり。近所に手あやまち[六]のありければ、まづ親仁《おやじ》が起きて、あはてふためき、下帯[七]を取りち

一　公家や武家等の召使で、身分は侍と小者の間。
二　打ち叩く。なぐる。
三　事の次第。事情。
四　絹を練るのを業とする店。薬物を練り固め、珊瑚等の模造を作る店もいう。
五　生れつき。
六　過失。特に失火の事。
七　ふんどし。腰巻。

（第一・二話）

（上段）

くるしうない
ものでござる
ごめんあれ〳〵
にくいやつの
ぬす人であろう

（下段）

はようおじゃ〳〵
おやぢ
せかずとござれ
あとから
ぞうしきしうが
ござるに

がへ、一疋《いつぴき》[一]ある練絹[二]の端《はし》を取り、下帯かと思ひ、やがて[三]しられつつ、子供、内《うち》の者を起こしけり。息子も親仁の声におどろき、やがて起きあがり、これも下帯を取りちがへ、親仁のしられたる絹の端を、また掻き[四]にけり。何が一疋の絹を、親子して庭を引きずりけるほどに、絹の中に火箸のかかり、[五]ちん／＼と鳴りければ、息子がいふやうは、「おやぢ、静かに歩《あゆ》ましやれ。あとから雑色衆《ぞうしきしゆ》[六]がござるやら、金棒《かなぼう》[七]が鳴る」といふたもおかし。*

三　長珠数《ながじゆず》[八]といふ異名《いみよう》[九]の事

ある人、よそへ行きては、むさと[一〇]長居《ながい》をしければ、皆飽きはてけり。ある人、意見しけるは、「そなたは、よそへ行きては長居をめさるるゆへ、世間で、長珠数と異名を付けたほどに、どこへ話に行《い》きやろとままよ、心得て早く帰られよ」といひければ、かの者いふやう、「をれに長珠数と付けたに、謂《いわ》れ[一一]があらう」といへば、「されば、くるに[一二]

一　絹布二反。
二　生織物を練って柔軟と光沢をもたせた絹布。
三　急いで。すぐに。
四　下帯をしめる。
五　火箸が引っかかり。
六　京都所司代に属して雑役を勤めた下級の役人。
七　警固の役人や夜番が使う鉄製の棒。
*　下帯のさがりを引張る話は「やつこは思はぬしやしん」(一七八頁)にもある。
八　法華宗信者が用いる長い数珠。
九　あだ名。
一〇　むやみに。
一一　理由。訳。
一二　数珠を「繰る」と人が「来る」をかけた洒落。

飽いたといふ事じや」とて笑ひければ、「いや〳〵、その心ではなし。この名は、おれがためにはよき事じや。長珠数じやによつて、くる間を待ちかねるといふ事じや」と、猶《なお》さい〳〵わせた。[一*]

四　片言《かたこと》いひ[二]の事

ある人、法体《ほったい》[三]せられければ、片言いひ罷出《まかりい》で、「御ほうたい、めでたき事でござる。わたしらも、いつかさて、せがれに世《よ》[四]をわたして、背戸[五]の小屋へ、らく〳〵とじんきよ[六]が致したうござる」といはれたもおかし。

五　ある女談義《だんぎ》[七]の座にて取りはづし[八]をしたる事

浄土寺《じょうどでら》に談義ありける時、片隅に、年四十ばかりの女ありたるが、取りはづしをこきて、そばにありける若男《わかおとこ》に向い、「さて〳〵、こなたは若きなりして、今のやうなる事があるものか」といへば、男聞き

一 「来た」の敬語。おいでになった。
* 類話→補注一七
二 訛って正しくない言葉をいう人。
三 「ほうたい」とも。剃髪して僧形になること。
四 「代」に同じ。身代。
五 家の後ろ。裏口。
六 腎虚。過淫が原因で心身が衰弱する症状。「隠居」をわざと艶色化して言った。
七 仏典や法義の講義。特に浄土宗での説教。
八 放屁すること。

（第五・六話）

（上段）
ごめんなりませ〱

て、「こなたは、年といひ、女の身として、さやうの事をしながら、人におほせて[一]、むしつ[二]を言はるる」と怒《いか》りければ、座中《ざちゅう》興さめて騒ぎけり。長老[三]、高座《こうざ》[四]より、「そこもと、先ほどからよからぬせんさく[五]なり。さりながら、ここに話がござる。仏在世《ぶつざいせ》にも、仏《ほとけ》の説法の時、ときいたらぬ御経にて、聴衆《ちょうじゅ》ねぶりける。そのうちの羅漢《らかん》[六]、只《ただ》今のごとく取りはづし給へば、聴衆どつと笑ひ、目をさまし、かの経を聞きいれ、悟りを得給ふ。只今のも、その通りなれば、これこそ善知識《ぜんちしき》[七]なれ。御名《おな》をのたまへ。過去帳[八]につけ、回向《えこう》せん」と申されければ、かの女、さてはうれしき事かなと思ひ、人の中を分けて高座近く寄り、「只今のは、われらにて候。過去帳につけ給はれ」といふ。長老、おかしくて、「只今は談義場《ば》なり。まづうちへ行き、はこ帳[九]につき給へ」と仰せられた。

六　坊主の遊女狂ひ当話《とうわ》[一〇]の事

一　罪をなすりつける。
二　無実。古くは清音。
三　年功を積んだ老僧。主に禅寺の住持。
四　説教の時、一般の席より高く設けた講師の席。
　　後に演芸する舞台の呼称。
五　詮索。吟味。
六　「阿羅漢」の略。小乗仏教で悟りに達した人。
七　仏教に帰依する機縁。仏道に導く高僧。
八　死者の法名や死亡年月日を記しておく帳面。
九　糞器(はこ)。大便の容器。「過去」と「糞器」をかけた洒落。
一〇　当意即妙の応答。
一一　謡で門付して歩く人。
一二　女遊びする坊主。
一三　布子の袖口を縫わず、

さる謡《うたい》うたひ[一一]と、ぬめり坊主[一二]と連れだち、島原《しまばら》へかよひける。思ひ〱のいでたちにて、当世様《とうせいよう》のかます袖[一三]、伽羅《きやら》しめやかに匂はせ、人目しのぶの編笠《あみがさ》に、揚屋《あげや》[一四]をさして出《い》で行けり。やど屋になれば、人をはばかる気色《けしき》もなく、重箱肴《さかな》ひきちらし、「誰《た》そあるかいやい、それ〱」と、知音《ちいん》のおてき[一五]取りよせけり。もとより、ほたるあつむる色好み[一六]にて、あてなる[一七]女郎来たりけり。心々の戯《たわ》ぶれに、さいつさされつ、のふずう[一八]とふつ楽《らく》遊び[一九]。やう〱夜半《よわ》になりぬれば、禿《かぶろ》は心得、床《とこ》をとり、「御しづまり[二〇]」と申しける。もはや浮きたつて思ひ〱に床に入り、小夜《さよ》の枕をかはしまの[二一]、千代《ちよ》を一夜《や》と明かしける。しかるところに、謡うたひになれたる遊女、何としてかは取りはづし、すいとはづして赤面《せきめん》する。かの人心得、笑止《しょうし》がり、「すいちやうこうけい[二二]に」と、謡にてまぎらしける。[二三]傍《かたえ》の遊女、これを聞き、「いかに御坊様。隣の殿御《とのご》をごらんあれ。只今女郎の取りはづして、すいとやられたを、そのまま謡にて、『すいちやうこうけい』と、まぎらせ給ふ。

長方形に開いたもの。
一四　遊女屋から女を呼んで遊ぶ家。やど屋とも。
一五　なじみの遊女。相方。
一六　長年遊蕩に精出すことか。「蛍」は下級遊女。
一七　貴なる。あでやかな。
一八　飲んだり唄ったり。
一九　無礼講。
二〇　おやすみなさい。
二一　川中にある島。夜の枕を「交はす」にかける。
二二　翠帳紅閨。翡翠の羽飾りの帳のある部屋と紅色に塗り飾った寝室。貴婦人の贅沢な部屋の形容。
二三　謡曲「江口」「定家」などに「翠帳紅閨に枕ならべし妹背も」とある。おならの音の「すい」を受けた。

かやうの頓作《とんさく》一は、御坊様はなるまい。さても〳〵頼《たの》もしき御方《かた》」と、ひたすらにほめにけり。坊主聞いて、「あれほどの事、誰《た》が言はぬものあらじ。もしも御身の上に、そこつ二の事あらば、われにまかせ給へ。少しも恥辱《ちじょく》はあるまい」など申しける。遊女聞いて、「なか〳〵あのやうなる事はなるまい」とせんぎ三するうちに、かの遊女も取りはづし、ぶんとやりにけり。その時坊主、心得たりといふよりはやく、「なまいだんぶ四」といふた。

七　後生《ごしよう》ねがひ五と巾着切《きんちやくきり》六と喧嘩の事

さる後生ねがひの親仁《おやじ》、四条川原七へ操《あやつ》り八を見物に出でられけり。何とかしたりけん、人込みの中にて、巾着九を切られけり。されども、かの者を見つけ、「逃《の》がさじ」と申しける。巾着切、せん方なさに脇差をぬき、切つてかかる。かの親仁も、巾着切られながら、「憎い男」といふよりはやく脇差をぬき、互ひに切りむすびける。何とかしたりけ

一　咄嗟の機転。
二　粗忽。失敗。粗相。
三　詮議。言い争い。
四　「南無阿弥陀仏」の変化した語に、放屁の「ぶう」の音をつづけた。
五　極楽往生を願う人。
六　すり。
七　賀茂川の四条大橋付近の河原。芝居小屋や茶店が並ぶ歓楽街。
八　操り人形芝居。
九　金銭や薬・印判などを入れ、腰につけて携行する小袋。

ん、双方ともに片腕づつ落とされけり。巾着切、もはやかなわじと思ひ、行《ゆ》き方《がた》しらずに逃げ行きけり。その後《のち》かの人、すべきやうもなく、片腕は落とされ、涙ぐみていられける。あたりより人々立寄り、「さても笑止《しょうし》[一〇]や。盗人《ぬすびと》においとやらんにて[一一]、かやうに手[一二]まで負わせ給ふ。いたわしな」と申しける。その中に外科《げか》一人ゐられけるが、「かやうの事は苦しからず。まづ血の落ちぬ先に、腕をつがん」とて、そこらをたづね回り、手をつぎ、やう〳〵宿《やど》に帰り、名医外科を呼びよせ、さま〴〵療治しられければ、そのまま元のごとく手は治りけり。されども、最前あはてて手をつぎけるか、盗人の手と取りちがへてつぎけるにより、何が悪性《あくしょう》[一三]な手をつぎけるゆへに、珠数《じゅず》など持てば脇へ放《ほう》り、ひたもの[一四]花紙袋《はながみぶくろ》[一五]、巾着を見れば、手がぬんぬと[一六]、腰の回りへ行《い》たといふた。*

一〇　気の毒。
一一　「盗人に追いを打つ」とも。損の上に損を重ねることの譬え。
一二　傷。怪我。
一三　悪い性格。悪い心。
一四　もっぱら。
一五　鼻紙入れ。鼻紙や小銭などを入れ、外出時に懐中する革・絹製の袋。
一六　すべるように。
＊　類話→補注一八

八　やつこ[一]渋面《じゆうめん》[二]つくる事

ある侍、四条わたりを通られけるに、向ふより、二尺にあまる大脇差[三]を、かの侍にあて、立ちかへる。渋面気色《きしよく》[四]しければ、かの侍、きやつめはあぶれ者[五]なりと思ひながら、「その方、われに行きあたるのみならず、渋面にて睨むことは推参《すいさん》[六]なり」といへば、「さればこそ、『お侍御免《ごめん》』と言はば、御不足であんべい[七]と思ひ、じうめん申[八]した」といふた。

九　茶釜の中に化物の事

ある寺の長老、夜《よ》に入て、「茶を飲むべし」といはれければ、小僧、眠《ねぶ》り／＼茶を入れ、火をたきけるが、前後《ぜんご》も知らず[九]眠りければ、長老火をたきて、茶釜の蓋を取られければ、中より何とはしらず、足を出だしけり。「やれ、鑵子《かんす》[一〇]が化けたは」と騒がれければ、寺中《じちゆう》おどろき

一　江戸初期の旗本奴・町奴。また、武家の奴僕・中間もいう。
二　怒りを顔に出す。
三　一尺七〜九寸の長い脇差。近世初期、かぶき者が好んで差した。
四　顔色。様子。
五　ならず者。よた者。
六　無礼。生意気。
七　「あるべき」の変化した語。あろう。奴言葉。
八　詫び言葉の「御免(五面)／＼」で「渋面(十面)」としゃれた。
九　深い眠りに落ちこんで全く意識のない状態。
一〇　水をつぐ道具。湯わかし、茶釜の類。

（第八・九話）

（上段）
あやまり申た
かんにんなされ
こりやばかもの
なんとしたことで
わきざしを
あて申よ
（下段）
そりや〳〵

来たりてみれば、疑ひもなく足一つ出でければ、いかがはせんといふ中に、老僧のいふ、「しよせん、この鑵子を打ちこかし[一]たらば、化物出づべし。出づる所を押へん」といふ。「もつとも、しかるべし[二]」と、鑵子を打ちこかし、かの足を「押へたり」といへば、てんでに灯《ひ》をともして、これを見れば、長老の足袋《たび》に茶を入れて煎じたのじやあつたとの。

十　情《じよう》の強《こわ》き[三]者髪結《かみゆい》[四]評判の事

さる所に、情の強き者二人寄合ひ、四方山《よもやま》の話をしてゐたりけり。しかる所に、髪結来たり、両人が髪を揃へける。その後《のち》一人がいふやうは、「只今の髪結ほど、下手《へた》なものはない」といふた。一人がこれを聞き、「お手前[五]は訳もない事[六]をいふ人じや。あれほど上手は又とあるまい」といふた。最前の者、かさねていふやうは、「その方はいかほど贔屓《ひいき》しても、あれほどなる下手はないぞ。その証拠には、月代《さかやき》を

一　ひっくり返す。倒す。
二　「本当に、そうするのがよい」の常套句。
三　強情っぱり。
四　月代を剃り、髪を結う職人。当時は町内を回って仕事する町抱えの方が、店を構えた髪結床より多い。
五　対称。そなた。
六　めちゃくちゃなこと。

剃《す》る[七]たびごとに、少しにても傷をつけんといふ事がない」。また一人がいふやうは、「いささか[八]、さやうであるまい。それがしの、いくたび剃《そ》らせても、少しもけが[九]はない。その方の悪口」とぞ申しける。何が情の強き者どもなれば、互ひにせんぎ[一〇]になりにけり。その時、最前の者申しけるは、「何のせんぎもいらぬ。只今呼びにつかはし、月代を剃らしやうほどに、少しにても剃刀《かみそり》で切りたらば、その方、うどん五桶[一一]買へ。また、ちつとも切らずんば、われ、うどんを五桶買ふべし。いかに〳〵」といひける。一人がこれを聞き、「こは、めづらしきかけ[一二]六じや。いかにも、その方望みに、少しも切らずんば、われ買はん。はや〳〵呼べ」とぞ申しける。「いかにも心得たり」とて、やがてかの髪結を呼びよせ、月代を剃《そ》らせける。もとより髪結、月代は名人なり。少しもあやまりなかりけり。その時、かの者赤面[一三]し、随分切らするやうに、頭《かしら》を振りけれども、少しもけがはあらずして、月代を剃りしまひける。いよ〳〵かの者気をせき、「髭《ひげ》をはやく剃れ」とぞ申し

七　男子が額から頭上にかけて髪を剃ること。
八　少しも。ちっとも。
九　怪我。過ち。失敗。
一〇　詮議。口論。言い争い。
一一　うどんを運ぶ桶五杯。五杯分のうどん。
一二　賭禄。金品をかけて勝負を争うこと。
一三　物事に興奮して顔を赤くすること。

ける。「承り候」とて、髪結、剃刀を逆手《さかて》に持ち、鼻の下を剃りにけり。その時かの者、時分はよきと思ひ、うつぶきにけり。何が剃刀を逆手に持ちてゐけるに、俄にうつぶきければ、やがて[一]鼻を剃り落しける。その時、鼻を削《そ》がれたる者、「これ見よ、きずをつけたぞ。うどんを買へ」と、鼻声[二]になりていふた[*]。

十一　またき人[三]と盗人《ぬす》との事

さる所に、なるほど[四]またき人ありけるに、一年《ひととし》飢饉《ききん》年《とし》[五]の事なるが、夜の四つ時分[六]に、何者やらん、見世《みせ》こじければ、かのまとうど、「何者じや。門口せせるは[七]」と言いければ、かの者聞き、「いや、苦しからぬものぢや[八]。盗人ぢや」といふ。「なにと、盗人殿か。まだ寝ませぬほどに、まづ行《い》き回つてござれ」といふ。盗人聞き、「これはいかな事[九]。まだ寝やしやれぬか。早うしもふて寝やつしやれ。上《かみ》の町の孫左衛門殿まで行《い》てきませう」といふて去《い》んだ[*]。

一　即座に。すぐに。
二　息が鼻に抜ける声。
＊　類話→補注一九
三　「全人(まとうど)」の転。真面目で律義な人。転じて愚直・愚鈍な人。
四　いかにも。十分。
五　延宝九年の畿内・関東の飢饉をさすか。(『日本災異志』)
六　十時。
七　つつきほじくる。
八　怪しくない者。
九　思いもよらぬ事。呆れた事。
＊　盗人と家人の応答は「ぬす人のつめひらき」(一四三頁)にもある。

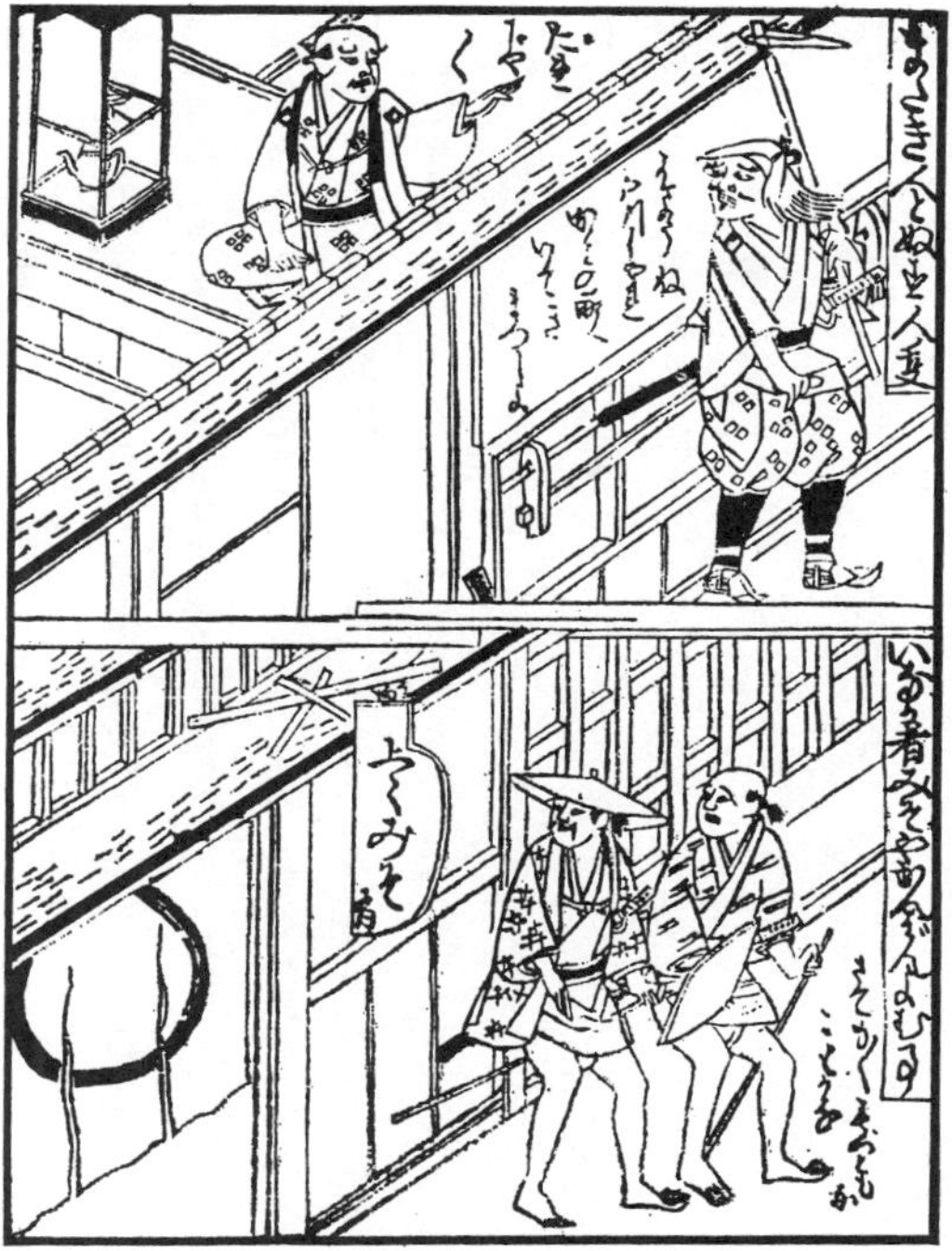

（第十一・十二話）

（上段）
だれじや〳〵
はようねやつ
しやれ
かみの町へ
いてきまつしよ
（下段）
さても〳〵
もつともな
ことかな

十二　田舎者味噌《みそ》屋看板読む事

田舎者、京内参《うちまい》り[一]をしけるに、味噌屋の看板を見て、手を打つて[二]帰り、亭主にいふやう、「都の名所《めいしよ》、残りなく拝みめぐりたり。都とて、もつともらしき事を書き置きたり」といふ。亭主、「それはいかやうの事」といふ。「されば麩屋《ふや》町とやらんに、[三]うへ／＼みそ[四]と書付けてあり。さても／＼、りくつ[五]を書きたり」と感じければ、亭主おかしく思ひて、「それはめづらしき事かな。いかやうの子細《しさい》にてござる」といへば、「さて／＼、亭主は京にいても、これを知らぬか。うへ／＼みそ[六]といふ事は、『上を見れば限りがないぞ、ただ下を見よ』といふ事にて、庭訓《ていきん》[七]にもある事じや」といはれた。

十三　法花寺《ほつけでら》浄土寺と犬を飼ふて口論する事

ある所に、法花寺と浄土寺と並びてありけるが、法花寺に飼い置き

一　京都の市内見物。
二　感心する様の形容。
三　「法論みそや　柳ノ馬場五条上ル　源左衛門」(『万買物調方記』)とある。
四　挿絵の看板「上々みそ有」の通り、この上もなく上等の意の「上々」を「うへ／＼」と読んだ。
五　理屈。道理に適うこと。
六　禁止の意を表わす「そ」で「上を見るな」に通ずる。
七　家訓。父から子に与える教訓。また、『庭訓往来』のこともいう。

（第十三・十四話）

（上段）

はあゝ
にちれんがまけ
夫は〳〵
うれしや〳〵
こちの町のてらの
ほうねんが
かつたは〳〵
さてもはらの
たつ事や
こちのいぬが
まけた

たる犬を、法然《ほうねん》[一]と名を付けて呼びければ、隣の浄土寺の僧たち、「さて〳〵憎き事かな。大事の祖師[二]を犬にする事こそ遺恨《いこん》[三]なり」とて、浄土寺にも犬を飼いて日蓮《にちれん》[四]と名を付け、物も食はせず、痩せおきて、あたりの子供を招きよせて、「隣の法然と、こちの日蓮と嚙み合はせてくれ」と頼みければ、子供むらがり寄りて、「日蓮こい、法然こい」と呼びて嚙み合はせければ、何が日蓮は痩せ犬の事なれば、法然に嚙み伏せられければ、「日蓮が負けて法然が勝ちたり」とはやしければ、法花寺《じ》[五]はこれを立腹して、やがて法然を追ひ出だされた。*

十四　ばくち打《うち》長老になる事

さる者、ばくちに打ちほうけて[六]、親の勘当[七]を得て、田舎へ行きけるが、ある浄土寺に、禅宗[八]と法問《ほうもん》[九]して負け、寺を開きける[一〇]を、かのばくち打、よきさいはいと思ひ、髪をそり落し、その寺へ据はりける[一一]が、かの禅宗へ、こちらより法問しかけけるは、「仏大のかしゃのけひ[一二]は

一　浄土宗の開祖。
二　一宗一派を開いた僧。
三　恨み。残念。
四　日蓮宗(法華宗)の開祖。
五　原本は「に」と誤刻。
*　類話→補注二〇
六　打ち惚ける。勝負事に熱中する。
七　意に背く言動があって親子の縁を切ること。
八　座禅によって仏教を究める宗派。又その僧。
九　仏教の教義について問答をし、優劣を争う事。
一〇　明け渡す。
一一　場を占めて落着く。住職の地位を占める。
一二　倒置法の設問で「大仏のしゃかのひげ」とな

いかに」[一三]といふ。さしも悟りの禅宗なれども、この一句に合点《がてん》ゆかず、つゐに寺を開かれければ、しすましたりと喜び、庭訓式目《ていきんしきもく》[一四]のやうなるものにて、よき口[一五]にまかせて談義[一六]説きければ、所の者ども、よき長老様とて参りけり。ある時、古《いにしえ》のばくち友達、あきないに歩《あり》き、折ふし、その在所に泊り、よき談義と聞いて参り見れば、古、銭三百文貸したる友達なり。よき所にて見付けたりと思ひ、「過去にて、これはいかに[一七]」と、指を三《み》つさし上げ[一八]ければ、長老合点して、「これにてはいかに」と、指を二つさし出し、二百文に値切られた。*

り、答えは「なまず(鯰)」とでもなるか。
一三　答えを求める法問の常套句。
一四　家庭内の教訓書の類。
一五　口上手。
一六　お説教。
一七　問答口調で借金の催促。
一八　銭三百文の合図。
*　落語「こんにゃく問答」の原話。

かの子《こ》ばなし

（元禄三年刊）

解題　底本は東京大学文学部国文研究室蔵本。半紙本三巻三冊。題簽は中央に「新板かの子(こ)はなし上(中・下)」。目録題「か(鹿)の子(こ)はなし上(中・下)」。内題・尾題なし。柱刻は下部に三巻通しの丁付のみ。本文は半面一二行、一行約二二字詰で句点なし。序半丁。目録半丁(各巻)。本文丁数三二丁半(一二・一〇半・一〇)。話数三五(一二・一〇・一三＝目録外の無題一話を含む)。挿絵両面図二(一・一・〇)、半面図一二(五・三・四)。下巻本文末に「元禄三午ノ夘月上旬　松會開板」と刊記がある。底本の中巻目次には「十」とあるのみで、題名「もん所のかうしやく」の部分が削られ、二十三丁裏の三行目から始まる本文もなく、丁付を「二十三四五」として下巻「廿六」につなげる細工がしてある。管見の他書も同様である。削除の理由は不明だが、文中の医者からの支障を憚ってのことかもしれない。幸い家蔵の中巻零本にはこの第十話があるので、それで補った。(書誌の丁数・話数も完本による。)

本書の序・編者は不明だが、「かの子ばなし」の書名が「鹿(野武左衛門)の(弟)子のはなし」の意を含んであり、序文に江戸の座敷噺の名手鹿野武左衛門の活躍を特記しているので、武左衛門を宗とする同好の同人たちの『正直咄大鑑』(貞享四)、『枝珊瑚珠』(元禄三)などと一連の作品と考えられる。咄の舞台や板元も当然江戸で、武左衛門関係の他書に比し、行文は簡潔流麗だが、先行話の再出も見られ、新奇さに欠ける。

本書は、初板刊行早々に前述した中巻第十話を削除した再板本が出たほか、縮小本や改題再板本がある。すなわち、上巻は『かる口もみぢ傘』(序はなく、十話まで)、中巻は『江戸すゞめ』(九話まで)と題して中本一冊本になり、下巻もおそらく『はなし問屋』と題して元禄年間に出刊されたと思われる。同じく中巻第十話を欠いた三巻が、そのまま『軽口大かさり』と書名を変えて、正徳六年に再板されている。

本書は、近世文藝資料14『軽口咄本集』上巻(古典文庫・昭51)に複製が載り、『日本小咄集成』上巻(筑摩書房・昭46)に活字紹介された。また『軽口大かさり』は『日本文化』14号(昭13)に翻刻がある。

富楼那《ふるな》[一]の軽口二千六百年以前、曾呂理《そろり》[二]百年、これ又あたらしとせず。近頃鹿氏《しかうじ》[三]そんぞそれ[四]といふ者、ここにおどけ、かしこに戯《ざ》れて、世人の頤《おとがい》をふさがず。[五]かれが舌根《ぜつこん》を一たびふるへば[六]、十王[七]もふき出し、三《さん》途《ず》の姥《うば》[八]も口をつぐみて笑ふ。[九]それさへしげければ古し。[一〇]たび重なればしたるる。[一一]さればとて、ただもいられず。苦《にが》からず辛《から》からず渋からぬ友どち打ち居て、種なし事[一二]の当座笑[一三]、一《ひっと》、二《ふた》、三《み》、四《よ》、十《とお》、七つも、続き次第のうそばなし、自《おのずか》ら心は檜《ひ》の木手まり[一四]となりぬ。夜明烏[一五]のおもはんほどもと、曙《あかつき》の灯《ともし》かい消しぬ。

一　釈迦の弟子。雄弁と巧みな弁舌で有名。
二　曾呂利新左衛門。秀吉の寵臣で頓才に富む。
三　江戸の座敷仕型噺の名人、鹿野武左衛門。
四　名前を明示せずに漠然という。しかじかの者。
五　下あごが外れるほど大笑いする。
六　巧みにしゃべる。
七　冥界で亡者を裁く閻魔大王以下十人の王。
八　三途の川の奪衣婆。
九　口を閉じた含み笑い。
一〇　くだくだしい。
一一　まだるっこい。
一二　根拠のない作り話。
一三　その場限りの笑い話。
一四　一心不乱になる事か。
一五　夜明けに鳴く烏。

かの子ばなし　上

一　花見の薬
二　地震の粗相者
三　馬場の見立て
四　見脈《けんみゃく》のあだな
五　俄分限《にわかぶげん》は一炊《いっすい》の夢
六　言訳《ゆいわけ》でくづす
七　やみの夜のつぶて
八　馬ちがひの糸鬢《いとびん》
九　地蔵のぬけく
十　まひとつのあんじ
十一　高名《こうみょう》は自身のてつぽう
十二　ぬす人のつめひらき

一　花見の薬

○上野の花もはやすぎ、亀井戸[一]のしば、つく〴〵し[二]、よめな、つばなの[三]一ふさ、おもしろけれど、ことしの桜見ずに暮らそかなどといふ。「しからば、牛島の禅寺[四]にめづらしき花あり。これへ参らん」とて、急ぎけり。ほどなく門になれば、番の者立出で、「その吸筒[五]は酒そうな。酒はこの内へは入れぬ[六]」といふ。「いや、これは酒にてはなし。この若き人、わづらひにて候ゆへ、行くさき〴〵迄、薬を煎《せん》じて行く」といふ。「しからば、飲みてみん」といふ。やがて大茶碗に一つ与へければ、「この薬には、大分地黄《じおう》[七]が入りたさうな」といふて通しけり。「さあ〳〵、しすましたぞ[八]」とて、思ふよふに見物して、大酒に酔《え》ひ、はや帰らんと思ふ所に、また、番の者来りていふやう、「さきほどの薬の二番[九]は、まだあがりませぬか」といふてきた。*

一　東京都江東区亀戸町。亀戸天神や竜眼寺(萩寺)などの行楽地がある。
二　つくしの古名。
三　茅花。チガヤの花。
四　墨田区向島にある黄檗派の牛頭山弘福禅寺。
五　携帯用の竹製の水筒。
六　禅寺では、門前に「不許葷酒入山門」と、臭いの強い野菜と酒の持込み禁止の結戒が立つ。
七　ゴマノハグサの多年草。漢方で補血強壮剤。
八　うまく切りぬけた。
九　「二番煎じ」の略。一度煎じた後、再度煎じた薬。
＊　類話→補注二一

（上巻　第二話）

二　地震の粗相

○いつの頃[一]にか、毎日〳〵地震の揺《ゆ》る事たび〳〵にて、心の落付く間《ま》なく、わづらふ折[二]ふし、少談合《ちとだんこう》[三]ありて、人々二階にあつまり、三つ四つはなしける所に、はや地震、しきりに揺りけるが、「二階はあやうし。みな〳〵下へおり申さん」といふ。中にずんど[四]粗相なる者、人より先に走りおりしが、いかがしたりけん、はしごの下に、ぬかみその桶ありけるに足をふみこみ、「やれ〳〵、二階の人々、下へおり給ふな。もはや下は、どろの海[五]になりました」といふ。

三　馬場の見立て

○湯島広小路[六]の馬乗り馬場の土手、四通りできける。[七]奉行《ぶぎょう》衆検見《けんみ》[八]に御出なされ、「この馬場の名をば、いかが付け申すべし」と御相談なされ候所に、町人[九]ども出て申すやうは、「大方、このあたりの町人ど

一　慶安二年六〜八月に地震が続いたが、ここでは延宝六年八月十七日の江戸大地震か、天和三年四月五日の日光大地震をさすか。（『日本災異志』）
二　苦労する。悩む。
三　相談事。古くは清音。
四　ひじょうに。大変。
五　糠味噌のぬかるみを津波による浸水と錯覚。
六　文京区湯島天神下の広い道。
七　天和二年創設、湯島の新馬場、俗に桜の馬場と呼ばれた。
八　物事を実見し検査すること。武家用語で検閲。
九　土地持ちの平民。

（上巻　第三話）

も、付け置き候」といふ。「それは一段[一]。何と付け候や」「まづ初手《しよて》の土手に桜を植え候ゆへ、桜の馬場と付け候」といふ。「さて、その次は、お松を植えましたゆへ、お松が馬場と付け申し候。その次は柳を植えましたにより、柳の馬場と付け候」といふ。「さて、その次は」とあれば、「いまだに木も何も植えませぬゆへ、名も付け候はぬ」といふ。「とてもの事に[二]付けたき」とありければ、年頃の者[三]罷《まか》り出、「これも大方、思案いたしました」といふ。「まづこの馬場、以前は町屋敷[四]なりしを、お取上げなされましたゆへ、取上げばば[五]と付け候」といふ。「これはきつくおもしろし。しからば、此所には、こ梅[六]を植えよ」と仰せられし。

四　見脈《けんみやく》[七]のあだな

○若き者四五人寄合ひ、あそびける時、表を医者一人通りける。一人の者がいわく、「あの医者を見知り給ふか。ことの外下手《へた》なり」と

一 「一段の事」の略。結構なこと、特によいこと。
二 いっその事に。
三 思慮分別のある年輩者。
四 町奉行の支配に属している町人の居住地。
五 取揚げ婆。出産時の「取揚げ婆」と町屋敷の「取上げ馬場」をかけた洒落。
六 「子産め」と「小梅」をかける。
七 外見だけで脈や身体の状態を推定すること。

いふ。そばなる者、「さるによつて、このあたりにては、やはらそくあ[八]んといふ。それはなぜにといへば、かかるとなげる[九]といふ義なり」といへば、また一人のいわく、「されば、我等のあたりにては、おかざ[一〇]きそくあんといふ。それはいかにといへば、ゆふべも殺したが、また殺した[一一]」。

五　俄分限《にわかぶげん》[一二]は一炊《いっすい》の夢[一三]

○越前より十介といふ米つき、江戸へ下りけるが、ある時、日本橋を通るとて、何かは知らず、足にかかるを取上げ見れば、財布《さいふ》なり。さてこそと思ひ、取て帰り、まづ宿へも沙汰なし[一四]にして、心祝ひに、酒五合買い、亭主女房にもかまはず、大茶碗にてひつかけ、二階へあがりて屛風を立て、かの財布を取出し見ければ、小判六十両あり。「さて〳〵ありがたや。もはや明日は国へ帰り、田地を買い、どうしてこうして」といひながら、一両づつめづらしく[一五]並べ、もてあそぶ内、そ

八　柔。柔術。
九　柔術では技をかけて投げ、藪医者にかかると匙を投げる。
一〇　岡崎。一節切りや三味線に合わせた江戸初期流行の小歌。三味線の初歩は「岡崎女郎衆はえい女郎衆」という短い文句を何度も繰返して習う。
一一　岡崎も藪医者も「下手の繰返し」の意。
一二　急に大きな利益を得て大金持になること。俄長者。
一三　盧生の邯鄲の夢に因んで、人生の栄華のはかなく短いことの譬え。
一四　内緒。秘密。
一五　めったにないことで、うれしそうに。

ろ〳〵ねぶり出て、酒の酔《え》ひまぎれに、たわいなく寝入りて、音もなければ、宿の亭主、ふしぎに思ひ、二階へあがり見れば、たわひなき[一]体《てい》なり。あたりを見れば、小判だらけになりてあり。「これは」と、きもをつぶしながら、まづ静かに取りあつめ、下へ降り、女房にも隠し居たりし所に、かの十介、目をさまし見てあれば、六十両の小判、一両もなし。「さて〳〵、これはやれ[二]〳〵」といひければ、下より亭主、「何を十介はいふぞ。やかまし」といふ。「されば〳〵、もはやおれは、しあはせが直ろぞ。大分の小判を、ひたと[三]並べて見ると夢を見た」といふた。

六　言訳《ゆいわけ》でくづす[四]

○耳の聞えぬと大粗相者に困りました。このほど祝言振舞[五]に、もはや膳を出すとおぼしき時、粗相者、雪隠《せっちん》[六]へ行ける間、「さてこそもはや、にが〳〵しき事が再発《さいほっ》」と、ささやきける所へ帰る。「その方《ほう》は

一　寝入って正体がない。
二　原本「わ」とある。
三　ぴっしりと。
四　整った形を乱す。
五　結婚披露の宴。
六　便所。
七　「テミズ」の音便。水で手や顔を洗い浄めること。

手水《ちようず》七をつかはぬそうな。きたない事じや。洗ふてきやれ」といへば、「みながそう言わうと思ふて、ぬぐはずにきた」といわれて、みな〳〵冷汗《ひえあせ》八をながして居たりし所に、おさんどの九、大きなる屁をひりければ、「また面目《めんぼく》なき事ができた。けふは恥のかきあげ一〇」といへば、おさん、亭主の内へ入るを見て、「みな〳〵は聞きやるまいの。今すいとはなしたが一一、大方、亭主も知るまい」といわれた。

七　やみの夜のつぶて一二

○神田辺に、商売何をあきなふとも見えず、朝夕魚鳥など料理庖丁わざにて、心安く世をわたる人あり。またその隣に、元日より大晦日までかせぎ通せども、手前のならぬ者一三あり。師走の廿日過ぎの事なりしが、隣有徳人《うとくにん》一四の所に行き、語りけるは、「われ、年月星霜《ほししも》をいただき一五かせげども、手前ひつぱく一六にて、もはやこのほどは火を吹く力もな一七し」と悲しみければ、「それは笑止《しようし》一八なる事かな。われらは少様子《ちと》あり

八　恥や恐れなどが甚しい時に出る冷たい汗。
九　江戸の下女の通り名。
一〇　恥の上塗り。重ねて恥を掻くこと。
一一　放屁した下女は耳が遠く、すかしたつもり。
一二　暗闇から急に飛んでくる小石。いつ、どんな目に会うか分らぬことの譬え。
一三　生計の立たぬ貧乏人。
一四　裕福な人。金持。
一五　朝早くから終日仕事に励むことの成語。
一六　逼迫。困窮すること。
一七　かまどの火を吹いて勢いを強くする。転じて、暮しを立てる生活力。
一八　気の毒。

て、世を心安く暮らす。その子細《しさい》は、わが根付《ねつけ》一には磁石《じしゃく》を付けたり。これを腰に付け、日暮れて歩《あり》き候へば、行きちがふ人の脇差小柄、何によらず金気《かなけ》の類は、われらが腰に取付き候を取て帰り、売代《うりしろ》がへ二、渡世楽に暮らし候」と語れば、「おうらやましき事かな」と、いよ〳〵歎きけるを、かの者ふびんに思ひ、「して、こなたには餅をつく事は、いよ〳〵なるまい。さやうに歎きてもいられまい。金銭とては合力《ごうりょく》三ならぬ。この根付、一夜貸し申さん。これを腰に付け、出給へ。何にても腰に付きたらば、早々帰り給へ。これが金銀を貸し進じたるよりも大切じゃ」といへば、かの者よろこび、日の暮るるを待ちかねけるが、ほどなく日暮れるとそのまま、橘町四、岩井町五にさしかかり、本所《ほんじょ》へ心ざしけるが、何かはしらず、腰に、はたと取付くものあり。よほど重きものなれば、うれしきにまかせ、わが家に帰り、まづ羽織ぬぎすて、見てあれば、年頃四十ばかりの手錠《てじょう》六になりたる男なり。あきれ果てて居たりしが、手錠いふやう、「われは、橘町にて家主五人組に御あづ

一 巾着や煙草入れなどが帯から落ちぬように、緒の端に付けるもの。
二 売って金に替える。
三 ほどこす。助ける。古くは清音で「こうりょく」。
四 中央区日本橋橘町。踊子などの私娼街で有名。
五 千代田区岩本町辺。
六 江戸時代庶民に科した刑罰。罪の軽重により一定期間手錠をはめた。

けの者なり。何として、われをここに連れ来りける」と、さん〴〵ねだり[七]、座敷のまん中に、どうど[八]押しなをり、帰るべきけしきもなし。まして師走廿八日の夜の事なれば、何とも分別にあきれし[九]を、隣より出合い、金子二分[一〇]くれて帰しけり。とかく貧乏〳〵。

八　馬ちがひの糸鬢《いとびん》[一一]

○片田舎の事なりしに、地頭《じとう》[一二]殿より、「かげま抱[一三]へ置き候者あらば、糸鬢にすりおとし、所を追い放せ。隠し置き、わきより知れたらば、名主までを曲事《くせごと》[一四]に申し付る」と相触れければ、百姓寄合ひ、とかく片《かた》時《とき》もはやくとて、みな〳〵糸鬢のごとく、くびけ[一五]をすりおとし、追い放しける所へ、ある大名お通りありて、「馬を出せ〳〵」とありければ、「今度かけむま法度《はっと》[一六]にて、みな〳〵追い放しました」といふ。「いや、それはみな聞違いじゃ」といふ。「さやうに仰せられましても、道中の者も、『馬やろう〳〵[一七]』と申します」。

七　言いがかりをいう。
八　でんと。
九　途方にくれる。
一〇　一両の半分の金額。
一一　月代を広く剃り下げ、鬢を極端に細くした元禄頃流行の髪型。
一二　知行所を持つ旗本。藩で徴租の権を持つ家臣。
一三　蔭間。まだ舞台に出ぬ歌舞伎若衆で男色の相手を勤める者。野郎とも。
一四　処罰。違法。
一五　首毛。たてがみの毛。
一六　元禄二年五月の「野郎かけま」法度＝禁止令を駆馬法度と思い違い。
一七　馬方が旅人に「道中馬に乗れ」とすすめる言葉。それを「蔭間野郎」と誤解。

九　地蔵のぬけく[一]

○浅草辺に、西国方《かた》より、一寸八分の作の観音、奇瑞《きずい》あらたに[二]ましますゆへ開帳[三]とて、貴賤群集《ぐんじゅ》して、その門前は市《いち》をなし[四]、いろ／＼の売物所の賑い、申すもおろかなりし。それにつき、隣の町にもこの事をうらやましく思ひ、名主所に寄合《よりあい》をつけ、この方にも何か欲しきと談合す。名主[五]申さるるは、「思ひ付きたる事あり。まづ我等がはからひにして置き給へ」とて、町人[六]の内二人ひそかに呼び、「その方たちの両隣の家ざかいに、ひさしき石地蔵あり。もしこれに利生《りしょう》[七]もあらんか。貴殿帰りて、よく／＼地蔵に因果《いんが》をふくめ[八]申されよ」といへば、両人帰りて地蔵の前に行き申しけるは、「隣町には観音の開帳にて、町中ことの外繁昌《はんじょう》す。こなた様には、大きなるなりをなされ、一町の衰微《すいび》をも顧みず、土一升米一升の地[九]をせばめて居ながら、利生もなくおはしける事かな」と、さま／＼恥じしめ、「今夜の内に利生なくん

一　抜け句。逃げ口上。
二　ご利益があらたか。
三　社寺で特定の日を限り秘仏や霊宝を公開すること。ここでは貞享四年三月からの浅草寺開帳をさすか。
四　人気を慕って集まる者の多いことの譬え。
五　町年寄の支配を受け、町政一般を司った者。
六　土地家屋持ちの平民。
七　神仏の恩恵。御利益。
八　説得し言い聞かせる。
九　地価の高い土地をいう常套句。

（上巻　第九話）

ば、明日《あす》は早々掘りおこし、捨て申すべし」と両人申し、家に帰り、その夜の夢を待ちけり。ふしぎや、夜半と思ふ折ふし、名主、両家主の枕に立ちて、「みなの申す所、ことはり[一]なり。何時にても金目《かねめ》五六貫め[二]の役には立つべし。気づかひし給ふな」と、あらたにのたまひて、夢はさめにけり。三人きもをつぶし、ありがたき事かなと、町中寄合ひ、祝ひなどして、地蔵の上にさしかけ[三]などして、さま／＼馳走いたしける。その折ふし、町内に漆《うるし》の拝借金[四]百両借りたる人あり。年季[五]すぎ候ゆへ、度々御催促にて、町中すでに[六]迷惑に及ばんとす。その時、賢《さか》しき者出て、「内々の地蔵のこのたびなり。五六貫めの役に立つとは、丁度《ちょうど》百両なり。見通しなされて[七]仰せ候はん」といへば、尤《もっとも》とて、町中みな／＼上下《かみしも》を着《ちゃく》し、地蔵の前にかしこまり、「いつぞや夢に見え給ふごとく、このたび町中の難儀、百両にて候。御出し下され」と申しければ、地蔵の云《いわ》く、「いづれも[八]それは聞きちがひなり。金子《きんす》の事にてはなし。浅漬[九]の時分香《こう》の物の重石《おもし》に、五六貫めじや」。

一　道理。もっとも。
二　銀六十匁＝金一両として、約百両。
三　母家から庇のように差し出して作った小屋。
四　幕府・諸大名からの貸付金。
五　期間。期限。
六　全く。すっかり。
七　こうした事態を予期されて。
八　皆々。
九　生干し大根などを塩や糠で漬ける当座漬。

十　まひとつのあんじ

○ある人、女房に酌とらせて、二三人寄合ひて、はなしなどして居たりしに、女房、屁一つ取りはづし[一〇]ければ、亭主こらへかね、「さて、わたくしの女房に、悪《あ》しきむし[一一]がござる。かやうに客人のござる時にかぎつて、月に一つづつ取りはづします」といふ折ふし、また一つ放しければ、「ああ心やすや。もはや来月の分もしまふた」といわれし。*

十一　高名《こうみよう》は自身のてつぽう[一二]

○大身なる衆、客をよびけるに、盃など出しける時、こんくわいつりの介[一三]なんといひける小姓、酌にたちける。何とかしたりけん、屁一つおとしければ、つりの介、座を立ちて部屋の内に行ける。その時、殿御らんじて、「つりの介は思ひ切たる[一四]と見えたり。やれ、とどめよ」とありければ、近所衆[一五]、跡より行て見れば、案の如く、脇差を腹にあ

一〇　放屁すること。

一一　病気を起す元。悪癖。

*　類話→補注二二

一二　鉄砲。嘘。だぼら。

一三　吼噦(こんかい)は鳴き声から狐のこと。狂言「釣狐」に因んだ通名か。

一四　覚悟する。決意する。

一五　主君の側近者。

（上巻　第十話）

て、突きたてんとする所を、みな〳〵取付き、「これは一興《いっきょう》[一]なる事」といへば、「いや〳〵、殿様の御前はともかくも、客衆の中にてかやうなる事、もはや生きても詮《せん》なし[二]。腹切らん」といふ。「さやうに申しては、雪隠《せっちん》に腹切りが絶へ申すまい。ひらに思ひとまり給へ」といへば、「その義ならば、出家にならん」とて、もとどり切て[三]、大小ともに扇に置き[四]、

屁ひとつで千すぢなでし黒髪を
　切て立ちのく身こそかなしき

と書て、屋敷を立ちのきける。そのあとにて、小姓まはし[五]帰りて、この由を聞き、部屋の様子を見て、「われ、下人[六]なりとても、見てはかんにんならぬ」とて、黒豆ほどある[七]もとどりを引つ切て扇にのせて一首、

みな人の我をくそ[八]とやおぼすらん
　屁のでた跡に出《いで》てはしれば

一　一驚。意外なこと。とんでもないこと。
二　無益。仕方がない。
三　髪を根本の部分から切り落す。落髪。出家する際の作法。
四　侍の身分を捨てる場合の作法。
五　小姓達の指図や世話をする人。
六　身分の低い者。またつまらぬ者。
七　量の少い形容。
八　糞。無価値、役立たずの意。屁と関連づける。

（上巻　第十一話）

とよみて、ともに屋敷を立ちのきけり。

十二　ぬす人のつめひらき[一]

○さる所へぬす人来り、壁切りやぶる。折ふし、亭主目さまし、ぬす人と心得、やがて起きあがりて、ぬす人の手を、しかと握りながら、女房を起こし、「そこの銭二百文おくせ[二]」といふ。女房おどろき、「何事ぞ。さて〳〵おそろしや」といふ。「まづおこせ」とて、二百文をぬす人に手渡しして、「おのれ、憎いやつなれども、おれも目をさまして、しあはせじや。おのれも損であらふが、二百文にてかんにんせよ」とて、因果をふくめ[三]、手をはなしければ、ぬす人、しばらくあつて立帰り、また手をさし出しければ、亭主腹を立て、脇差などをあたふたとし[四]ければ、「騒がせ給ふな」とて、菓子をすこし紙に包み出し、「軽微《けいび》に候へども、子供衆に遣せられ下され。向後《きようこう》[五]はお心安く参りましよ[*]」。

一　応対。駆引き。心配り。
二　「おこせ(遣せ)」の変化した語。寄こせ。
三　道理や状況を説明して諦めさせる。
四　あわてふためいて、ばたばたとする。
五　これからは。
*　落語「もぐら泥」の原話。「またき人と盗人との事」(一一四頁)参照。

（上巻　第十二話）

鹿の子ばなし　中

一　利生《りしよう》はたちまちのゆか

○人は花見、月見、舟遊山《ゆさん》[一]などと、いろ〳〵の戯《たわぶ》れをなし、ふだん諸白《もろはく》[二]の絶ゆる事なく、庖丁の音高く、焼き物のにほひ香《こう》ばしく、謡、上《じよう》るり、三味線《しやみせん》、家ごとに遊山ずきの町ありける。その辺に、大きに幅《はば》はすれども[三]、今三文出し給へ[四]といへどならぬくらいの人あり。明暮れ身上《しんしよう》[五]をいろ〳〵に分別すれども、仕合せの悪《あ》しき折ふしか、何をしてもよくなく、思ふようになかりし所に、ある人のいわく、「弁財天[六]を信心いたし申されよ」とあれば、実《げ》にと思ひ、七夜待《ななよまち》[七]をぞしたりけり。七日目の夜半に、天井大きに鳴りわめき、やぶれたる所より、色黒き、痩せかたちなる目の白き坊主落ちけり。そのまま取ておさへ、「やれ出合へ。ただ今貧乏神[八]をとらへたぞ。年月の思ひは、このたび晴らすぞ」とて、さん〴〵にいましめければ[九]、「あまりさやうにいた[一〇]め給ふな。我等ばかりにてはなし。あまり天井に大分いるにより、押

一　舟に乗って遊び楽しむこと。
二　上等の酒。
三　見栄を張る。威張る。
四　価値の低い譬え。
五　暮らし向き。生活。
六　七福神の一で施財・施福の神。
七　神仏に七夜つづけて祈願すること。
八　人に取りつき、貧乏に追いこむという神。身体は痩せた小柄で顔色は青白く、破れ団扇を持った老人風といわれる。
九　懲らしめる。捕えて縛りつける。
一〇　痛い目に合わせる。

し合て落ちた」といふた。*

二　智者ぶりは山家《やまが》のとき

○木曾の奥山家にての事なりしに、心ざし[一一]ありて、寺の上人を呼びてふるまひけるが、亭主のいふやうは、「茶をのむものを天目《てんもく》[一二]とは、いかがいたしたる事」と問ひければ、御上人のいわく、「されば、茶をふつて[一三]くれ、ふらいでくれいとて、いろ〳〵せぶる[一四]によつて、天もく[一五]があるといふ事じや」とありければ、「さすが上人ほどござる」と感じける所に、隣より塩鯛[一六]を持ち来、「やれ〳〵、めづらしきものが江戸より来たぞ。これは何といふものぞ、知らぬか」といふ。「それこそ幸《さいわ》い御上人の居給ふ。問い申され」とて出しければ、上人御らんじて、「それを、その方たちは知らぬか。夷《えびす》三郎[一七]殿の脇差[一八]じや」といはれた。

＊　類話→補注二三

一一　法事。追善の仏事。
一二　茶碗の総称。中国浙江省天目山の辺に産する抹茶茶碗。
一三　たてる。煎じ出す。「振る」と「降る」をかけるか。
一四　無理じい。せがむ。
一五　「天も苦」に通ず。
一六　塩漬にした鯛。
一七　七福神の一。商売・漁業の守護神恵比須の異称。
一八　恵比須が左脇に抱えている鯛を「脇差」と見立てた。

（中巻　第二話）

三　上下《うえした》に付けたきもの

○さる者ども寄合ひ、はなしして居けるに、一人の者がいわく、「ままならぬは世の中なり。昔よりもいふごとく、桜の花、色よけれども枝たおやか[一]ならず。梅は匂ひあれども、色ことならず[二]。柳は枝たをやかなれども、花もなし香もなし。さるによつて、歌にも、

　梅が香を桜の花ににほはせて
　　柳の枝に咲かせてしがな

といふ歌[三]もあり。それに付て、あの雷《かみなり》の鳴る時光る稲妻《いなずま》を、地震の先へ付けたいものでござる。そのいわれ[四]は、地震の揺《ゆ》る時は、いつ揺るやら知れず、人皆騒ぎ、棚にある物なんど落ちて、割れ損ずるも多し。稲光《いなびかり》が先へすれば、『おしつけ[五]地震が揺ろふぞ、棚にある割れ物をおろせ』なんどといふて、万事手つがひ[六]がよし。また雷の時ひかれば、まづ光に胆《きも》をつぶす所へ、また雷の鳴るに胆をつぶすによつて、これ

一　しなやか。柔らか。
二　際立っていない。
三　『後拾遺和歌集』第一春上、中原致時の和歌。
四　謂れ。理由。訳。
五　押付け。間もなく。
六　手番。手筈。手順。

はあちらこちら[七]へしたきものなり」といへば、そばなる者がいふやう、「それほど思ふやうにしたくば、地震を空で揺らして、雷を地の下で鳴らしたいものじや」といふた。

四　けんどん[八]は時の間の虫

○浅草観音寺内に、能ありけるに、侍とも見えず中間《ちゅうげん》らしき者一人通り、諏訪町[九]のあたりにて、「蒸籠《せいろう》[一〇]むしそば切《きり》[一一]一膳七文」と呼びける時に、この男、腹もよほど空きければ、寄らばやと思ひ、腰[一二]を見れば、銭わずか十四五文ならでなし。ことの外くたびれ、ひだるくはなる。まづ寄らばやと思ひ、のれんの中に入るよりはやく、膳を出す。空き腹なれば、口あたりのよきままに四膳まで食ひけり。そば切の代は二十八文、腰には銭十四五文ならではなし。いかがせんと思ひけるが、思案して亭主を呼び、「酒やある」と問ふ。「いかにもござる」といふ。「その儀ならば、二十四文ばかり[一三]がの出し申されよ」といへば、その

七　あべこべ。反対。

八　「慳貪」は安直で簡便な意。盛り切りの蕎麦やうどんのこと。江戸では寛文四年に「けんどんそば切」が登場したという。

九　東京都台東区駒形二丁目。

一〇　蕎麦などを入れて運ぶ器。また今の盛り蕎麦のこと。

一一　茹でた蕎麦切りを冷水で洗い、再び蒸したもの。

一二　腰に下げた銭ざし。

一三　上等の酒の代金。

（中巻　第四話）

まま持て来る。それを飲みて後に、一膳のそば切半分食い残し、そばにやすで[一]といふ虫ありけるを、椀の中に入れ、ふたをして亭主を呼び、いひけるは、「このあたりには、やすでといふ虫多くありや」と問ふ。亭主聞て、「なるほど、大分ござります」といふ。かの者いふやう、「あれは、ことの外くさきものにて毒なり」といへば、亭主、「なるほど、くさきものにてござる」といふ。その時かの者、「さやうなる毒、そば切に入れ、人に食はせてよきか」と、さま〴〵ねだり[二]、「代物《だいもつ》[三]一文も置くまじき」といふ。その時亭主、「さやうのわやは[四]、外にて申されよ。このあたりにては無用」といふ。かの者いよ〳〵腹を立て、いかりければ、亭主がいわく、「その方には表の看板を何と見られ候や。『むしそば切』と書付けたり。虫はありても苦しからず」といへば、この男、困りて返答なし。亭主がいふ。「この返答し給はば、代物一銭も取るまじ」といふ。かの者いふやう、「その儀ならば、我等をば、あぶらむし[五]にし給へ」とて帰りた。*

一　ゲジゲジの類。暗所や湿気を好み、臭気を放つ虫。
二　文句をつける。
三　代金。
四　「わやく」の略。無法。無理。いたずら。
五　無銭で遊興・飲食をすること。たかり。
＊　同想句に「汁くもを入れてけんどん屋でどなり」(『川柳評万句合』安永五・仁)がある。

五　神もうるさきあぶら

○牢人《ろうにん》らしき男の大撫付《なでつけ》[一]にて、紙子《かみこ》[二]を着《ちゃく》し、朱鞘の大小などをさし、神田明神[三]の神前にきたり、むたいに参銭《さんせん》[四]を取り、ふところに入れる。宮守《みやもり》[五]ども、「これは狼藉《ろうぜき》なり[六]」と捕らへければ、この者、「いや、苦しからず。白《しら》しぼり[七]きやらゑもんといふ者なり」と、むたいに参銭を取る。皆々腹を立て、推参[八]なるやつとて捕らへ、まづ宮内[九]へつれ行き、かやう〳〵といふ。宮内聞て、「その方、名は何と申すぞ」。その時かの者申すやう、「白しぼりきやら右衛門」といふ。「その儀ならば、許せ」といわる。下々の者聞て、「これは合点《がてん》まいらず。白しぼりきやら右衛門ならば、参銭取りても許し申すべきや」といへば、「いや〳〵、これはどふでも、かみのあぶらじや[一〇]」といわれた。

一　頭上に結ばずに、後方に撫で付け、裾の方を切りそろえた髪型。
二　貧民用の紙製の着物。
三　千代田区外神田、聖堂の北にある江戸の総鎮守の神社。
四　賽銭。神仏に奉る銭。
五　神社の番人。神主。
六　乱暴。無礼。
七　白胡麻の実から絞り取った上等な胡麻油。主に婦人の髪油に用いた。
八　出過ぎた。ぶしつけ。
九　宮司。社務所の神官。
一〇　「髪の油」と「神のあぶら(虫)＝たかり」をかけた。

（中巻　第五話）

六　文字《もじ》論によるあか

○人四五人寄合ひ、一人の者いふは、「何ゆやにて、りよぐわい[一]をしては、『せんたうでござる』といふ。せんたうとは、とうは湯《ゆ》にきわまつたが、せんは何といふ字を書きます」といふ。一人の者いふ。「せんは洗《あらう》といふ字でござる」といふ。一人がいふ。「いや〳〵、それでは、りよぐわいをした時いふ、せんが立ちませぬ。貴《たつと》きも賤しきも入るといふ義理[二]にて、いやしきといふ賤《せん》の字でござる」といふ。一人がいふ。「いや〳〵、これも利屈《りくつ》が済《す》まず。せんたうといふ時、せんは舟《ふね》といふ字でござる」といふ。一人がいふ。「これがおもしろき義理なり。さりながら、銭にて入る湯《ゆ》なれば、せんは銭《ぜに》といふ字でござる」といふ。その時、とびよん[三]なる者一人居けるが、「どれも一利屈づつはあり。中にも舟ゆがよし。中に悪《あ》しきは、いやしきといふ賤の字といふは、大きにわろし。ここ[四]にてこそたくさん[五]にいへ、京のあ

一　慮外。意外の意から転じて、無遠慮な振舞。無礼。
二　意味。道理。
三　「とひょう」の訛りか。間抜け。
四　江戸。
五　粗末。軽々しく。

たりにては、せんとうさま[六]とて、あだには[七]いわぬ」といふた。

七　何がなきれい好き

○人にすぐれ、きれい好きする人あり。ある時、自身番[八]に出てゐけるが、ふところより毛抜き[九]を取出し、ふくさ[一〇]にてよくぬぐひ、ひげを抜きけるが、もとよりきれい好きにてはあり、見事なる毛抜きを、そばなる者見て、「もし、その毛抜き、あき候はば、御貸しなされませい」といへば、「貸しは貸しませうが、むさき[一一]所を抜かしやるな」といふ。「心得ました」といふて、あごの下を抜く時、かの者、むたい[一二]に毛抜きを奪い取て、「さるによつて、はじめより、『むさき所は無用』といひしに、『心得た』といひながら、かやうにむさき所を抜き給ふ」といへば、借りたる者きもつぶし、「毛抜きが貸しともなくば、はじめより、いやと言ふたがよし。人の持ちている物を、むたいに取るといふ事があるものか。あごの下が、何としてむさきものじや。歴々《れきれき》[一三]ま

六　仙洞様。上皇の御所、転じて上皇。
七　好い加減には。ひどくは。
八　町内の警備や雑務などをした詰め所。
九　髭や眉毛、毛髪などを挟んで抜きとる道具。
一〇　服紗。柔らかい絹布。江戸時代、町人は髭を生やせないので常用した。
一一　不潔な。きたない。
一二　むりやり。力ずくで。
一三　家柄や身分・才能などのすぐれている人。

します中にて、あまりにわがままなる仕様《しよう》じゃ」といへば、かの者、「いや〳〵、あごの下は、身うちになき[一]むさき所。わき[二]を抜かしやつた分にはかまはぬ」といふ。「して、あごがむさきとは、どうした事」といへば、「朝晩ふんどしを挟む所でござらぬか」といふた。尤《もつとも》なり。*

八　よぬけの次兵衛

○銀《しろがね》町[三]の辺《へん》に、与次兵衛といふあき人ありけるが、いかがしたりけん、夜ぬけ[四]にして見へず。駆落《かけおち》[五]の事なれば御帳《おちよう》に付け[六]、あとは闕所《けつしよ》[七]になり、家主も店賃《たなちん》大分に貸しあり、その外、借金《かりがね》多くありければ、負《お》ほせ方《がた》[八]の者も家主も、ことの外憎み、見付け次第に急度《きつと》[九]貸金取らんと尋ねけるに、その近所の者、用の事ありて品川へ行きしに、芝の末《すえ》にて逢ふた。「さても与次兵衛、ひさしく候。まづ其方は不覚《ふかく》人[一〇]かな。大分に人を倒し[一一]ながら、かやうに江戸近辺にいるといふ事があるものか。もし貸方《かしかた》の者が見付けたらば、ただは置くまいが、早々わきへ退《の》

一　身体の中で一番。
二　別の場所。
＊　「抜き所を聞いて毛ぬきをかしてやり」(『川柳評万句合』宝暦八・梅)が同想句。
三　正しくは本銀町。中央区日本橋本石町辺。
四　夜逃げ。
五　庶民が貧乏や悪事のため無断で逃亡すること。
六　悪事や勘当・駆落などして、公の帳簿に名前が記されること。
七　家財や家屋敷など所有物を官に没収されること。
八　債権者。
九　厳しく。
一〇　あさはかな人。油断している人。馬鹿者。

きめされい。さだめて名も変りつらん。今の名は何といふ」と聞ば、「今は次兵衛と申す」といふ。「さても出来たる[一二]名を付けたり」と、ことの外ほむる。次兵衛聞て、「我はさして出来たとも思はぬに、何とてほめ給ふ」といふ。かの者、「いや、きつふ出来た名じや。与次兵衛がよぬけ[一三]をしたによつて、次兵衛は出来た」といふた。*

九　陰間[一四]のわるくせ

○難波《なにわ》町[一五]へんに、ことの外はやりける陰間ありけるに、悪《あ》しき癖ありて、客さへあれば、「ひだるき〳〵[一六]」といふて、廻し[一七]を呼びていひけるゆへ、内所《ないしよう》[一八]へ呼びて、湯漬飯《ゆづけめし》なんど食はせける。あまり度々なるゆへ、廻しも腹を立て、「こなたのやうに言《ゆ》ふては、客衆も見さげらる[一九]べし。品[二〇]をかへて、『さみしひ[二一]』とお申しあれ」といへば、「もつともなり」と、その手にて、「さびしき」といへば、大所[二二]へよびて、ひや飯なんど食はせけるに、度々の事なれば、つら憎く思ひける。折ふ

一一　借金を返さないで損をさせる。ふみ倒す。
一二　上手な。巧妙な。
一三　与次兵衛の「与」の字を抜いたのを「夜抜け」に掛けた洒落。
＊　類話→補注二四
一四　男色を売る者の称。育ち盛りの少年が多い。
一五　中央区日本橋浪花町。元吉原新町の跡地。
一六　空腹。ひもじい。
一七　「廻し方」の略。妓楼で遊女や客の雑用をする男。
一八　勝手。台所。帳場。
一九　軽蔑する。遠ざける。
二〇　言い方。方法。
二一　口に入れるものがなくて口淋しい。
二二　「台所」の宛て字。

(中巻　第九話)

し、また客来りけるに、例の如く、「さみしき」といへば、廻し聞て、「客衆もござるに、何のさみしき事かあらん」といふ。「いや、それでもさみしき」といふ。「三味線でも引かしやれ」といふ。「どふでもさみしき」といふ。「うたでも唄ふてござれ」といへば、蔭間こらへかねて、「これほどさみしくば、かつゐ死ぬる[一]事があらふ」といふた。

十　紋所[二]の講釈

○さる所に大勢寄合ひ、よもやまの物語しけるに、あるひは勘三郎[三]をひく[四]もあり、また竹之丞[五]をひくもあり、とり〴〵役者咄《ばなし》をしてゐけるに、その中に上方者一人ゐけるが、人々の咄にかまはず、「ああ、ありがたい。ありがたきはお江戸じや」と、しんかん[六]に入ていふ。そばなる者聞て、「其方は人の咄も聞かずに、ただ『ありがたい事じや』とお言ひやる。其方は上方の人じやによつて、何もかも、ありがたそふなが、我等は江戸にて生れたれば、もちろん天下[七]のおかげはありがた

一　飢え死にする。
二　各家の定紋。
三　五世中村勘三郎。
四　贔屓、後援する。
五　初世市村竹之丞。
六　心肝。心底から。
七　将軍様。国の政治。

けれども、そのやうに冷え汗をながして[一]、ありがたき目にもあはず」といふ。その時かの者、「いや〱そふではない。お江戸でありがたいといふは、別《べち》の事ではない。医者衆の事なり」といふ。「どふして医者衆が、それほどにありがたふござる」といふ。「されば、あの結構なる医者衆の、お大名方より御扶持《ふち》[二]を取り、また御典薬《てんやく》[三]なんどと申す医者衆も、我等しきにても[四]玄関《げんか》に行て、『我等女房相わづらひ候。御薬と申すは慮外[五]なり、せめて御脈なりと御覧なされ下されませい』と申せば、見苦しき所へも御出なされ候。これ、お江戸のおかげなり。もはや江戸より一里わきの者は、なりませぬ。これがありがたきといふ事なり」と申して、「さて、あの医者衆の六尺[六]の紋を、いつも同紋をお付けなされたは尤《もつとも》なり。あれがどなたじやといふて、乗物があけては見られぬものなり。六尺の紋にて、それ〲に知るによつて、これほどよき事はなし」といふ。「さて、六尺の紋は、家の紋か。また縁[七]を取て付けられたか」といふ。その時、「なるほど、縁を取て付け

一 ひどく感激し恐れ入った時の形容。
二 給金。扶持米。
三 宮中・幕府に仕えた医者。
四 われわれ風情。
五 失礼。ぶしつけ。
六 力わざで奉公する下男。とくに駕籠舁。一丈二尺の駕籠棒を二人で担ぐからいう(『私可多咄』)。
七 関係。ゆかり。
八 矢羽を放射状に並べて図案化した紋所の一。
九 薬効が行き渡る「廻る」と矢車が風で「廻る」をかけた。

られました。覚へた通りは答へてみましやう」「その儀ならば、問いましやう。まづ、矢部げんしゆは、矢車《やぐるま》[八]を付けられた。これはどふでござる」「なるほど、よき縁でござる。薬をやると廻る[九]といふ縁でござる」「それならば、長谷川けんつうは、釘貫《くぎぬき》[一〇]を付けられた。これは何と」「病《やまい》を抜きて取るといふ義理[一一]じや」「さても。それならば、立花りうあんは、箒《ほうき》[一二]を付けられた。これ、どふでござる」「病の掃除、はきちぎつた[一三]やうにしまするといふ縁じや」「しかれば、馬島《まじま》ずいあんは、蛇《じや》の目[一四]を付けられた。これは何と」「あれは目医者じやによつて、蛇の目でよふござる」「それはなぜに」「蛇の目を灰汁《あく》で洗ふ[一五]やうにするといふ縁じや」「まだ問いましよう。清水うんちくは、丸《まる》に瓢箪《ひようたん》[一六]を付けられました。これはどふでござる」「かるくまはるといふ縁でござる」「これはどふもいへませぬ。三宅三沢《たく》は、鼓の皮[一七]を付けられました。これはどふでござる」「かけて[一八]みよ、よくなる[一九]といふ義でござる」「しからば楠道仁は、梅鉢《むめばち》[二〇]を付けられた。これはどふでござる」「あ

一〇　釘抜きの形を図案化した紋所。
一一　道理。意味。
一二　羽箒を図案化した紋所。
一三　十分に掃き清めた。
一四　ヘビの目のように太い輪の形をした紋所。
一五　目の光り輝くさま。また物事の真相を明らかにする意の諺。
一六　丸の中に瓢箪の模様のついた紋所。
一七　鼓を型どった紋所。
一八　紐を鼓の胴に巻きつける「かける」と医者の治療に「かける」の洒落。
一九　「よく鳴る」と「よく成る」をかける。
二〇　単弁の梅の花を正面から見て図案化した紋所。

れは産後医者[一]じゃによつて、それでむめ鉢でござる」「それはなぜに」「さんご むめば ち[二]になるといふ縁じゃ」といふ。「舟橋長庵は、菊に一文字《いちもんじ》[三]を付けられた。これはまた、どふでござる」「いつちきく、[四]といふ義でござる」「また問いましやう。最藤《さいとう》喜なんは、丸に左といふ字を付けられた。これはどふでござる」「匙《さじ》が廻る[五]といふ義じゃ」といふ。「それならば、小島貞安《ていあん》は、水車《みずぐるま》[六]を付けられた。これはどふでござる」「あれは小児医者じゃによつて、水車でござる」「それはなぜに」「小児医者といふものは、あまり脈は見ゆるものではござらぬ。見脈《けんみやく》[七]で見て薬をやる。それでも薬がきくによつて、みづ[八]に廻るといふ縁でござる」といふた。*

一 産婦人科医。
二 「生めば血」と「梅鉢」をかけた洒落。
三 菊の花や枝葉を図案化した紋所。
四 一番「効く」と一字の「菊」をかける。
五 「左字」と「匙」。薬効がよいことをいう。
六 水車を図案化した紋所。
七 脈を取らずに外見だけで病症を推察すること。
八 「水」と「見ず」をかけた洒落。
* 文中の医者は、当時実在した江戸の町医者と思われるが、未詳。

かのこばなし　下

一　乳母に望まるる謡《うたい》

○さる所に、謡の師をする人あり。子どもあまたに教へけるに、近所の乳母《むば》一人来り、天鼓《てんこ》[一]の謡を聞て、「この謡は、大きなる嘘なり」といふて帰る。その後《のち》また来りていふやう、「嘘の謡は、まだ初まりませぬか」といふ。その時師匠のいわく、「その方、先度《せんど》も天鼓の謡聞て、嘘なりといひしが、あの謡をわれらが作りし謡にてもなし。何ゆへにさやうに申す」といへば、乳母《むば》がいわく、「されば、其方様の御作りなされ候謡にてもなく候へども、昔よりあるにもなされませい[二]、大きなる嘘なり。そのいわれは、謡の中に、『天より一つの鼓ふりくだつて胎内《たいない》にやどると見て[三]』とあり。これが大きなる嘘なり。人間の胎内にやどる所、口よりも鼻よりも、やどるものにてはござりませぬ。ただ一所ならでは[四]、やどる所はないに、あの大きなる鼓が、何としてあそこへ、はいりまするものでござりまする。もし裏表の皮をはづし[五]

一　漢の少年楽人の天鼓が持つ鼓の妙音を題材にした四番目物の謡曲。
二　各流にある能だが、作者不詳の曲。
三　謡の詞章に「彼を天鼓と名付くる事は、彼が母、夢中に天より一つの鼓降り下り、胎内に宿ると見て出生したる子なればと」云々とある。
四　陰部以外には。
五　鼓の表裏の皮を外した胴もかなり太いが、俗に「乳母は広陰」といわれる。

（下巻　第一話）

たらば知らぬ事」といふた。

二　人丸赤人[一]

○日《ひ》待《まち》などのありける時、人々寄合ひ、はなしして居けるに、さる人のいわく、「いにしへより、うた人あまたありといへども、人丸、赤人にましたる人なし。どれが上手にて候」といへば、かたはらに粗相なる文盲者《もんもうもの》、進み出でていふやう、「人丸赤人のうたよみ給ふといへども、せんに立たる歌、一つもなし」といふ。そばなる人、「いかなる者がよみたる歌、せんに立ち候や」といへば、かの者がいふ。「すでに、今井の四郎実盛《さねもり》[二]は、楊貴妃[三]に九十九夜《よ》通やりました。[四]その時の歌に、『風吹けばおきつ白浪たつた川』[五]とよみやりました。それを聞て、上るり御前《ごぜん》[六]も一度、物に狂[七]やりました。その時に歌に、『ゆるぐともよもやぬけじのから衣』[八]とよみやりました。そこにて弘徽殿《こうきでん》[九]の塚が、二つにさつと割れました」「して、どうしました」といへば、「中

一　柿本人麿と山辺赤人。
二　木曾義仲の臣今井四郎兼平と平家方の斎藤別当実盛の二人の名を混合。
三　唐の玄宗の寵姫。
四　深草少将が小野小町に通った「通小町」の故事。
五　『伊勢物語』第二十三段の「風吹けば沖つ白浪竜田山夜半にや君がひとり越ゆらむ」の古歌。
六　『十二段草子』に見える三河国矢矧の長者の娘の浄瑠璃姫。
七　気が違う。乱心する。
八　鹿島神宮の要石の歌の上の句「ゆるぐともよもや抜けじの要石」の末句を、『伊勢物語』第九段中の「唐衣」に変えた。
九　『源氏物語』の弘徽

から、梅若丸《むめわかまる》一〇の出やりました」といふた。*

三　月見は女房の自慢

○今夜は十五夜の月、いつより冴へて、あるじの庭ずきも、一《ひと》しほおもしろく、泉水の遣水《やりみず》一一に盃浮かめ、一ぱい楽しみやせんと思ふ所へ、日頃のいとこ八人かけ一二に思ふ飲み友達、「宿《やど》にか」などといひて、二三人語らひ来りけり。亭主よろこび、「やれ、来たるか。まづ盃」といふて取出し、「枝豆、芋一三は今宵のあるじなれ」とて、一ふし加賀節《かがぶし》一四などうたひつれける。折ふし、亭主のかみさま馳走に出、もてなしける所に、庭の松に月の隠れければ、「さやかの月の隠れしは、この松は女松《めまつ》にてござります」といふ。座中、「これはおもしろき所に、お気がつきました。お心一五はいかに」といへば、「月のさはり一六、ござりまする」といふ。座中感じて、「さりとてはやさかたの女郎一七」とほむる。その中に一人、うらやましく思ひて宿《やど》へ帰り、ひたものつぶやき、女

殿の女御。古浄瑠璃『花山院后諍』の流行による。

一〇　謡曲「隅田川」などの主人公。吉田惟房の一子で、人買いに連れ去られ、隅田川辺で死ぬ。木母寺梅若塚に祀られる。

＊　落語「五目講釈」式のこじつけ合成譚。

一一　川の水を庭園の中に引き入れた流れ水。

一二　従兄弟八人分に相当するほど親しい人の意か。

一三　ともに月見の供え物。

一四　寛文から元禄頃に流行した小唄。

一五　理由。意味。

一六　「月を見る障害」と「月経」の意をかけた。

一七　容姿や振舞がしとやかで優雅な女性。

（下巻　第三話）

房を見ては、機嫌悪《あ》しければ、この女房ふしぎに思ふて、「いかなれば機嫌悪しき」といへば、「されば、ゆふべ月見に行たるに、あるじのお方《かた》、上臈《じょうろう》[一]にて馳走に出、庭の松に月の隠れければ、『この松は女松にてござる』といふ。心を問へば、『月のさはり』とのたまひしを、一座感じたる」と語る。女房聞て、「それほどの事は、我が身、得《え》言わぬ事あらじ」といふ。亭主よろこび、「さらば十三夜[二]に月見せん。その時何ぞやさしき事のたまへ」とて、庭をつくろい、松竹植へ置き、さて十三夜になれば、友だち呼びける。酒半ばに女房出でて、庭の松を見て、「この松は男松《おとこまつ》にてござりますか」といふ。座中、「お心はいかに」といへば、「松ふぐり[三]が下がりて見へました」といふた。*

四　握りつめては口にあらはる

○さる江戸近くの在郷にて、百姓寄り合て俳諧《はいかい》[四]してあそびける。折ふし、亭主の句《く》前《まえ》[五]になりければ、一円[六]句出ず。にぎりへのこ[七]して案じ

一　言動が上品で格式の高い上流の貴婦人。
二　陰暦九月十三日の夜の月。「後の月」として、八月十五夜についで観賞された。
三　松かさ。ふぐりは陰嚢の意で、男性を匂わす。
＊　類話→補注二五
四　滑稽を主にした連歌。
五　句を付ける順番。
六　全く。
七　ふところ手をして何もせずにいることの形容。

けれども、なか〳〵句出でかねければ、あまりにせつなくなりて、へのこを握りしめつけて、

さこそへのこ[一]の悲しかるらん

といひければ、座中きもをつぶし、あきれ果て笑止《しようし》く思ひ、息子の顔をまぼり[二]ければ、息子、

舟いくさともに[三]て親がうたるれば

と付けたり。座中色をなほす[四]なり。*

立小便

○ある殿様、街道御通りの時、槍持《やりもち》、かたはらへ寄りて、立小便をしける。そばに立つ侍見て、「これは不作法なり」とて叱りければ、槍持申すやう、「立小便はたつとからず。けやりをもつて立《たつ》てしとす[五]」といへば、旦那殿これを聞き、「許せ〳〵。ていちん[六]の詩をくらはせたに」とあれば、挟箱持《はさみばこもち》[七]、打ちうなづき、「さて〳〵、知つた同士は

一 「へのこ(男根)」と「舳の子(舳先にいる子供)」をかける。
二 「守り」。見守る。
三 艫。船尾。
四 平静な顔色に戻る。
* 『新撰犬筑波集』雑部に「いかにへのこの悲しかるらん」の前句に「ともにはや親はうたるる舟いくさ」の山崎宗鑑の付句が見える。
五 『実語教』の「山高きが故に尊からず、木あるをもつてたつとしとす」のもじり。立てる毛槍が毛深い男根の硬直を連想させる艶笑味。
六 教訓書の「庭訓(ていきん)」を誤ったか。
七 棒を通して担ぐ衣装

すずしい」[八]といふた。*

五　小粒[九]は恥の上塗《うわぬ》り

○散茶《さんちゃ》[一〇]の二階[一一]にて、さる吝《しわ》き者、一つ二つのはなしにまぎれ、帰らんとしけるを、連れの者ども見付け、「さて〳〵きたなき者かな。もはや日頃と引かへ、こうした所にては恥じやが、あの吝ん坊のかきのさね[一二]め、畜生め、どろぼうめ」といわれて、「八幡[一三]、聞かん」とて立帰れば、「小男のぶんせき[一四]、山椒粒《さんしょうつぶ》[一五]め、さあしてみよ」といへば、こらへかね、「山椒は小粒でも辛《から》い[一六]、小粒でも辛い」といひ上がり[一七]、もはや互いにせきながらいへば、後には、「山椒は辛い〳〵」といわれけるを、そばより、「小粒が落ちた〳〵」といわれて、かの吝んぼう、「どれ〳〵、どこに小粒が落ちた[一八]ぞ。こちへ返せ」といふた。*

箱を持つ従者。

八 気持がいい。諺。

* この話は目次にもなく、挿入が不自然である。

九 小柄な身体の異称。また一分金のこと。

一〇 太夫・格子女郎に次ぐ遊女の階級。

一一 妓楼では二階で遊ぶ。

一二 柿の核。柿の実の種子。「けちん坊」の異名。

一三 決して。断じて。

一四 分跡。分際。

一五 小男への罵倒語。

一六 身体は小さくても、手腕や力量のある譬え。

一七 言いつのる。興奮して言葉が激しくなること。

一八 言葉の中の「小粒」を、貨幣の小粒金と錯覚。

* 類話→補注二六

（下巻　第五話）

六　江戸下り[一]ほめぞこなひ

○物事に正しきすぐばか者[二]、京に久しく荷あきなひ[三]などして営《いとな》みしけれども、もとより才覚なければ、そろ〳〵貧乏にせぶられ[四]、もはや京にもたまられぬ体《てい》になれば、おぢの方《かた》へ行き、「いかがすべし」と談合す。おぢ申しけるは、「江戸下谷筋に、我らの存じたる者あり。この方へ文を添へ遣はすべし。何奉公にてもいたし申せ。かならず江戸は物事気軽く[五]、人のいふ事をそむかず、人にあふても先づじぎ[六]を第一にし、人の家に行ては、まづ万《よろず》をほめ、子ども二つばかりならば四つか五つかといひ、女の子ならば男かといひ、男の子ならば女の子かと問いければ、かならず親のうれしく思ふゆへ、ねんごろ[七]も重なり申すものなり。この事忘れぬな」といふ片手に[八]、状をしたため、江戸へ下しける。ほどなく日本橋にさしかかれば、京にて友だちける者に、はたと[九]あふた。「やれ〳〵、久しき事かな。さて、貴様のお宿《やど》[一〇]は、何《いず》

一　都のある京から江戸へ行くこと。
二　愚直な者。
三　行商。
四　せめつけられる。
五　きさく。勿体ぶらず。
六　時宜。時候や礼儀に適った挨拶。
七　懇ろ。親密さ。
八　ある事をしながら他方で行う軽い動作。片手間。
九　ぱったりと。偶然。
一〇　住居。

方《かた》ぞ。大分の身代《しんだい》になり給ひけるやら、結構なる風《ふう》に見え給ふ。さて子供衆は」と問ひければ、「子三人あり」といふ。こここそおぢの言《ゆ》い付けたる所と思ひ、「さだめて、惣領[一]殿は男の子にて候はん」といへば、「いや、女子なり」といふ。「さあらば、次は男なるべし」「いや、女なり」といふ。「しからば三番目は血のあまり[二]、さしづめ[三]の男ならん」といへば、「面目なけれど、みな女じゃ」といふ。かの者あきれながら、「されども、こなたが男でしあはせじゃ」といふた。

七　壁越しの国者《くにもの》[四]

○二三人づれで、堺丁《さかいちょう》[五]へ見物に行けるが、俄に雪隠《せっちん》[六]へ行きたくなれば、連れを待たせ、門のわきなる雪隠へはいりけるに、節穴より隣雪隠に居ける者を見れば、我等が国者なり。「これ〱三介[七]。その方はいつ江戸へ来やつたぞ。さて〱よき所にてあふた」といへば、「やれ〱めづらしや。此中《このじゅう》、舟丁《ふなちょう》[八]、瀬戸物丁[九]など、さがしけれども、

一　第一子。家名を嗣ぐべき子。
二　「乳のあまり」ともいう。両親の最後の血で出来た子の意から末っ子。
三　つまるところ。結局。
四　同郷の人。
五　中央区日本橋人形町辺。猿若座=中村座や人形芝居、多くの茶屋があって当時の芝居町。
六　便所。厠。
七　下男の通名。
八　日本橋魚河岸の本舟町の略。
九　中央区日本橋室町二丁目辺。古く年の市が立った所。

行きあたらなんだ。国にはみな〳〵まめじや。気づかいしやるな。しかしながら、去年は水損《すいそん》[一〇]にて、よほどいたみがある。それゆへ、おれも江戸へきた。よき口はあるまいか」などといふ所へ、あまり遅きゆへ、「もはや芝居はじまる。はやくきやれ」といひながら聞けば、雪隠の中にて、はなしをしけり。「さて〳〵やくたいもない[一一]事じや。そこにてはなしをするものか。たれじやぞ」といへば、「国者」といふ。三介がいふやうは、「お心やすき方そうな。ちとおはいりなされませい[一二]」といふた。

八　玉文字《もじ》のほうび

○「玉といふ字ほど、結構な字はない。まづ玉殿《ぎよくでん》[一三]、玉の台《うてな》[一四]、玉簾《だれ》[一五]の中などといふて、よろづ玉の字は、上にばかり使い、下には使はぬ字じや」といへば、「そうもいわれぬ。金玉《きんたま》といふ時は下に付く」といふ。「それは下[一六]での事じやによつて、そうもあらふ」といへば、「しか

一〇　洪水による損失。
一一　たわいない。役に立たない。
一二　客を家の中に招き入れる時の挨拶語。それを便所の中から言った。
一三　美しい宮殿。
一四　華美を尽した殿舎。
一五　美しい簾。
一六　下半身。

らば、目玉といふ時は、上[一]の事じゃほどに、玉目といひそうなものじや」といへば、「そのはづじや。目じり[二]といふがついてあるゆへじや」といふた。

九　やつこ[三]は思はぬしやしん[四]

○本所回向院《ほんじよえこういん》[五]三十三年忌[六]のとぶらひ回向あり。老若男女袖をつらね参詣する中に、いづくよりか参りけん、やつこ一人、鍾馗《しようき》、樊噲《はんかい》[七]もそこのけ[八]といふほどの男、物干竿ほどの脇差[九]をさし、老若と打ちまじり、念仏申しいたり。このやつこ、何とかしたりけん、下帯のさがり[一〇]解けけるが、それをも知らで、ただ一向《いつこう》に念仏申しける。人々押合ひける中に、六十ばかりの婆、かの下帯のさがりを見付けて、「さて〳〵貴《とうと》や。こなたに善の綱[一一]が解けてある」とて取付きければ、二三十人も取付き、念仏拍子にて引きけるにより、やつこ、物も得いわず、目を白くして、念仏も打忘れ、「ああいたな〳〵[一二]」といひけり。

一　上半身。
二　目尻の尻が下半身。
三　武家の下僕。男達《だて》。
四　捨身。供養のために自分の体を犠牲にする事。
五　墨田区両国二丁目にあり、明暦三年の大火による十万余の焼死者を追善のため建立された寺。
六　本書刊行の前年元禄二年は三十三回忌に当る。
七　鴻門の会で漢の劉邦を救った勇猛な武将。
八　一目置く。かなわぬ。
九　度外れて長い。
一〇　六尺ふんどしの前に垂らす布。
一一　仏像の右手にかけた五色の綱。参詣人が手に取ると浄土へ導かれる。
一二　「ああ痛な」と口走る。

（下巻　第九話）

十　手もちなき[一]念仏

○さる浮気者[二]、彼岸中寺参りに行けるが、煩悩即菩提《ぼんのうそくぼだい》[三]といふ心にか、よき女さへ見ればたぶらかし、いろ〳〵打擲《ちようちやく》[四]しける。その味《あじわ》ひ《う》失せずして、ある時、うしろ姿どうもいわれぬ、さすが古は一ふしも唄ひつらんと思ふ人[五]、回向の庭[六]に居けるを見て、うしろより抱《いだ》きつきければ、女、うち驚き振返るを見れば、六十ばかりの婆《ばば》なり。この男、あまり手もちなければ、「ばばいた〳〵[七]」と申しける。

十一　惜しみても返らぬは百文

○幼き者、表にあそび居たりしが、銭《ぜに》落ちてありけるを拾い、よろこぶ所を、うしろより奴《やつこ》来[八]たり、幼き者の頭を張りて取て行く。かの子、したたか頭を張られて泣きけるを見つけて、母いふやう、「何と、だれぞつめつたか、たたいたか」と尋ねければ、「今銭を拾ふたれば、

一　格好がつかない。
二　好色。多情。
三　心を煩わし身を悩ます煩悩は、そのまま悟りの縁＝菩提ということ。
四　叩く。殴る。殴るは房事性交を意味する隠語。
五　音曲や踊りを嗜んだことのある粋筋の人。
六　場所。境内・堂内。
七　「婆居た」と「なまいだ(南無阿弥陀)」をかけた。前話と同想のサゲ。
八　武家の下僕。中間。
九　小児語で父。とうちゃん。
一〇　一物。男女の陰部。
一一　少くても。
一二　百文以上。百文単位の銭緡の長さから推定。
＊　類話→補注二七

奴が取て行《い》た」といふ。「それはどれほどあつた」といへば、「大方、と[九]との物[一〇]ほどあつた」といふ。「やれ〳〵、それはすてても[一一]、百の上[一二]もあらふもの」といふた。*

十二　元日の幽霊

○元日早天には、方々御大名様を先に歩《あり》[一三]きければ、やう〳〵日の暮れに、わが町内をめぐりける。中に悪口《わるくち》[一四]者の所へ、「物申《ものも》、そんじやうそれ[一五]、御礼[一六]申します」といひければ、「日の暮れ方にお廻り候は、夕礼[一七]か」と答へける。その時、「三がいばんれい[一八]にて、遅なはりました」といふ。「道理で、六親眷属《ろくしんけんぞく》[一九]を連れて通る」といふた。

元禄三午ノ卯月[二〇]上旬　　松會[二一]開板[二二]

一三　江戸城登城の大名行列の後で道行きが捗らぬ。
一四　口の悪い性格の人。
一五　しかじかの者。
一六　年始の礼。年礼。
一七　夕方の年礼「夕礼」を「幽霊」にかけた嫌味。
一八　三界万霊。三界におけるすべての霊あるものの意。修めた功徳を回向する「万霊」と晩方の年礼「晩礼」の洒落。
一九　一切の親類縁者。供を連れての年礼を仏教語で形容した。
二〇　三年庚午の四月。
二一　江戸長谷川町横町にあった代表的な御書物所、松会三四郎。
二二　板木を彫って本を刊行すること。出版。

軽《かる》口《くち》御《ご》前《ぜん》男《おとこ》

（元禄十六年刊）

解題　底本は東京大学文学部国語研究室蔵本。半紙本五巻五冊。題簽は「新板絵入かる口御前男　一(五)」「新板絵入軽口御前おとこ　三」。目録題「軽口御前男」。尾題「御前男」。柱刻は「御前おとこ一(〜五)　丁付」。本文は半面一〇行、一行約二〇字詰で句点なし。序半丁、口絵半丁。目録一丁(各巻)。本文丁数四八(九・一〇・一〇・一〇・九)。話数九〇(一七・一九・一九・一七・一八)。挿絵半面図一〇(各巻二)。巻五本文末に、「元禄十六壬未年六月上旬　大坂順慶町心斎橋筋　書林　敦賀屋九兵衛／柏原屋清右衛門」の刊記がつく。

序・編者名は欠くが、序文は「彦八」と呼びかけられて答える形式で、自序と分かるような文言から、米沢彦八の序・編であることは明らかである。彼は「難波の産なり。かの五郎兵衛の類にて、軽口咄しに名あり」(『足薪翁記』巻一)と記された通り、同業の先輩京の辻咄の祖、露の五郎兵衛と並称され、また、彼を意識したことは序の文中からもうかがえる。大阪生玉社前の小屋掛けで「しかた物真似」の看板を掲げて、茶碗や編笠などの小道具を使って役者の身ぶりや口跡を真似て見せたが、同時に滑稽話を演ずる話芸者であった。彦八の名は二代以降もつづき、「彦八」が大道芸人の「豆蔵」や「軽口咄」の異称ともなり、正徳四年六月、興行先の名古屋で客死するなど、生涯大衆に密着した舌耕者に徹し、大阪落語の祖としての地位を占めている。彼の口演した笑話は本書や『軽口大矢数』(宝永頃)にうかがえるが、話芸者にありがちな先行書に話材をたよることが少く、時事際物話をとりこむなど、新奇な内容が多く新鮮味に富んでいる。

本書には、『軽口笑ゑびす』(宝永年間)という改題再板本がある。また、くわしい頭注・補注を施したものが、日本古典文学大系100『江戸笑話集』(岩波書店・昭41)に所収され、『噺本大系』第六巻に翻刻がある。

序

この頃京都へ上りけるに、みやこの若き衆、「何と彦八、[一]難波《なにわ》にあたらしい事はないか。うけたまはらん」「されば、ゆふべ淀川にて水が物申しました[二]。何と〳〵」といへば、若き衆聞きたまひ、「水が物いふ、ふしぎにあらず。こちの宮古《みやこ》[三]には、露[四]がはなしをする」と仰せらるる。その言葉《ことのは》をたねとして、さらば一はなし仕りませふ。とうざい〳〵[五]。

一　当時大阪での軽口咄の名手で著者の米沢彦八。
二　実際の川音を、水が口を利いたと見立てた。
三　「都」の宛て字。京都。
四　京都での辻咄の名人露の五郎兵衛。「水」に対し「露」を出した。
五　東西〳〵。芝居などの興行場で口上などの初めに言う言葉。「始まり〳〵」。

（口　絵）

軽口御前男巻之一目録

御進物の大根

尾張の国宮重《みあしげ》[一]といふ所は、大根の名所なるが、太さ七尺まはり、長さ二間半の大根生へたり。これはめづらしき物とて、やがて[二]禁中様[三]へさし上げける。この大根、紫宸殿《ししんでん》[四]のきだはし[五]上がらず。公家衆《くげしゅ》、ふしぎをなしけるに、かの大根、臆病者にて、紫宸殿のきだはしを大根おろしかと思ふて、上がらなんだ。大根一[六]の臆病者と笑はれた。

領解《りょうげ》ちがひ[七]

伏見の乗合[八]にて、関東の長老[九]と上方辺《かみがたへん》の長老とはなしけるに、上方の僧、芝居話をしだし、「あやめ[一〇]は、何方《いずかた》で見ても上物《じょうもの》」といひければ、関東の長老、「それは上方衆には似合ひ申さぬ。あやめよりは、かきつばた[一一]が上物」といはるる。また上方の長老、「女形《おんながた》はあづまがよき[一二]」といへば、関東の長老いはるるは、「それも違ふた。女は都がよし。

一　愛知県西春日井郡。大形の大根の産地で有名。
二　早速。そのまま。
三　天子様。
四　大内裏の正殿。
五　「きざはし」に同じ。階段。
六　大根仲間で第一の意で、「大東(日本)一」の語呂合せ。
七　思い違い。誤解。
八　京都伏見と大阪八軒家を淀川で結ぶ乗合舟。
九　仏道に優れた老僧。
一〇　上方の名女形の初世芳沢あやめ。
一一　役者名のあやめを花の菖蒲と誤解、類似の花の杜若を出す。
一二　上方の女形初世花井あづま(吾妻)。

（巻一・御進物の大根）

あづま[一]は田夫《でんぶ》[二]なり」と答へければ、上方の長老、一つも咄あはず。「しからば、宇源次《うげんじ》[三]などは御存じなきか」といへば、関東の長老、ぬからぬふりで、「宇源じと申す御寺[四]、いづかたに候や。この程京都に、廿日ばかり逗留仕り候へども、いまだ参らぬ」といはれた。

北野の能

北野天神[五]の前に、観世《かんぜ》織部《おりべ》太夫[六]、一世一代の勧進能[七]せられけるに、天神、枕がみに立ち給ひ、「このたび思ひまうけて[八]、太夫気[九]を張り給ふ。しかし天神[一〇]の前に、かこい[一一]をおびただしく張り、揚詰《あげづめ》のやうに見ゆれど、太夫の評判なき事は、一世一代のけち[一二]であるまいか」と仰せられた。

煮売屋《にうり》[一三]の看板

田舎衆二三人づれにて、堀江を通りけるに、煮売見世《みせ》にある行灯《あんどん》の

一　関東の意と誤解。
二　野人。田舎者。
三　若衆方の根元と謳われた小野川宇源次。
四　役者名を寺号と誤解。
五　京都市上京区の北野神社。最古の天満宮。
六　十四世家元織部重記。
七　能の家元が一代一度限り許されて催す勧進能。元禄十五年九月十八日、京都七本松で演じた。
八　あらかじめ準備する。
九　織部太夫と遊女の最高位の「太夫」をかける。
一〇　天満天神と太夫に次ぐ遊女「天神」をかける。
一一　囲いと天神職に次ぐ「鹿恋」女郎をかける。
一二　手ぬかり。不備。
一三　下等な一膳飯屋。

書付を見ていはるるは、「さけさかなあり」。また一方には、「酒肴《さけさかな》」と書いてあるを、「酒又有《またあり》」[一]と読まれて、「出来た。」[二]『おやまあり』[三]とは書かれぬにより、酒又有とは[四]尤《もつとも》じゃ[*]」。

食も芸の内

さる殿様へ浪人を召し出され、武芸の様子お尋ねなさる。「兵法《へいほう》は何流ぞ」と尋ね給へば、かの浪人、「その儀は、かつて[五]成りませぬ」といふ。馬上《ばじょう》[六]を聞き給へば、「それも得乗りませぬ」といふ。殿様あきれ給ひ、「食《しょく》はよくなるか」と尋ね給へば、浪人ぬからぬ顔で、「それは随分食べます」といふ。御側衆《おそばしゅう》[七]、「いや〱、食さへなれば、少々の芸は、おしてこなす[八]ものでござります」と、お取りなし申された。

居風呂《すえふろ》[九]の難儀

ある粗相なる人、居風呂を取りちがへ、井戸へはまり[一〇]けるが、やう

一 「肴」の字を「又有」と二字分に誤読した。
二 うまい。分かった。
三 遊び女。隠し売女を置いた飲食店もあった。
四 「酒も又有り」で、暗に「売春婦もあり」を匂わせた。
* 類話→補注二八
五 全く。すべて。
六 乗馬。馬術。
七 豊臣時代や江戸幕府の職制の一だが、ここではお側仕えの近習。
八 何とかやりこなす。
九 桶の下にかまどをつけた湯風呂。据風呂、水風呂とも。
一〇 落ち込む。

〱と上がり、すました顔で、「足下《あしもと》に井戸があるゆへに取違へる」といはるる。隣から来て、「怪我はなきか」といへば、「怪我はせぬが、水をのんだ」といふ。隣の人も粗相にて、「何ほどのまれた」といへば、亭主ぬからぬ顔で、「升《ます》を持つてゆかぬにより、程[一一]がしれませぬ」といはれた。

相撲の名乗《なのり》[一二]

堀江[一三]に勧進相撲[一四]はじまる。ある日見物の中に、年頃三十歳ばかりなる男出て取りけるが、時の仕合せにや、大兵《たいひょう》を一番投げたり。見物あたまを叩いて[一五]、どよみけり。行司出て、「名乗は何と申すぞ」と問ひければ、「彦兵衛と申す」といふ。「いや、その名にてはあらず。外に名はなきか」といふ。「世悴《せがれ》の時分[一六]、次郎吉と申した」といふ。行司あきれ、「家名《いえな》[一七]はないか」「家名こそあれ。蒟蒻屋《こんにやくや》」と申す。行司、団《うちわ》をあげ、「難波《なにわ》におゐて、こんにやく屋」と名乗りければ、見物一同

一一　分量。程度。
一二　元服後の実名。ここでは力士の呼び名。しこ名。
一三　大阪市西区の南部。当時人足等の多い新開地。
一四　元禄十五年、大阪で初めて催された勧進相撲に因む際物咄。二五四頁にも同題材の話が見える。
一五　夢中で大騒ぎする様。
一六　元服前の少年時。
一七　代々継承してきた通称。また商家の表示。屋号。

に、「ふあ引[一]」と笑ひける。*

千日寺《でら》[二]の新地《しんち》[三]

今度道頓堀千日の墓の前に、新地仰せ付けらるるに、若き者寄合て、「ここは何町にならふぞ」といひければ、「長町裏[四]なれば、宿屋町《まち》にならん」といふ。「いや、色町《いろまち》[五]にならん」とせりあひける。「色里になるいはれは」といへば、「されば、西は千日寺、南は墓、煩悩即菩提《ぼんのうそくぼだい》[六]で、離れたもの[七]ではないはさて」。

十露盤《そろばん》の松ばやし[八]

堂島[九]のかたはらに、間口二間《けん》ばかりなる所に、若き衆あつまり、そろばん四五丁ならべ、算用[一〇]致されける。二匁《もんめ》五分《ふん》、百三十六匁、または一万四千貫目、あるひは拾一万七千石二斗三升八勺《せき》などいふを、田舎者聞きて、隣にて尋ねければ、「あれは揃盤《そろばん》[一一]の師匠なるが、けふは

一　麩は蒟蒻屋で作る事も多いので、麩屋の売り声の「フワーフワー」に因んだ掛け声。
＊　類話→補注二九
二　大阪市南区千日町の法善寺の別称。その区域。
三　新しく造った居住地。
四　大阪市浪速区恵美須町の一部。宿屋が多い。
五　花柳街。遊廓。
六　心身を悩ませる煩悩がそのまま悟り＝菩提の因という仏教の教え。
七　色遊びの人間の煩悩が寺や墓の仏の菩提と無縁でないの意。
八　正月の祝儀として殿中や民間で流行した歌舞。また正月の謡初めをいう。
九　大阪市北区の地域。

そろばんの松ばやし、唯今大みだれ[一二]大勘定[一三]」といはれた。

聖人に夢なし[一四]

さる人、息子一人持ちけるに、田舎より客ありしに、亭主、息子を吹聴《ふいちよう》[一五]せらるるは、「私の世悴《せがれ》ながら、器用者[一六]にて、諸芸は申すに及ばず、何事にても、仕《し》残す事なし[一七]」と語りければ、客ほめらるるは、「今の世の聖人と申すは、こなたの御子息でござる」といへば、亭主、ふわと乗りて[一八]、「聖人と仰せらるるで、気が付きました。生《む》まれてこのかた、夢を見ぬやつでござります」といはれた。

見立《みたて》[一九]の文字

よそに[二〇]せむしなる人、煙草すいつけるを見て、友だちのいふやう、「その方の煙草のまるるは、そのまま杖突きの乃の字[二一]じや」と見立てければ、せむし腹を立て、きせる小脇にかいこみ、「なぶるか」と儀《ぎ》

米市場など経済の中心地。
一〇 計算。
一一 「そろばん」の宛て字。
一二 囃しの乱拍子。
一三 神仏の来臨を願う「大勧請」にかけた洒落。
一四 聖人は心正しく雑念がないので、夢を見ないという諺。
一五 得意で披露する。
一六 才能が豊かな者。
一七 完全に仕上げる。
一八 おだてに乗る。
一九 別の似たもので、そのものをたとえること。
二〇 ある所に。
二一 人が杖をついている形に見えるところから、変体仮名の「乃」の字のこと。

勢《せい》[一]しければ、「さうしやれば、悉皆《しつかい》[二]、及《およぶ》[三]といふ字じや」と笑はれた。*

久米《くめ》の仙[四]

色めきたる女[五]、賀茂河へ行きて、洗濯《せんだく》しける折ふし、風はげしく、裾ひるがへり、脛《はぎ》の白きを我れと見て、かの女房、心に思ふやう、「昔、久米の仙人、このやうな脛を見て、通《つう》を失ひ、下界へくだり給ふと聞く。今の世にも仙人ありて、落ち給ふまいものでない」と思ふ一念、天に通じけん、雲間《くもま》に仙人、まみへ給ふが、間近くさがると思へば、「脛にたをされた。[六] べかかう[七]」といひて上りける。*

出《で》来合《きあい》[八]蔵《ぐら》

京丸太町堀河辺に、頓作[九]なる人あり。近所に火事ゆきけるに、けわしき中にて女房を近づけ、台所に紙帳《しちやう》[一〇]を釣らせける。女房見て、「これはさて、気が違ふたか。何事ぞ」といふ。亭主、せかぬふりで、

一 強がっておどかす。
二 全く。そっくり。
三 「乃」の字に棒を加えると「及」となる。
* 類話→補注三〇
四 俗に久米寺の開祖といわれる仙人。「物洗ふ女の脛の白きを見て通を失ひけん」(『徒然草』第八段)などの伝説がある。
五 色好みに見える。なまめかしく振舞う。
六 だまされた。
七 あかんべい。侮蔑や拒否を示す時の動作。
* 「下女の洗濯仙人も逃上り」(『柳多留』一二四・90)の図。
八 一時凌ぎ。間に合せ。
九 臨機応変の頓知。
一〇 紙で作った蚊帳。

（巻一・久米の仙）

「道具みな〳〵入れよ」といふ。見舞に来る人、「これは何ぞ」といへば、「何と、よき頓作にてはないか。脇から見たらば、内蔵《うちぐら》[一]じゃと思ふであらふ」といはれた。*

鼻自慢

さる仁《じん》、世界にあるほどのかざ[二]をかぎ覚へたれど、未《いま》だ四天王寺[三]の塔の九輪《くりん》[四]のかざを知らぬとて、かぎに行きけれど、はるかなる空にて、鼻はとどかず。智恵を出して、石ひらひ投げければ、九輪にあたり落ちけるを、そのままかぎて、「さして替《かわ》りたるかざにあらず」といふ。連れの人、「いかやうの匂ひする」といへば、「三具《みつぐ》足《そく》[五]のかざと同じ事じや」といはれた。*

顔の模様

粗相なる御侍、清水《きよみず》辺にて知る人に逢ひ、「何と作左《さくざ》[六]、久しや」と

一 母家つづきで、戸口が家の中にある土蔵。
* 類話→補注三一
二 香。匂い。香り。
三 大阪市天王寺区元町の聖徳太子建立の寺。
四 塔頂の請花と水煙の間の九つの金属の輪。相輪。
五 仏前に置く花瓶・燭台・香炉の金属仏具一式。
* 落語「擬宝珠(ぎぼし)」の原話。
六 「作左衛門」を略す。

あれば、かの男胆つぶし、「いや、わたくし、作左衛門にはあらず」といふ。御侍、よく〳〵のぞき、「これは率爾《そつじ》[七]。御免あれ」と別れけるに、また四五町すぎて、右の男[八]に行合ひ、「さて〳〵、その方によく似たる者有て、只今面目失ふた[九]」と語る。かの男聞て、「これはさて、やはり右の者にて候」といふ。御侍、へらぬ口で、「重ね〳〵の不調法[一〇]申しました。今程[一一]は京都に、貴様のやうな顔の模様がはやるそふな」といはれた。

恋の出来蔵《できぞう》

ある若衆[一二]に、出来蔵といふ奴《やつこ》[一三]、心をかけ、千束《ちつか》の文《ふみ》[一四]をつかはすといへども、一通の返事もなし。ある夕暮れに、生玉《いくたま》[一五]の馬場先[一六]にて出合ひ、若衆を取ておさへ、「日頃心をつくせども甲斐なし。さあ、いなせ[一七]の返事はいかに」と、脇差くつろげ[一八]、きめければ、かの若衆、今はかなはじと、脇差をぬきければ、上なる出来蔵、きもを消し、「やれ、人

七　失礼。軽率。
八　先刻の男。
九　体面をそこなう。恥をかく。
一〇　失礼。あやまち。
一一　最近。現今。
一二　男色の相手をする美少年。
一三　武家の下僕。男だて。
一四　数多くの恋文。
一五　大阪市天王寺区生玉町。生玉神社の門前町で歓楽街となった。
一六　生玉表門前から上本町までの通称。大阪城の武士が馬術・射術を学んだので、その名が残った。
一七　諾否。
一八　脇差を外側に押え構えて刀を抜く体勢。

殺し。出合へ〳〵」とわめきけるは、さても大きな領解違《りょうげ》ひ[一]じや。[*]

けがの頓作[二]

町々に、殿様御通りとて、置土《おきつち》[三]をしけるに、さる親仁けつまづき、かの置土の上へ横倒しにこけられ、「さても熱《あつ》や」といはるる。町衆立寄り起こして、「その方、熱やといはるるはいかにぞ」といふ。親仁、口がしこい[四]和郎《わろう》[五]にて、「はて、置土[六]じやによりて熱い」といはれました。

御前男一之終

一 見当はずれ。
＊ 類話→補注三二
二 怪我の功名。失敗が意外に好結果になること。
三 歩行や土質改良のため、地面の上に盛った土。
四 口の利き方のうまい。利口な。へらず口の。
五 人を罵っていう語。野郎。
六 赤く熱した炭火の「熾(おき)」と「置」土の洒落。

軽口御前男巻之二目録

まがひ道[一]

ある占《うら》や算《さん》[二]、道にふみまよひ、三つ辻に立ち、思案して居る所へ、牛つかひ来たる。かの山伏立寄り、「向ふの在所へは、どの道から参るぞ。教ゑて」といへば、牛飼もすね者[三]にて、「そなたは、人の身の上さへ八卦《はっけ》[四]におき出すほどに、我が身の上の事は手の物[五]と、八卦に問はれよ」といふ。山伏聞いて、「されば、八卦で見たれば、その方に問ふて行け、とあるほどに、それで問ひます」とぬけられた[六]。

宿老《しゅくろう》[七]の取違へ

ある文盲なる和郎《わろう》[八]、友だちにいふやう、「そちの町《ちょう》の宿老殿は、しくらう[九]でない。こちの三九郎より劣つたれば、二九郎であらふ」といへば、友だち聞いて、「それはいかい違ひじゃ。此中《このじゅう》も、寄合に町衆のあいさつに、『御くらう[一〇]じゃ』といはれた」。

一　まぎらわしい道。
二　占い者。算置。山伏姿をしたものか。
三　ひねくれ者。
四　易の八種の卦。占い。
五　得手。得意なもの。
六　言いのがれる。
七　町政を司る年寄役。
八　人を軽蔑していう称。野郎、やつ。
九　宿老を耳から聞き、「四九郎」と勘違いした。
一〇　「御苦労」を「五九郎」にかけた洒落。

鰌汁《どじようじる》の呪《まじない》

さる寺[一]の仰せらるるは、「このほどは何としたやら、精《せい》が落ちて[二]、寺役《じやく》もつとめにくし」とあれば、悪《わる》じやれな[三]旦那衆、「それには鰌汁がよい」とすすめ、やがて寺にての料理、汁をもる最中、ずんど堅い旦那参詣にて、長老迷惑な体《てい》を見て、かの悪じやれ、「気づかひし給ふな。我等去《い》なする呪、覚えたり」と、かの旦那の耳のはたへ寄る[四]かと見えしが、うなづきて帰られけり。長老、「さても不思議なる呪。われにも教へ給へ」とあれば、「何の秘所《ひしよ》[五]もなし。『長老とふたり鰌汁を食ふ。こなたが居《い》れば、いやがりやるほどに、去《い》なしやれ』といふた」。

川越《かわごし》[六]の頓作

ある比丘尼、賀茂川に行きかかり、水たかければ、川越をやとひ、鳥目《ちようもく》[七]五銭の約束にて越しけるが、まんなかの深みにて、「さらば、降

一 寺の住職。
二 精力が減退して。
三 悪ふざけの好きな。
四 小声で内証話をする。
五 秘密。
六 旅人を肩車や輦台(れんだい)に乗せて渡河した人足。
七 中の穴の形が鳥の目に似ているところから、貨幣、銭の異称。

りたまへ」といふ。比丘尼、「なぜに」といへば、「まづここまでが五文、向ひまでは拾文、あとへ戻りますれば二拾文」といふ。比丘尼聞て、「悉皆《しつかい》[八]それは、川中で尼剝《あまは》ぐやうな事じや」[九]といはれた。

ふじ見西行[一〇]

さる人、薬瓢《いんろう》[一一]巾着をさげけるに、友達いふやう、「印籠の紐《ひぼ》長く、無用心なり。どこぞでは切られう」といへば、かの人聞て、「いや〳〵、切つても切れぬ」といふ。「なぜに」「御覧候へ。蒔絵[一二]がふじみ[一三]西行じや*」。

仁義の屋尻切《やじりきり》[一四]

雨風の夜、こそ〳〵と見世《みせ》の下を切りけるに、亭主、慈悲第一のゆ[一五]うなる人、鼻息もせず忍び出、盗人の手を、しかととらへ、銭二百文にぎらせ、「先ほどより御太儀[一六]や、骨折りや。近頃[一七]少しながら」と取

八　全く。
九　抵抗力のない者にむごい事をする譬えの語源。
一〇　旅装の西行が富士山を眺める後ろ姿を図柄にしたもの。画題の一。
一一　印籠。薬や貴重品を入れて腰に下げる長円筒形の小箱。
一二　漆や金銀粉で文様を表わす漆工芸の一技巧。
一三　「富士見」と「不死身」をかけた洒落。
＊　類話→補注三三
一四　家や蔵の後壁を切抜いて入り家財を取る盗人。
一五　優。立派。殊勝。
一六　御苦労。
一七　甚だ。たいへん。

（巻二・ふじ見西行）

らせければ、偸人《ぬすびと》きもを潰《つぶ》し、「これは迷惑[一]。このやうに御慇懃《いんぎん》になされますれば、重ねて参りにくい」と時宜《じぎ》[二]をしければ、亭主、「さても、その方は盗人の中《うち》でも、律義者《りちぎしや》[三]じや[*]」。

父《てて》なし子

下女なれど、かたち人なみに、折々御客もあれば酌に出て、思ひ入たる人[四]の付《つけ》ざし[五]を飲みけるに、ほどなく懐胎し、きのどくながら[六]月を重ね、今朝《けさ》やす／＼と産み落し、見れば頭《あたま》なく、手ばかりの子なり。人々ふしぎに思ひ、かの下女に尋ねければ、「別におぼへもなし。かの付ざしの時、肴《さかな》に蛸[七]を食べました」といへば、そばなる人申されしは、「さやうの事もあるべし。上《かみ》の町の又兵衛の内義は、大酒呑じやが、さかづきなしに[八]引つかたぶけ呑まれたれば、徳利子《とつくりご》[九]を生まれた」といはれた。[*]

一　恐縮。
二　遠慮。
三　義理堅い。実直。
＊　「ぬす人のつめひらき」(一四三頁)参照。
四　心を寄せる人。
五　口をつけた盃。
六　困る、恥ずかしいと気をもみながら。
七　蛸の足を酒のつまみに食べたので、手だけの子供が生れたの意。
八　徳利から直接に。
九　両手のない身体障害児。
＊　類話→補注三四

子が才覚

ある人、五つばかりに見ゆる子に、銭一文渡し、「酢《す》買ふてこい」といふ。息子、合点して行きけるが、酢は買はずして、糊《のり》[一]を買ふて帰りける。母親見て、「これは醋《す》ではない。性根《しようね》なしめ[二]」と叱りければ、子息《むすこ》、せかぬ顔[三]で、「糊はこぼれいでよいさかいで、買ふて来ました」といふた。

欲からしづむ淵[四]

さる所に、子二人持ちたるありけり。一人《ひとり》は継子《ままこ》なりければ、憎さのあまり、寺へ行きて長老様を頼み、子供の名を付けかへてもらふ。「兄は随分短き名、弟《おとと》は秘蔵子《ひそうご》[五]でござります。なるほど[六]長き名を」とこのみければ、長老様、「合点じゃ」とて、兄を如是我聞《によぜがも》[七]、弟をば阿耨《あのく》多羅三藐三菩提《たらさんびやくさんぼだい》[八]と付給ふ。ある時、如是我聞、川へ行て流れければ、

一 原文「餂」。糊の誤用か。
二 役立たず。罵倒語。
三 すました、平気な。
四 欲のために、水の深い淵に落ちて沈む。欲で身を失う譬え。
五 大事な子。古くは清音。
六 できる限り。
七 「是ノ如ク我レ聞ク」と経典の冒頭にある言葉。
八 悟りの境地、諸仏最上の妙道の意の仏語。

近所の者出でて、「やれ、如是が流るるは」と、やがて引上げ、あやうき命助かりける。その後《のち》、また弟、水遊びして流れければ、母親、「悲しや、あたりに人はないか。阿耨多羅三藐三菩提が流れます」といふ間《ま》に、行衛《ゆくえ》なかりける。母親、ぬからぬ顔で、「三百を捨てたら[九]、助かろものを」と泣かれた。*

誰《た》が見ても幽霊

元禄十五年極《ごく》月[一〇]中旬に、ある人寄合ひ、「さても二条堀河[一一]に幽霊出でて、人の通ひなし」といふ。一拳《ひとこぶし》[一二]ある若い者、かしこへ行けるに、案にたがはず、夜半《やはん》ばかり、幽霊川ばたに見えければ、すかさず抜き打ちに切つてかかる。わつと泣き出し、消へぬがふしぎと立寄り見れば、廿《はたち》あまりの男なり。「汝、何者なれば、毎夜《まいや》此所へ出るぞ」と、とがめければ、「わたくしは寒足《かんあし》つかひ[一三]に出まする」といふ。「それは何ゆへぞ」「身共《みども》は麩屋《ふや》[一四]の男なれば、足をかためねば[一五]なりませぬ」と

九　「三藐三菩提」を省略したら。安物や無価値の形容「三百」をかけた洒落。

＊　落語「寿限無(じゅげむ)」の原話。

一〇　十二月。本書刊行の半年前の際物咄。

一一　京都の二条離宮の東側。屋敷町で淋しい所。

一二　ひとかどの器量才能があること。

一三　歩いて足を鍛練する寒稽古。

一四　麩屋で売物の麩や蒟蒻は、桶の中に入り両足で踏んでこねて作る。

一五　足を鍛えねば。

いふた。

人まねの碁の助言《じよごん》一

近所に碁会あり。見物の人、「切つてとれ〳〵」二といふを、文盲なる和郎《わろう》、助言のすべは知らず。「切れ〳〵」といふを聞て、さてはきつくいふが三碁の言葉じやと思ひ、「切る事いらぬものじや」といふ。碁打つ人聞いて、「切らずに、よき手もや候」といはれければ、「はて、切らずに、ふみつぶしたがよからふ」*。

山水《さんすい》四の掛物

よそに振舞有て、腰元の須磨、給仕しけるが、床《とこ》にかかりし雪舟《せつしゆう》五の山水の掛物を見て、涙をはら〳〵とこぼす。客衆見て、「何とて歎くぞ」と問へば、「わしが親父も、かかれましたが、山道をかくとて六死なれました」といふ。「そなたが親は絵書《えかき》か七」といへば、「いや駕籠か

一　傍から言葉を添えて助けること。口ぞえ。
二　囲碁で相手の石の連絡を断つこと。
三　「刀で切る」などの激しい言葉でいう。
＊　「碁打の助言」(三三七頁)にも類話。
四　自然の風景を題材に描いた絵。東洋画の一。
五　個性的な水墨画を完成した室町時代後期の画僧。
六　画筆で「画く」と駕で「舁く」をかけた洒落。
七　画家。

（巻二・山水の掛物）

きでござりました」。

思案するほど粗相

ある粗相者、瀬戸物屋へ水壺[一]買いに行き、みな〳〵うつぶけてある[二]を見て、「この壺には口がない」とひつくり返し見て、「南無三宝[三]、底がぬけた」といへば、亭主も粗相者、しばらく案じて、「名誉[四]な事じや。どふ思案しても、口が下とほか思はれぬ」といふた。

ばくち宿《やど》[五]の吟味

「生玉《いくたま》[六]の水茶屋[七]の女子《おなご》どもは、ばくち宿するさうな。せんさくした[八]らよからふ」「これはあたらしい[九]。訴人[一〇]でもあるか」といへば、「いや、此中《このじゆう》、天王寺参りに、腰かけたばこをのみ、茶を呑みて、立ちさまに、『それ、茶の銭《ぜに》』と投げいだせば、『茶の銭は請取《うけと》りました。ついでに、火の銭[一一]くだされ』といふからは、ばくち宿に極《きわ》まつた[一二]」。

一　水を貯えておく大きな壺。水がめ。
二　底より口の直径が大きいので逆さにした方が安定する。
三　さあ大変。失敗したり驚いた時に発する言葉。
四　「面妖」の宛て字の誤り。不思議。
五　博奕場を提供する家。
六　大阪の生玉神社辺。
七　路傍や境内で、往来の人に湯茶を売る店。
八　詮索。取り調べ。
九　めずらしい。
一〇　密告者。
一一　煙草盆の使用料。
一二　「火の銭」が灯油代の名義で徴収する賭博場の寺銭を意味するから。

火燵《こたつ》の過怠《かたい》[一三]

去年《こぞ》の冬、ちと抜けたる人の所へ、隣の息子遊びに来たり、嫁、姑《しゅうとめ》と三人づめの火燵、度重なりて、密夫《まおとこ》のしかけ[一四]見付けいだし、やがて御奉行所へ申し上げければ、「慥《たしか》なる証拠があるか」「なるほど、年寄りたる母が証拠でござります。宿[一五]は則ち、こたつめでござります」といふ。御奉行様おかしく思召し、「しからば先づ、宿を閉門[一六]させい」と、今年の三月[一七]に、「火燵閉門」と仰せ付けられ、ばた／＼とふさぎました[一八]。*

分別の料理

紀州十津川《とつがわ》[一九]の温泉《ゆ》は、その効顕《しるし》ありとて、ある人、湯治せられしに、一まはり[二〇]にて、足がひきよいぞ[二一]と、そろ／＼湯元の様子、あたりの景《けい》気《き》[二二]眺め歩《あり》きしに、とある山際、熱《に》え返る湯の中に、見事なる鯉鮒たく

一三　過失。罰金。
一四　姦通のからくり。
一五　情を交した場所。
一六　自宅の門や窓を閉じ、出入りを許さぬ刑罰。
一七　陰暦の三月はもはや暖かく、炉塞ぎの時期。
一八　こたつの片付けと裁きの決着の両義をかけた「ふさぎ」。
＊　「こたつにて毛雪駄をはく面白さ」(『柳多留』二・3)の場面。
一九　奈良県と和歌山県の境のけわしい山間部。
二〇　七日間。
二一　足が軽くて歩きよい。
二二　景色。

さんなり。山中《さんちゅう》の事にて、肴《さかな》にはかつへ[一]たり。幸いと取て帰り、醤油のあんばいして、熱《に》え立つところへ、かの魚《うお》を入れければ、今まで弱りし鯉鮒、ぴち〳〵とはね出で、たけば焼《た》くほど、鍋のうちをちらり〳〵とあそぶ体《てい》。これはふしぎ、喰はれはせまいと、しばし思案し、汲みたての井戸水に、生《なま》醤油加減しかけ、かの魚を入れければ、たは〳〵〳〵[二]とにえて、その味どふもいへぬげな。

茹《ゆで》蓮《ばす》[三]

田舎衆、二三人づれにての天王寺参り[四]。ゆで藕《ばす》売るを見て、ふしぎさうに立止まり、「さても手《て》籠《ごも》つた細工じゃ。あの穴は何としてあけたものぞ」といへば、又ひとりがいふやう、「これほどの細工に蜘《くも》の[五]巣がある」といふて買わなんだ。*

帆かけ馬[六]

一　飢え。乏しい。
二　よく煮え立つ音。
三　皮をむき茹でた蓮根。
四　四天王寺参詣。境内に露店多く常時賑わった。
五　蓮がひく細い糸を誤解。
*　類話→補注三五
六　逃げて行く方向が知れぬことをいう盗人隠語。
七　あてもなく漂泊する意で、雲水等の口にする成語。
八　馬耳東風。人の忠告に従う気のない譬え。

ある人、馬かたにむかひ、「この馬は、いづくへ行くぞ」と問へば、「風にまかせて行きます[七]」といふ。「さてもあたらしい。舟こそ風にまかすれ」といへば、馬かた聞て、「いやはや文盲な。馬の耳に風と[八]は申さぬか。やれ〳〵、ほてつはら[九]がくねるは[一〇]」と、かけさせける。

腎虚[一一]の白鼠[一二]

京二条通の生薬屋《きぐすり》[一三]に、白鼠ありて、亭主、福なりとよろこびけるに、身体《しんだい》[一四]しだい〳〵に落ちぶれければ、内儀いはるるは、「とかくあの白鼠が来てからこのかた、ろくな事がござらぬ」。亭主、実《げ》にもと思ひ、升落《ますおと》[一五]しにて、くだんの鼠を取り、せんさくしければ、「わたくし、真《まこと》の白鼠にあらず、黒鼠なり。ふと腎虚を煩いだし、御見世《おみせ》の地黄丸《じおうがん》[一六]を盗みたべまして、このやうに白ふ[一七]なりました」といふた。

御前男二之終

九　布袋っ腹。布袋のように突き出た腹の卑称。
一〇　よじれる。おかしくて笑いたい意を表わす。
一一　心労や過淫などによる強度の心身衰弱症。
一二　毛色の白い鼠。福神大黒の使い姫で吉兆。
一三　『諸国買物調方記』に「京ニテ木薬屋　二条通寺町より西こと〳〵く有」とあり薬問屋が多い。
一四　身代。財産。
一五　捕鼠器の一種。升を伏せて棒で支え、下に置いた餌に鼠が触れるとかぶさるようになる仕掛け。
一六　地黄の根茎を主剤とした丸薬で、増血・精力増強などの薬効がある。
一七　薬が効きすぎたか。

軽口御前男巻之三目録

わらんべの智恵比べ

涼しき夕ぐれ、蛍取りに出し子供、かたはらによりて、「なんと、灯心一といふ物は、どこから出るぞ」「あれは畳から出るさうな」「いや〳〵、編笠二から出る」とせり合ひける三に、六つばかりなる子がいふやう、「畳からでも編笠からでもあるまい。おれは行灯《あんど》の引出し四から出るとほか思はぬ」といふた。

故事付《こじつけ》の名

大和国《やまとのくに》吉野あたりに、娘二人持ちける人、寵愛のあまり、姉の名を「しきぶ」五と付け、妹を「とちぎり」と呼びける。ある人のいはく、「こなたの姉娘しきぶは聞へましたが、妹をとちぎりとはいかが」と尋ねければ、「をの〳〵は、謡御存じないと見へました。それは文盲なり。井筒の謡六に、ありありとしるしおかれた。紀の有常《ありつね》の娘は並び

一　灯油を浸して火をとぼす紐状のもの。畳の原料の細藺(ほそい)の白い芯で作る。
二　菅ばかりでなく、藺草で作ることも多い。
三　言い争う。
四　行灯の下部に、小銭や灯心などを入れる小引出しが付く。
五　式部。女官の呼び名。紫式部らの名前に因む。
六　世阿弥作の能の一。『伊勢物語』第二十三段に基く。紀有常の女の霊が、幼時井筒=井戸側で背丈を比べ合った在原業平を懐しむ筋。

なき美人ゆへ、業平《なりひら》、心をつくされしよし[七]。我等が娘も、あつぱれ劣るまじき存じよりにて[八]、とちぎりと付け申し候」といふ。「して、その井筒の謡は」と問へば、しさいらしく、「『その頃は紀の有常の娘とちぎり[九]』と謡ひます」といはれた。

下人の軽口[一〇]

さるよそに[一一]、一僕[一二]つかふ牢人衆あり。下人、隣へ酒買いに行きしに、「何と角内《かくない》、そちの旦那は、かねがありさうな。いつ見ても内《うち》[一三]があたたかさふな」といはるれば、下人いふやう、「なるほど、あたたかい」といふ。「銀《かね》があるか」といへば、「銀《かね》はないが、膝の皿から火が出る[一四]さかいで、あたたかい」といふた。

即座の能

今日は祖母《ばば》の命日と、夕めし過ぎて墓参りせしに、寺はいつよりさ

七　一心に思い慕った。
八　思い付き。考え。
九　「娘と契り」を、とちぎりという名の娘と錯覚。
一〇　冗談。洒落。
一一　ある所。
一二　下男一人。角内はその通名。
一三　内側の事情。懐具合。
一四　ひどく貧乏して困りはてる譬え。「膝の皿」は膝蓋骨。「火が出る」は困窮の意。火が出るくらいだから懐具合も暖かかろうと誤解。

(巻三・即座の能)

びしく、徒然《つれづれ》なるまま、とつておき[一]を呼出し、酒盛りの最中なれば、住持うろたへ、女に大釜かづけ[二]、隠しけるを、旦那、「何あそばします」といへば、「あまりさびしさに、道成寺《どうじようじ》[三]をいたす」「こりやよからふ」と、一ぱい引かけ、「大蛇《だいじや》の出る間《ま》[四]に大こく舞[五]」と、はやされた。

謡のさし出口

勧進能見物の中に、ある人のいはるるは、「地謡[六]はどこできいても、奈良[七]が上手じや」といへば、文盲なる人さし出て、「それは差合《さしあい》じや」「なぜに」「はて、奈良は下《しも》がかり[八]ではござらぬか」。

子数《こかず》のはきちがへ

天満の夏祭[九]、通り筋は宵より矢来《やらい》結ふて、家々の客おびただし。ある所へ、よき仁体《じんたい》にて、息子二人つれ、桟敷《さじき》へあがられければ、相客、近付になりて、「さて〳〵よい御器量な子達じや。みな〳〵其方様の

一　秘蔵の人。梵妻。
二　被け。頭にかぶす。
三　能の一。道成寺の鐘に隠れた安珍を大蛇と化した清姫がとり殺す筋。釜を被る場面を見立てた。
四　「出ぬ」の誤りか。
五　大黒天の扮装で毎年新作した祝いの詞を歌う門付の芸能。僧侶の女房の隠語「大黒」をかけた。
六　舞台の右横で謡曲の地の文を大勢で謡う人。
七　舞より謡が得意の金剛・金春二家の本拠地。
八　金剛・金春流の下懸りから卑猥な「おなら」を連想。「自慢の謡」(二六九頁)参照。
九　大阪市北区の天満宮祭礼は陰暦六月二十五日。

御子息《しそく》か」といへば、「はてさて、よく御存じでござる。これはわたくしが二そく[一]でござります。まあ二そくは宿《やど》におりますが、古草履[二]と同じ事で、めろ[三]どもなれば、殿堂《でんどう》[四]へは連れませぬ」とつくされた[五]。

変つた吸物

ある人いはるるは、「此中さる方で、目薬貝[六]の吸物が出た」といふ。「さても文盲な。それは蛤の吸物であらふが」といへば、「されば、相客[七]の方へは、身を入れたか知らぬが、我等方《かた》へは、殻《から》ばかり盛りて据[八]へました。何と、これが目薬貝の吸物でないか」。

大銀持《かねもち》の借銭《しやくせん》

朝夕《ちようせき》も思ふままに食はず、夏さいみ[九]冬紙子《かみこ》[一〇]、ただ吝《しわ》くして、かねをのばす[一一]人あり。近所の人いふは、「其方は、食はず着ずして、かねをのばし、何せらるる」といへば、「されば、人目には千貫目[一二]もあるや

一 「しそく」を四人の子と誤解し、二人だから「二そく」とした。
二 役立たずの意。
三 女郎。女の子。
四 出所(でんど)に同じ。公けの場。世間・人中・公儀などの意に使う。
五 ぬかす。ほざく。
六 目薬など練り薬を入れる貝。普通、蛤の貝殻を用いた。
七 同席の客。
八 膳に出すこと。
九 貲布。下男等が着る目のあらい粗末な麻布。
一〇 紙製の着物。貧乏人が防寒用に着た。
一一 金をふやす。
一二 銀の目方。一貫は千匁。千貫は約二万両。

うに見ゆれど、大分《だいぶん》の借銀《しやくぎん》じや。いま、有り銀が八百貫目ござつて、まだ二百貫目たりませぬ。どうぞ始末[一三]して、千貫目にせんと思へど、まあ二百貫目がいへませぬ[一四]」といはれた。

朔日《ついたち》[一五]は晦日《つごもり》[一六]の翌日《あくるひ》

ある所に、子供寄合ひて、兄がいふは、「何と、晦日が先か、朔日が先か」といへば、弟《おとと》、「おれは小さいさかいで知らぬ」といふ。親仁、子細らしく、「それは月々の大小[一七]で違ふものじや」と。

花のぬけがら[一八]

さる分限者《ぶげんしや》の惣領殿[一九]、六月中頃、花見がてら吉野参りと騒ぐ。友達の伝九郎来合はせ、「今時分の花見、のみこまぬ[二〇]」といへば、親仁、笑止がりて、「吉田の兼好が、『花はさかりに月はくまなきをのみ見るものかは[二一]』といひし事もあれば、世悴《せがれ》も花の散りたるあとを見て思ひ

一三　倹約。
一四　出来ない。
一五　「月立ち」の音便。月の第一日目。
一六　「月隠り」の約。月の末日。「つもごり」ともいう。
一七　陰暦では、一カ月三十日が大の月、二十九日が小の月。
一八　花の散った後を、思わせぶりに抜け殻といった。
一九　金持の長男。敬称をつけ、愚かさを強調。
二〇　理由が分からない。
二一　『徒然草』第百三十七段の冒頭の有名な一文。

やらん[一]との心入[二]とみへました」といはれければ、息子ぬからぬ顔で、「親仁殿、何を知りもせいで。吉野は冷ゆる所で、六月にも谷々の桜が咲くまいものでない」と、上塗《うわぬ》り[三]をしられた。

いかもの食い[四]

過《か》をいへ[五]ばいふ事と、「おれは世界に食ひ残したものがない」といへば、また一人、「おれもその通り。して、珍らしいものは何を食《く》やつた」といへば、「蛇《じゃ》のすし[六]を食べた。其方は何を食ふたぞ」「おれは雷《かみなり》のすし[七]を食ふた」といふ。そばから、おかしがりて、「なんと、蛇のすしの味は、どのやうなものぞ」「風味どうもいへぬよい物じゃが、少し気の毒は、水くさい[八]」といふ。また、「雷のすしは」と問へば、「そのうまさ、世にあるものではなけれど、これも少《ちと》雲くさい[九]ので困つた」といはれた。

一 思いを寄せる。
二 心づもり。考え。
三 無知をさらして恥の上塗り。
四 常人の食べぬものをわざと好んで食べること。
五 大げさにいう。
六 富山の松波鮨の呼称だが、蛇の具は珍奇なので、いかもの食いの譬えにいう。
七 「あたれば死ぬ」の洒落でいう河豚汁=かみなり汁からの連想か。
八 蛇は水辺に多く住むので、水っぽい。
九 雷は雲に縁がある。

鷹野一〇の空鉄砲《そらでつぽう》一一

ある殿様、鷹野に出給ひける。池のみぎはに、雁《がん》百羽ほど見えけるを、殿御覧《ごらん》じ、鉄砲取りよせ、ねらひすまして打ち給へば、一羽も残らず立ち去りける。折ふし、茶道《さどう》一二珍斎《ちんさい》目を廻し、やう〳〵人ごこちつきける時、殿様御きげん悪《あ》しく、「身が手廻り一三におるやつが、鉄砲の音に目を廻しける。腰ぬけめ」と叱り給へば、珍斎、息《いき》の下一四より、「まつたく鉄砲にては御座なく候。あれほどたくさんなる鳥にあたらぬからは、まさかの時、何にかゝあたりませふと存じまして、お笑止さに一五、目がまひました」と申しあげた。

夕めしの喰いちがへ

「五ケ《ごか》の津《つ》一六といへど、江戸の現銀《げんぎん》かけねなし一七、三井《みつい》の棚《たな》一八に、何でもないものはない」といふ。友達聞て、「いや〳〵、三井の棚にも、な

一〇　鷹狩り。
一一　撃って的に外れること。弾をこめずに撃つこと。
一二　茶坊主。大名に仕え茶をたてて献ずる役の者。
一三　身辺。側近。
一四　息もたえだえに小声でものをいうこと。
一五　お気の毒に思えて。
一六　江戸・京・大坂の三ケ津に長崎と堺を加えた五大都市。
一七　江戸の越後屋が始めた商法で、掛値・掛売をせず、現金定価販売すること。
一八　三井の店。越後屋の屋号で江戸に進出した三井八郎右衛門の呉服屋。

（巻三・夕めしの喰いちがへ）

い物がある」と、せり合へば、隣の親仁聞いて、「いらざるせり合ひじや。ここにゐて江戸の事が知れるものか。きのふも、こちの丁稚《でっち》が、『旦那様、おめし[一]が出来ました。お帰り』といふ。帰りて見れば、めしにあらず雑炊《ぞうすい》[二]なり。隣でさへ、これほどの違ひがある」といはれた。

訴状の書きぞこなひ

万年《まんねん》亀太郎様[三]と申す御代官あり。お下《した》[四]の百姓、山くじ[五]を取結び、訴状さしあぐるとて、万年を書きぞこなひ、一年亀太郎様と書ける。御取次衆見給ひ、「名字《みようじ》[六]が違ふた。これは一年じや」と叱られ、庄屋、せかぬふりで、「力落としました[七]」と申した。

打首《うちくび》[八]のとはず語り[九]

ある人のいはるるは、「打首にあふ時、切らるるは覚えぬが、その前かた、首筋なであげるが[一〇]、気味がわるい。たとへていはば、灸をす

一　食事。米飯。
二　野菜などを刻みこんでたいた粥。
三　「亀は万年」を利かした名前。
四　支配下の土地。
五　山林に関する訴訟。
六　苗字。家の姓。
七　「万」の字から「力」を落すと「一」。落胆の意の「力落し」をかける。
八　罪人の首を切ること。
九　人から問われないのに自分から話し出すこと。
一〇　打ち首の時の作法。

ゆる時に、やいとばし[一]のさはるやうなものじや」と語れば、「それは切られた者がいふたか」といへば、「されば、さうありさうなものじやにより、切らるる者に問ひたいけれど、片便宜《かたびんぎ》[二]で知れませぬ」といふた。

せつなき時の神頼み[三]

久三《きゆうざ》、夜あそびに出て、更《ふ》けて帰り、戸を叩けど、玉[四]も乳母も目があかず。旦那、よい夢を見さいて[五]起きられ、戸をあけて、「久三か。夜歩き、合点がゆかぬ」と、叱り〳〵奥へ行かれしが、しばらくして又出て見れば、久三、立つたり居たり、方々を拝む。「久三、寝はせいで、何をする」といはるれば、「されば、わたくしも御奉公精《せい》に入れ、随分[六]と存じても、どうやら不奉公[七]のやうに御座候ゆへ、神仏《かみほとけ》を頼みますれど、御利生《りしよう》なし」といふ。旦那聞かれて、「やい、阿呆。昼拝め。今は神仏も寝入りばなじや」。

一 灸箸。艾を挟む箸。
二 一方だけ音信して他方から返事のないこと。片だより。
三 平常は不信心な者が、苦しく困った時にだけ神仏の加護や助けを祈願する事。苦しい時の神頼み。
四 上方での女中の通称。
五 「見さして」の音便。見ている途中で。
六 精一杯。
七 まじめに勤めない。

貧報神《びんぼうがみ》の身もち揚《あげ》[八]

才覚な貧報神、花麗《かれい》なる姿にて、三条の橋を渡る。又向ふより、素《す》紙子《かみこ》一貫の和郎《わろう》[九]わせて、[一〇]「やあ、そなたは我等が中間《なかま》の法をわすれ、その黒羽に金《きん》ごしらへの脇差[一一]、この方はならぬ〳〵[一二]。さて、いつの間《ま》に福の神になられた」といへば、「よそで言やるな。おれも今は廓《くるわ》を主《おも》にするゆへ、かうした仕掛け[一三]でなければ、大尽[一四]が見倒されぬ[一五]」。

浪人の吉左右《きっそう》[一六]

さる浪人の内儀、近付の方《かた》へ行かれければ、亭主いはるるは、「こなた様は、やがて世に出で給はん。吉左右が足元で知れました」。内儀よろこび、「何と見えます」といへば、「こなたの草履が、長刀《なぎなた》[一七]になりました」。

八　金持になるにつれて前より贅沢に暮らすこと。
九　紙製の着物一枚の男。
一〇　「来る」の卑語。
一一　高価な黒羽二重や純金の付属金具を付けた脇差。廓通いの伊達姿。
一二　おれは許せない。
一三　扮装。工夫。
一四　遊里で豪遊する客。
一五　見かけで欺く。外見でごまかす。
一六　よい知らせ。吉報。
一七　長刀草履。履き古して糸がすり切れて延び曲った草履。長刀が武士の妻女の武器の縁から、夫が仕官できる吉兆と見た。

殺生禁断[一]の札《ふだ》[二]

ある池に、殺生禁断と新しき札ありしを、文盲なる人立寄り、「どこの芝居の札じゃ」と見ていらるるを、ある僧おかしく、「それは殺生禁断の札でござる」といはるれば、なを合点ゆかず。ぬからぬ顔で、「はああ、さてもしたり。[三]きれいな事かな」といふてのがれた。[四]

御前男三之終

一 寺社の境内など一定区域で狩猟や釣魚を禁ずること。
二 公示の事柄を記した小さい木札。高札。立札。
三 さてさて見事に作ったものだ。
四 言いのがれた。

軽口御前男巻之四目録

盗人に鑰《かぎ》[一]

さる人、「盗人に逢ふた」と語る。友達聞て、「何を取られた」といへば、「銭箱[二]をぬすまれた」「中に何もなかつたか」といへば、「銀五百目あつた。さりながら、錠《じよう》をおろして[三]おいたによつて、気遣いはない」「それが何の役に立つぞ」といへば、「いや〳〵、鑰はこちにあるほどに、あける事がなるまい[*]」。

言ひがかりの法問[四]

ある寺に小僧四五人寄合ひ、「何と、かた〳〵。いづれの法が忝《かたじけな》いぞ」といふ。天台の小僧、「こちは実相大乗[五]の御法《みのり》で、諸宗のもとじや」といふ。浄土宗の小僧は、「ただ経も論釈[六]もすて、十念具足《ぐそく》[七]の南無阿弥陀仏に究《きわ》まつて往生する」といふ。法花《ほつけ》の小僧出て、「こちは一切の経王で、五字の題目《だいもく》[八]につづまり、法花経より外《ほか》に、たつとむ事

一　鑰は「鍵」に同じ。悪人と知らずに信用して災いを招く譬えの「盗人に鍵を預ける」の略。
二　金、銀銭を入れる長方形の箱。銀貨一箱は十貫入り。
三　鍵をかけてしめる。
*　「掛硯を盗まるる事」(四〇頁)の再出話。
四　仏教の教義の問答。
五　一切の物の真実の姿を説いた大乗仏教の教理。
六　経文の研究や解釈。
七　十種の心念を具えた。
八　妙法蓮華経。

はなし」といふ。その中《なか》に、門徒[一]の小僧をみな〳〵侮《あなど》りて、「門徒は何の埒《らち》もない宗《しゅう》[二]じや。女房を持ち、魚鳥《うおとり》など食ふて、袈裟衣《けさころも》を着《ちゃく》する事、のみこまず[三]」といへば、「なにほど各々《おのおの》が呑みこまいでも、我等が法が忝ければこそ、こちの真似[四]をする衆が多い」といふた。

幸いの早桶

ある人、据風呂《すえふろ》[五]に入しに、何とかしたりけん、目を廻し、やれ〳〵と騒ぎしに、近所の下手斎《へたさい》[六]かけつけ、据風呂に置きながら脈を取り、せかぬ顔で、「さあ、呑口《のみくち》[七]ぬいて湯を捨てよ」といふ。畏つて、「呑口ぬきました」。下手斎聞いて、「これでよい。蓋《ふた》をして[八]、すぐに墓へやれ」といはれた。

巳《み》の年[九]の古手形[一〇]

さる人、道なかにて友達に行合ひ、「なんと久しや。いつ見ても、

一 妻帯し魚鳥も食する親鸞の浄土真宗。
二 駄目な。つまらぬ。
三 納得できない。
四 妻帯・肉食の破戒。
五 かまどで焚く大桶の風呂。
六 藪医者の通名。
七 湯槽の底の孔や栓。
八 風呂の蓋をして死人を入れる早桶代り。早桶は急造の粗末な桶状の棺。
九 本書刊行二年前の元禄十四年辛巳年をいうか。
一〇 有効期限の切れた手形。発行の古い手形。

そちは若いが、年は」といへば、「三十五になる」「さても若いぞ。お内儀はいくつじゃ」「五十八」「これは大きな年増《としま》[一一]じゃ」と笑へば、かの男いふやう、「それで巳の年の古手形じゃ」といふ。「心は」といへば、「見るたびごとに、しかへたふて[一二]ならぬ」。

犬の聞きぞこなひ

京室町《むろまち》通を、ある侍衆通られけるに、犬、しきりに吠えかかる。侍、刀にそり打つて[一三]叱られけるを、町の年寄[一四]見付けて、「只今は犬の御政《ごせい》道《どう》[一五]つよし。刀のそり打ち給ふ事、近頃率爾《そつじ》[一六]なり」といふ。侍、道理につめられ、犬に向つて、「私、侍にあらず、町人《まちにん》[一七]なり。御免〳〵」と詫び給へば、犬もそのまま逃げうせける。町衆《ちょうしゅう》寄合ふて評判に、「侍より町《まち》人が位が高さうな。今の侍、町人じゃといふたれば、犬が逃げました」といへば、年寄、「いや、あれは犬が聞きぞこなふたのじゃ。子細は、まちにんといふを、まちんと[一八]聞いて逃げおつた*」。

一一　年配の女性。
一二　期限が来ると新規に更新する手形と同様、女房も新しいのに変えたい。
一三　刀の鞘の反りを上向きにして抜く構えをする。
一四　町内の世話役。
一五　犬公方といわれた徳川綱吉の生類憐みの令。貞享二年から宝永六年まで実施される。
一六　まことに軽率。
一七　土地持ち・家持ちの平民。広く町人(ちょうにん)のこと。
一八　馬銭。漢方の気付薬。犬・鼠などの毒殺用劇薬。
*　「犬も見立てる人相」(三三二頁)に再出。

寺の紅梅

ある寺の紅梅、今をさかりと咲きければ、げに天神[一]のめで給ひしも、ことはりに覚ゆ。旦那二三人参られ、木下陰《このしたかげ》に床《とこ》据[二]へさせ、住持まじりに酒ごとして、旦那発句《ほつく》[三]して、短冊付けらる。この頃はやりし忠信《ただのぶ》の祭文《さいもん》[四]にて、

紅梅はまづは天しよくすがた哉

とせられければ、おどけたる住持にて、「さつても出来たり。[五]いひんひ〳〵[六]」と、三味《さみ》の相《あい》の手で笑はれた。*

分別[七]のあり所

若い者ども寄合ひ、「なんと、分別といふものは、臍《へそ》の下から出るものか」といへば、「いや〳〵、胸から出る」といふ。「いや、頭《あたま》からさうな」と、さん〴〵に論じけるを、さる親仁聞て、「みなの時分[八]で

一 梅を好んだ菅原道真。
二 床几。縁台。
三 俳諧の最初の句。
四 浄瑠璃『吉野忠信』中の祭文「女郎名よせ」に「色は根本太夫職、さては天職姿なり」とある。天職は遊女の最高位太夫に次ぐ「天神」の別名。
五 さてもよくでかした。同じ「女郎名よせ」の最後の文言「さつても気味よし心地よし」を利かす。
六 語り終りの三味線の合の手を利かせた。
* 「京にはやる祭文」(三二二頁)参照。
七 思慮、考え。俗に三上(馬上・枕上・厠上)がよい思案の浮ぶ場という。
八 年頃。年代。

（巻四・寺の紅梅）

は、まだ得知らしやれぬはづじや。分別といふものは、じたい、むさい[一]所から出ます。それゆへ、ふんへつ[二]といふ。又俳諧の付合《つけあい》[三]にも、分別といふに長雪隠《ながぜっちん》[四]がのせてある」といはれた。

剃刀《かみそり》あつる丁子頭《ちょうじがしら》[五]

「このほどは葬礼がなふて、小銭《こぜに》に事かく」[六]と、門番の九助つぶやく。長老聞き給ひ、「葬礼のないは、旦方《だんぽう》の繁昌じや」[七]。九介聞いて、「葬礼が参れば、お寺の賑ひじや」といふ。折ふし門《もん》をしきりに叩く。九介出て、「誰じや」「死人《しにん》を送ります」[八]といふ。九助よろこび騒ぎければ、住持大やう[九]に、「やかまし〳〵。おのれが言はねど、葬礼のあるは、宵から合点じや」「さては、先へ申して参りましたか」「いや、言ふては来ぬが、宵に大きな丁子頭が立った」[一〇]。

蚊屋《かや》のかり違ひ

一 きたない。不潔な。
二 糞・屁・唾の洒落。
三 俳諧実作の際、連想や意味の近い言葉を集めた参考書の付合集。
四 長時間便所に入って用をたすこと。『類船集』には、「分別」と「雪隠」は付合の語で載る。
五 灯心の燃えさしの先にできる黒いかたまり。
六 心付けの金が入らぬ。
七 檀家が栄え賑わうこと。達者で結構なこと。
八 葬式。野辺の送り。
九 大様。落着いた様子。
一〇 「茶柱が立つ」と同様、灯心の先端が丁子の頭のように丸くなると、幸運の前兆という俗信があった。

ゆふべ胴がくさつて、[一一]ありたけ取られ、帰りて女房をだまし、銀才《かね》覚に出しければ、千日寺[一二]にて、蚊屋三《み》張《はり》借《か》つて質《しち》に入れ、銀六拾目こしらへて渡せば、男よろこび、すぐに博奕《ばくち》の宿《やど》へ行き、六拾目をほんに張《は》り[一三]、一番[一四]にとられ、はふ〳〵帰れば、女房腹を立て、「悲しや。千日でかつた蚊屋が一時《ひととき》にほろびた[一五]」といはれた。

木薬屋の発明[一六]

さる御侍、木薬屋へ来て、人参《にんじん》[一七]求め帰り給ふ。あとへ隣の親仁わせて、「只今はよき商ひし給ふ。さだめて利もあるべし」といへば、亭主聞て、「利は見へましたが、病人の気色《きしよく》[一八]はよふござるまい」。親仁聞いて、「病人を御存じもなふて、よふあるまいとは心得がたし」といへば、「さればこそ、武士が人参を取りに来たからは、さては、じんぶたう[一九]かなはぬと存ずる」といはれた。

一一　賭博の胴元が負ける。
一二　大阪市南部の下町で古着・貸衣装屋が多い。
一三　ばくちで持ち金を全部一度に張ること。
一四　ただ一回の勝負。
一五　長年苦労して得た成果を一時に失う譬え「千日に刈った萱(かや)も一日で亡ぶ」の文句を「千日(寺)で借った蚊帳」と巧みにしゃれた。
一六　才智のはたらき。
一七　高貴薬の朝鮮人参。
一八　顔色。容態。
一九　参付湯。真武湯。附子が主剤の漢方薬で、胃腸病など人参とは反対の薬効がある。「武湯」と「武道」をかけた洒落。

かはきの病ひ[一]

すくやかな男、俄に、かはきの病ひ取りつき、食へども／＼あきたらず。祈禱、願立《がんだて》、医者もんぢやく[二]、残る方なくしけれども、露ほども験気《げんき》[三]なく、今を限りの時、皆々あたりへ呼びよせ、「我等が病ひ、今思ひ出《いだ》したり。相構へて[四]、かた／″＼孫子《まごこ》の末まで、仁王の口へ紙打ちこむな[五]」と言ひ置いて死なれた。*

石より堅い門徒宗[六]

東本願寺の門跡《もんせき》様[七]へ、お剃刀《かみそり》いただく[八]とて、さる在所のお婆《ばば》、始末[九]で仕立てた継《つ》ぎ／＼の布子《ぬのこ》[一〇]着て、御対面所《たいめんじょ》へあがれば、門跡様も御出あり。継ぎ／＼にむつとなされ、「これ着せよ」とて、お召しのお白小袖着かへさせ、お剃刀あて給ふ。婆帰りて、この由をいひければ、地下《じげ》中[一一]寄合ひ、婆にみあかし[一二]やりて、かの小袖をほどき、少しづつも

一 いくら食べても空腹で体が衰弱する病気。
二 悶着。離れられぬこと。かかりっきり。
三 効果。ききめ。
四 絶対に。決して。
五 仁王像に紙つぶてを投げると、当った個所が丈夫になる「仁王の力紙」という俗信による。
＊ 類話→補注三六
六 親鸞の浄土真宗。
七 本願寺管長の敬称。
八 真宗の在俗の信徒に法主が頭に剃刀をあて、法名を授ける儀式。
九 倹約。
一〇 継ぎはぎだらけの木綿の袷や綿入れ。
一一 村里中の住民。
一二 神仏に供える灯明。

らひ、あやからんといふ。隣在所の者望む。「何にめさる」「お珠数袋のお表[一三]にいたします」といへば、婆、腹を立て、「そなたは、お珠数袋のお表にすると言はるるは、帰参[一四]じやさかいで、いよ〳〵ならぬ」といふた。

有馬《ありま》[一五]の身すぎ[一六]

何をしても、裸で居て食ふほどの身すぎ[一七]やある。何がな、あたらしい事仕出《しだ》して[一八]、すぎはひにせんと、竹樋《たけどい》に気を付て、竿竹のふしをぬき、有馬へ行きて大声あげ、「二階から小便させふ」といひ歩けば、湯《ゆ》入《いり》衆[一九]聞きて、「これはあたらしい」と呼びけるに、くだんの竹を、外から二階へ差出す。「これは竹が細い」といへば、「合点でござる」と、ふところなる漏斗《じようご》[二〇]をはめて差出したり。*

一三　袋の外側にする布。東本願寺の「裏方」に対し、西本願寺を「表方」にかけた。
一四　旧主の所に帰ること。東本願寺は西から独立したので、西に帰属するようになるから嫌だと拒絶した。
一五　神戸市六甲山麓の有馬温泉。昔からの湯治場。
一六　商売。生業。
一七　着るものはともかく食うだけの生活。
一八　考えて。工夫して。
一九　湯治客たち。
二〇　口の狭い器に液体を注ぐために、上が広く下が細い穴のある器。
＊　落語「有馬小便」の原話。

(巻四・有馬の身すぎ)

茶の湯忠度《ただのり》一

西国《さいごく》へ赴きしに、明石潟《あかしがた》にて船頭申すは、「あれに見えましたが人丸二、そのこなたにござるが忠度のかいな塚三」と語れば、ある人、「その薩摩守忠度は、隠れもない和歌の達者、茶の湯の上手」といへば、乗合衆、「茶の湯いたされし事めづらしい。何に見えました」といへば、「謡四に、『城南《せいなん》りきうかたへ赴き候五』とあれば、生田《いくた》より前に、りきうの所へ暇乞《いとまご》ひに行かれたそふな*」。

七ふしぎ六

摂州《せつしゆう》天王寺の人、田舎へ見物にくだりしに、宿の亭主、「何と、天王寺の七ふしぎ、まことにて候や」「なるほど我等、朝夕《あさゆう》よく存じて居ます事じや」「七つは何々でござる」「先づ亀井の水」。かれこれと六つまでは言ふて、七つ目を忘れて出なんだ。「何と〳〵」と、しきり

一　平清盛の弟の平忠度。剛勇な武将で歌人。
二　明石市の柿本(人丸)神社。人丸桜や塚で有名。
三　忠度が須磨の浦で戦死した時、切り落された右の腕を埋めた塚。
四　世阿弥作二番目物の「忠度」。
五　ワキの詞章「城南の離宮に赴き」を「泉南の利休」と堺の茶人千利休と誤った。
*　類話→補注三七
六　大阪の四天王寺に関して、宝塔第一の露盤、亀井の水、金堂の雨落、池の蛙の鳴かぬ、金堂内陣の柱、石の鳥居、大木を七不思議にあげる(『京童跡追』)が、諸説がある。

に問はれ、迷惑して、「忘れさうもない事を忘れたが、ふしぎじや」。

名には妙薬がある

「物申《ものもう》」「どれ」「せきたん[一]と申す者、御見舞申した。何じや、留守か。御帰りあらば、たづねましたといふて給《た》も」と言置いて去《い》なれた所へ、亭主、二三人づれで帰られければ、右の口上いふを、連れの粗相なる人聞かれて、「そのせきたんは、おれがよふ覚えてゐる」といはるる。亭主聞て、「御存じはあるまいが」「いや〳〵、我等よく知つた事じや。人に言はしやるな。そのせきたん[二]には、陳皮《ちんぴ》[三]と黒豆煎じ[四]て呑めば、たちまちよい」といはれた。

言ひぬけの篦《もがり》[五]

気がさ[六]で過ぎる牢人、この頃鍼《はり》[七]をたて習ひ、事がな[八]と思ふ所へ、近所より病人ありて頼みければ、何心なく針立てしが、この針抜けず。

一 石川丹後などの姓名を略して「石丹」と呼んだか。
二 咳痰。人名を病名と取り違える。
三 蜜柑の皮を干したもので、漢方薬に用いる。
四 黒豆の煎じ汁は、百日咳や風邪、のどの痛み、咳止めに効くといわれる。
五 ぺてん師。ゆすり。
六 気嵩。勝気。負け惜しみの強い。
七 漢方医学の鍼術。
八 何か事があればよい。

とやかくと力を出し、引ければ、針は折れて腹へ入る。病人気を取り失ひ、気付け何かといふ内に、身も冷へ、息も絶へければ、針立《はりたて》九、ここは大事と思ひ、「いづれもはやあきらめ給へ。私《わたくし》針は天国《あまくに》一〇が作《さく》にて、千両ともかへねども、折れこみたれば取返しもならぬ。時節到来一一、ぜひもない」といふて逃げられた。*

御前男四之終

九　鍼医。ここでは俄仕込みの浪人。
一〇　飛鳥時代の刀剣の名工。
一一　寿命が尽きた。運が悪い時期にでくわした。
＊　類話→補注三八

軽口御前男巻之五目録

十三　邪婬の訴人《そにん》
十四　かかり子《こ》
十五　かはり扇
十六　げぢ〳〵
十七　物はあてにならぬ
十八　気のつくほど損がある

たから寺[一]開帳

欲にはきりがない。さる親仁、山崎の[二]開帳[三]に、打出の小槌[四]一ぱいの思ひ入《いれ》[五]で参詣し、小槌拝みたき由いへば、小僧立寄り、「槌を拝ませ、宝授くるが、銀《ぎん》十匁《もんめ》でござる」「これはさて、持合せがござりませぬ。六匁五分《ふん》でまけて」といへば、「しからば、沙汰なしに[六]まけてやります」と手をひらかせ、何やら手の内に置いて、その上を槌にて打ち、「さあ握つて、宿へ帰るまであけさしやるな」と教へて帰しけり。親仁よろこび、枚方《ひらかた》まで来たりしが、どうやら心もとなく、手をあけて見れば、「残而《のこつて》三匁五分かし[七]」といふ書付[八]であつた。

貧報神《びんぼうがみ》開帳

ある在郷のやせ寺[九]に、山崎の開帳[一〇]うらやましく思はれけれど、霊宝なければ、すべきやうなく、智恵を出して開帳の札《ふだ》に云《いわ》く、

一　京都府山崎天王山の中腹にある宝積寺の俗称。
二　山崎にある宝寺の。
三　社寺で厨子の戸帳を開き、霊宝や秘仏を拝ませること。
四　宝積寺の寺宝。財宝を打出す不思議な小槌。
五　一途の念願。
六　内密に。
七　不足分の三匁五分は貸し。
八　手形を手に握らせた洒落。
九　貧乏寺。
一〇　参詣人の多い山崎宝積寺＝宝寺での開帳。

(巻五・貧報神開帳)

一　当寺代々相伝はる貧報神、御夢想[一]によつて、来ル七月十四日より開帳せしむるものなり。もし参詣なき方《かた》へは、貧報神御入あるべき[二]との御託宣なり。早々参詣あるべく候。以上

未五月四日

と書て、「さあ攫《つか》みどりじや[三]」と、地下中《じげじゆう》[四]打寄り賑ふ所に、ふしぎや、かの神[五]あらはれ給ひ、「さやうに、われを人目にさらし、銭かね取込み繁昌せば、この寺には住みがたし。名残り惜しや」と、夕暮れにかき消すごとく失《う》せ給ふ。さても智恵かな〳〵。

から風呂[六]

島原の揚屋《あげや》[七]誰やらが座敷にて、大尽[八]の前で、禿《かぶろ》、ひよつと取りはづし[九]ければ、女郎聞き、「さてもぶしつけな。そこ立ちおれ」といへど、禿、うじ〳〵[一〇]としければ、女郎腹立て、「さあ、立たぬか」といひさまに、女郎又取りはづし、ぬからぬ顔で、「まづ、おれ[一一]から立ちませ

一　霊夢。夢のお告げ。
二　貧乏神から出向く。
三　ぼろもうけ。
四　土地の人達。村中。
五　貧乏神。
六　湯気で温める風呂。同音「伽羅風呂」の香りの縁で、放屁を匂わせたか。
七　女郎屋から遊女を招いて客が遊ぶ家。
八　豪遊する客。
九　放屁をすること。
一〇　ぐずぐず。
一一　私。相手が同等か目下の時、男女ともに使った。

う」といはれた。

昔を今によみがるた

今といふ今[一二]、赤裸[一三]にうちなされ、袖乞ひのかしまだち[一四]。ある門口に立寄り、かるたの二を二枚[一五]並べていたりければ、旦那見て、「久三、あの非人は何をするぞ」「あれは、『助けてくれい[一六]』と申す事でござります」「しからば、何でも取らせい」。久三、やがてむし[一七]一まいに銭一文添へて、非人にやれば、非人、二を一枚庭[一八]へすてて、「これでうかみました[一九]」。

出がはりの虎[二〇]

「お内義《ないぎ》様。お約束の人を連れて参りました」と、針《はり》かか[二一]が門口から。「やかましい人が来た」と御内義、奉公人を見られて、「なるほど置きましょ。そなたは器量もよいが、その爪は、いつ取りやつたまま

一二　たった今。
一三　丸裸。無一文。
一四　乞食のしはじめ。諺「乞食にも門出」による。
一五　よみガルタの二の札。二の札二枚では手づまり。
一六　カルタの手づまりを見せて、暗に暮らしの手づまりの助けを求めた。
一七　よみガルタの一の札。
一八　店の土間とカルタの「場」をかけた。
一九　勝負事でやっとあがること。一が出たので手持ちの二の札を捨てることができて助かった。
二〇　奉公人が雇用期限を終えての交代期。
二一　裁縫賃仕事の老婆。下女口入れ役もしたか。

ぞ。食物《くいもの》する身[一]には、むさい事じゃ。今まではどこに奉公しやつたぞ」「あい、これはそのはづでござります。あとの季[二]まで、風呂屋におり[三]ました」といふた。

長そろばん

婆《ばば》育ち[四]に十四五まで。「これはあまりの事じゃ。寺入り[五]には遅し」と、夕方より、あたりへ算用[六]習ひにやりける。師匠、四五へんも教へて、「去《い》んでからも油断なく、内で稽古したがよい」「畏《かしこま》つた」といへど、来る日も〳〵埒あかず[七]。師匠、ほつとして[八]、「そなたは内で稽古せられぬと見えた」。ぬく太郎[九]聞き、「なるほど、いたしますれども、長そろばんで覚へられませぬ」「それはどうしたものぞ」「いや、親仁百万遍[一〇]をよまるるそろばん[一一]でござります」。

抜かぬに物がある[一二]

一 料理を作る女中。
二 今までの勤めの期間。
三 風呂屋で客の垢を掻く仕事上、爪を長くのばしていた。
四 祖母に甘やかされて育った愚かしい子供。
五 寺子屋入門。通常は七歳の初午の日に入る。
六 計算。そろばん。
七 上達しない。
八 持て余して溜息つき。
九 温太郎。馬鹿息子の通名。
一〇 浄土宗で念仏を唱えながら大数珠を繰る行事。
一一 百万遍念仏で十回ごと数取りに使う大きい玉の算盤での稽古では、練習にもならない。
一二 理由がある。

ある侍、町人と言ひぶんして、中々ことば荒くなり、「抜け、相手になる。侍ならば抜け」と悪口《あっこう》すれど、その座をひけて逃げ行きしに、その後、かの侍とねんごろなる者、「其方様は、いつぞやかやう〳〵の義にて、さしづめになりけれど、大小ともに役にお立てなき由《よし》。それはいつ抜かふと思召す」といへば、「これは拙者が食《めし》を食ふ時に抜きます」といはれた。

わが身の了簡《りょうけん》

かんだなる鍛冶屋《かじや》ありしが、あまり夜昼やかましさに、隣のおやぢ行きて、「さてもこなたは、上根《じょうこん》な事じや。夜中八つになつても、仕事の音のせぬ事がない。いかに金《かね》ののびるがおもしろいとて、ちと夜も寝て、身のつづくやうにさしやれ」といへば、「近頃御意見忝い。さりながら、わたくしはいつも、片面《かたつら》の目が寝ていますゆへ、これでいれあひます」といふた。*

一三　口論。喧嘩。
一四　のっぴきならぬ状態。
一五　食事時に大小をはずす慣習と生活の資を得るに必要な時の意をかける。
一六　思慮。工夫。考え。
一七　瞎。片方の目の見えぬ人。片目。
一八　根気よい。強健な。
一九　午前二時。
二〇　金をふやす。金属を延ばす鍛冶屋の仕事に因む。
二一　埋め合せがつく。
*　類話→補注三九

かけねなし

「帷子《かたびら》[一]は冬、買はしやれ。[二]夏買いは高ふござる」「いや〳〵、さうも言はしやるな。昼、蠟燭[三]を買ふたけれど、安ふなかつた」。

まよひ駕籠

「やりましよ〳〵。[四]駕籠やりませふ」「駕籠かろふ。[五]なんぼうじや」「三匁《もんめ》五分《ふん》」「それは高い。一匁二分」「いや〳〵」と、一匁六分までに値《ね》なした。[六]「よふござる。やりましよ」といふて乗せて行く。「いや旦那。どこまででござる」といへば、「ほんになふ、おれもしらぬ」といふた。

相撲の評判

今度大坂堀江に相撲[七]ありしに、ついに見た事もない田舎衆、見物し

一 夏向きの麻や苧の単衣物。
二 時季外れで安いから。
三 暗くなった夜に使用。
四 辻駕が客を誘う呼び声。
五 乗ってやろう。
六 値切る。
七 元禄十五年催された堀江での勧進相撲。この時の際物咄は一九三頁にもある。

て国へ帰りければ、友達衆、「なんと、大坂の相撲は」と問へば、「なるほど見ました。さすが大坂ほどある。皆々名人じや」といふ。そのうちの人言はれしは、「何を言はるるやら。おれは番付を見たが、ろくな相撲[八]は一人もないが」「いや〳〵、それでもどれが出ても、行司が『よい〳〵[九]』といひました」。

見まひ人《じん》[一〇]

「やれ、火事が行く[一一]」「どこじや〳〵」「どこじや知れぬ」「そんなら見舞にいかざなるまい[一二]」といふた。

邪婬[一三]の訴人《そにん》

さる所の息子、久しぶりにて廓《くるわ》へ行きしに、女郎いふは、「何とて久しう見へませなんだ」「されば、さん〴〵の事。もはや其方《そなた》にも逢はれぬやうになつた」「それは何として、そのやうな首尾《しゆび》[一四]になりました」

八　力士。相撲取り。

九　「はっけよい〳〵」の掛声を文字通り「よい」と解した。

一〇　火事見舞に行く人。

一一　火事が起こる。

一二　とんちんかんな応答。

一三　人の道に外れた男女の交わり。

一四　結果。事のなりゆき。

（巻五・邪婬の訴人）

「いや〳〵、首尾の悪い事はない」「そんなら、どうでござんす」「されば、そちに親仁が逢ひたがる」[一]といふた。

かかり子[二]

六十ばかりのおやぢ、さる方へ行きて話されしに、ある人のいふは、「おやじ様も、お子達がござりますか」「なるほど、一人持ちましたが、いかい世話[三]でござるが、もはやかかり[四]ませふと存じ、よろこびます」といふ。「さぞ、さうござりましよ。もはやおいくつでござる。さだめて、さい[五]もござりませふ」といへば、「今年でふたつになります」といはれた。

かはり扇

「五兵衛殿、その扇、見せさしやれ。はて、これはよい扇の。何本[六]の扇でござる」「それは一本[七]でござる」「何を言はるるやら。貴様がい

一　客として。「親父のは息子が買つた妹なり」(『柳多留』七・6)ならまだしも、親子で同じ遊女を買っては問題。
二　親が老後に頼りとする子供。家督をつぐ子。
三　大変育てるのに手がかかる。
四　厄介になる。
五　妻。息子の女房。
六　扇の骨の数。普通、骨の数の少いのが上等品。
七　所持する扇の骨の数を聞かれたのに、持っている扇の本数と勘違いの答え。

つ、一本の扇持たれた事があるぞ」「それでも三年になるが、それよりほかござらぬ」といふた。

げぢ〳〵[一]

「こなたはいかふ頭《あたま》がはげました。まだその時分[二]ではあるまいが」「いや〳〵、もはやこのはづでござる。三十八[三]になる親仁を持つています」といはれた。

物はあてにならぬ

ある人、久三[四]連れて買物に出られ、さる見世にて、買物ととのへゐらるるを、見世先に非人[五]ども眺めおるほどに、「こりや久三、おれはうら[六]へ行《い》く。見世先に人がある。財布に気をつけ、番をせよ」「あい」といふて、旦那行かれしあとにて、かの久三、財布かたげて走りけれ[七]ば、表の非人、「あれ〳〵」といふた。

一 節足動物の蚰蜒。形から、嫌われ者の異名。
二 年ごろ。年齢。
三 三十八がげじげじに関連のある語と思われるが不詳。「げじに這われると禿げる」という俗信、又は意地悪の見本梶原景時の異名から、意地悪親父に頭を押え付けられての禿頭の意か。
四 「久三郎」の略。上方での下男の通名。
五 乞食。おもらい。
六 便所。雪隠。
七 肩にかけて持ち逃げ。
八 大阪府南部の地域。
九 堺市西部にあった島。寛文四年後の築堤時に恵比須の石像が海から出た

気のつくほど損がある

大坂より和泉《いずみ》[八]へ行く人、堺にて友達に逢ひ、「どこへ」「ゑびす島[九]から今去《い》ぬる。[一〇]そちはどこへ」「おれは和泉へ行くが、連れがあらば三里廻れ[一一]じや。連れのある折り、去んでおかふ」と、堺から連立つて戻られた。

元禄十六 壬未[一二]年六月上旬
大坂順慶町[一三]心斎橋筋　書林
敦賀屋　九兵衛[一四]
柏原屋　清右衛門[一五]

のでの命名。芝居小屋・茶屋で繁栄した。
一〇 帰る。戻る。
一一 道連れがあれば三里の回り道も苦しくない。旅行は同行者がいた方が楽しいという譬え。
一二 「癸未」の誤刻。
一三 大阪市南区。新町の廓に近く、賑やかな商店街で書店も多くあった。
一四 順慶町五丁目にあった文海堂。松村氏。『紅梅千句』(承応二)など出版。
一五 心斎橋筋順慶町北入五丁目。称觥堂。渋川氏。『倭名類聚鈔』(寛文七)ほか。ともに大阪での有力板元。通常、連名の時は後の方が主な出資者。

露《ろ》休《きゆう》置《おき》土産《みやげ》

（宝永四年刊）

解題　底本は東京大学文学部国語研究室蔵本。半紙本五巻合一冊。題簽は「当世かる口露休置土産　一」。序題「置土産序」。目録題・内題は「置土産巻一(〜五)」(文字は多少異なる)。尾題「二(〜四)之巻終」。柱刻「露休一(〜五)　丁付」。本文は半面一〇行、一行約二〇字詰で句点がつく。序一丁。目録一丁(各巻)。本文丁数五三(一〇・一一・一二・一〇・一〇)。話数七七(一四・一七・一六・一四・一六)。挿絵半面図一二(二・三・三・二・二)。巻五本文末に「宝永四丁亥正月吉日　田井利兵衛開版」の刊記がつく。

本書は序文に記された通り、元禄十六年秋に死没した都の名物入道露休追善のため、生前露の五郎兵衛が演じた数多くの「はなしの控へ帳」から佳作を選び、『西鶴置土産』(元禄六)の書名に倣って編集した遺作集といえる。京都において「辻噺の元祖」(『本朝文鑑』)と謳われた、「貞享元禄頃の軽口咄の上手」(『拾椎雑話』)の彼には、代表作の『軽口露がはなし』(元禄四)以下数書の軽口本があり、死後にも本書をはじめ、五郎兵衛の名をとどめた再板本が多く刊行され、身近な笑いと親しみやすい表現をもった笑話は、長く広く愛好された。日蓮宗の坊主落ちの彼が再び法体して露休を名乗ったのは元禄十二年頃といわれ、寺社の祭事など人出の場所で不特定多数の聴衆相手に笑話を口演したほか、経営する水茶屋や貴紳のお座敷などと活動の場は広く、話芸で生計を立てた舌耕者として特筆され、庶民の中に定着した笑話の伝達者の姿を見出すことができる。序文中に「旧きは選りすて新しきを拾ひ寄せて」とあるが、必ずしも新作ばかりでなく、すでに生前の彼の軽口本中の話も多く再出しているので、その点は*の項に注記しておいた。話芸者の常として、話の素材は既成の笑話に基きながらも、巧みな弁舌と豊かな仕草をもって聴衆を魅了したのであろう。

本書の改題再板本として、『露休かへり花』(正徳二)、『軽口笑だるま』(享保四)などがあるが、その際、話の配列も前後し、話数も五八話と減じている。翻刻は『噺本大系』第七巻などにある。

置土産　序

虚言《うそ》と軽口とを一荷《いっか》[一]にして、四条河原の夕涼み、又は万日[二]の回向《えこう》、ここかしこの開帳所《かいちょうどころ》[三]に場どりし、数万《すまん》の聴衆《ちょうじゅ》に腹筋《はらすじ》をよらす[四]都の名物入道露休《ろきゅう》[五]、過ぎにし元禄ひつじ[六]の秋、閻浮《えんぶ》[七]を去りし追善に、露休が一生、はなしの控へ帳をくりひろげ、いまだ世間《よのなか》の人に笑はせぬ噺を取りあつめ、旧《ふる》きは選《え》りすて、新しきを拾ひ寄せて、露休置土産と名付け、全部五巻《いつまき》とし、長旅の船路《ふなじ》、あるひは雨夜《あまよ》のなぐさみにも、貴からずして高位の御意《ぎょい》に入り、月待日待《つきまちひまち》[八]の席には、軽ふて奈良茶[九]ぐらゐになすは、ひとへに咄の徳と思ふ故に、一首。

露とのみ消へし[一〇]法師が言の葉《ことは》は
　人の耳にもをきみやげかな

一　天秤棒で前後にかつぐ二つの荷物。
二　一日の参詣が万日分に相当する特定日の法会。
三　社寺の霊宝を日時や場所を決めて見せる所。
四　大笑いさせる。
五　元禄十二年頃剃髪した露の五郎兵衛の法号。
六　元禄十六癸未年。
七　「閻浮提」の略。人間の住む世界、現世の意。
八　特定の日に月の出や日の出を待って拝む民間の俗信行事。後には遊興の会合となる。
九　奈良茶飯。豆等を入れ、葉茶の汁で炊いた飯。
一〇　露のようにはかなく命の消えたと、五郎兵衛の苗字の「露」をかけた。

置土産巻一

十三　物知り顔の大恥
十四　仏も札《ふだ》づかひ

置土産巻一

一　文盲なる人年号にて挨拶いふ事

ある人、途中にて文盲なる人に行合ひしに、「はてさて、久しうお目にかかりませぬ。いよ〳〵御無事、一段[一]に存ずる。私も遠方[二]へ参りて、やう〳〵此中《このじゆう》、上京[三]いたしました」といへば、文盲なる人聞き、「さても頓作[四]なる人かな。年号で挨拶をやらるる。我等も誰ぞに逢ふたらば、此のごとくに申さん」と思ひ、一二町も行きければ、向ふより知る人来たる。さらば挨拶をやらんと思ひ、「これ〳〵、久しうお目にかからぬ。いよ〳〵御無事、一段に存ずる。私事も、此中、延宝《えんぽう》へ参り、やう〳〵元禄《げんろく》[五]いたした」といへば、かの人聞き、さては年号でやらるると思ひ、「ほうゑい事[六]」と返答せられた。*

一　「一段の事」の略。とくに結構なこと。
二　延宝(一六七三〜八一)の年号を「遠方」に掛けた。
三　貞享(一六八四〜八八)を「上京」に掛けたしゃれ。
四　機知に富んだ言葉。
五　貞享＝上京という所を、文盲だから「元禄」と言違えた。
六　宝永(一七〇四〜一一)と「ホウ好い事」を掛ける。
＊　類話→補注四〇

二　居風《すえふ》呂《ろ》[七]桶《おけ》の取違へ

ある粗相なる人、内の男を呼び、「やい与七。言付けた水風《すいふ》呂《ろ》はよいか」。与七答へて、「成程、よふござります」。かの粗相人、「さらば入りませふ」とて、やがて裸になり、そばなるあく桶[八]へはいり、顔をなでて、「はあ、極楽〱[九]」といへば、与七見て、「これはあく桶でござります」。旦那聞て、「南無三宝、それならこれは地獄[一〇]じや」。

三　狸と狐との出合ひ

ある山里に、みやまとく介《すけ》といふ古狸《ふるたぬき》ありける。都にかくれなき稲荷山[一一]の長助といふ狐行合ひ、「さて〱、久しう打絶へ[一二]、お目にかからぬ」「いかにもその通り。さだめて芸があがつたであらふ。何と狸、少《ちと》化けてみしやれ」。とく介聞き、「いや〱、そなたの若衆に化けるが、なか〱見事じやげな。先づお手際《てぎわ》を見せませふ。さあ所望《しょもう》〱」

七　下部に焚口のある風呂桶。据風呂、水風呂ともいう。

八　灰汁桶。水と灰を入れ、下から灰汁を漉(こ)し出すようにしかけた桶。

九　安楽な状態時の言葉。「いい気持」と同じ意。

一〇　灰汁と同音の「悪」から、極楽に対する地獄を連想した。

一一　狐を使い姫とする稲荷社の総本社伏見稲荷を利かす。

一二　無沙汰をする。

といふやいな、上々の若衆になる。狸見て、横手を打ち、[一]「さて、化けたり／＼」といふかと思へば、狸は見えず。「これ、とく介／＼」といふて、うしろを見れば、小豆飯《あずきめし》あり。狐、きつと見て、狸めが、おれが手なみにおそれて、大事の飯米《はんまい》[二]をば忘れて逃げたと見へた。日頃の好物、重畳《ちようじよう》[三]の事と思ひ、食ひかからんとすれば、小豆飯むく／＼として、「悪洒落《わるじやれ》[四]するな。おれじや」といふを見たれば、狸じやあつたとの。

四　真如堂《しんによどう》[五]の如来来迎《らいこう》[六]の事

ある年の十夜《じゆうや》[七]に、人々通夜《つや》をして、精《せい》を出して念仏申しける。中にも信心なる老婆《ばば》たち、「さて／＼、ありがたや。今宵我等が往生のしるしを示し給へ」と内陣[八]を立去らず、夜《よも》すがら念仏しける所に、ありがたや、如来夜半《やはん》過ぎに仏殿より下《お》りさせ給ふ。老婆たち、ありがたく思ひ、「まさしく御来迎まします。先づ我等を救ひ給へ」「いや、私

一　感心した時の動作。
二　食用にする米。御飯。
三　甚だ好都合。
四　悪ふざけ。
五　京都市左京区浄土寺にある真正極楽寺の通称。
六　阿弥陀仏が極楽浄土から迎えに来ること。
七　浄土宗で十月六日夜から十昼夜にわたり念仏を唱える法要。真如堂がとくに有名。
八　本尊を安置した所。

を先づ助け給へ」と口々に申せば、如来、微妙《みみよう》の御声《みこえ》を出し、「汝等、まんがちに[九]せり合ふな。我は宵よりお茶湯《ちやとう》[一〇]がすぎて、小便に行く」とて、堂のうしろ[一一]へ出給ふ。

五　自慢の謡

ある人、風呂に入て、謡の名人はだれ〳〵、観世流《かんぜりゆう》には江戸のだれ、京には何といふ人、大坂、堺では其人それ〳〵と評判するを、賢からぬ人聞て、「さらば少《ちと》、謡を唄《うた》ひませう」と思ひ、声張りあげて、おかしくうたひければ、かの人聞て、「さて〳〵、こなた様には謡がお好きそふにござる。さりながら、節《ふし》が聞きなれぬ節でござる。上懸《かみがか》り[一二]か下《しも》懸り[一三]か」といへば、「いや〳〵、私は親にかかり[一四]でござる」と答へた。*

九　気短かに。勝手に。
一〇　仏前に供える煎茶。
一一　便所は「裏」ともいい、家屋の後方・奥にあった。
一二　宗家が京都在住なので観世・宝生二流をいう。
一三　奈良が本拠の金春・金剛・喜多流をいう。
一四　寄食する。頼る。親がかりの謡は新造語。
*　『露新軽口ばなし』(元禄十一)巻四「主にかかりの事」の再出。

（巻一　第五話）

六　日待《ひまち》[一]に謎の事

さる方《かた》の日待に、人々寄合ひ、謎をかけける。ある人、「南無阿弥陀仏」といふ謎をかけけれども、一座に解《と》く人なければ、「この謎はあげませう」[二]といふ。「さらば、解いて聞けませう。『むじな』と解き申す」といへば、人々聞きかね、「心はいかに」[三]と尋ぬれば、「むじなと[四]は獣《けだもの》の名、六字《むじ》の名《な》[五]といふ事じゃ」といへば、「はあ、これは解けぬがことはり。むつかしい謎じゃ」といへば、抜けたる男いふやう、「はてさて、私《わたくし》も、おほかめ[六]とまでは気を付けましたが」といはれた。*

七　謡知らずに知りたる顔

ある親仁《おやじ》、一人息子に謡を教へけるに、「外様《とざま》[七]へ出たらば、人の謡を聞き、知らぬ顔してゐれば悪いほどに、少《ちと》稽古せよ」といひければ、熊野《ゆや》、田村、東北《とうぼく》、かれこれ十番ばかり、曲舞《くせまい》[八]の所を覚えける。ある

一　庚申の夜など特定の日に、日の出まで徹夜で会合し祈願する民間の俗信仰。後に遊興化した。
二　謎の答えが出来ずに答えを求める時の言葉。
三　謎解きの根拠。
四　貉。穴熊の別名。
五　「南無阿弥陀仏」の六字の名号。
六　狼。危険時には念仏が口から出るので猛獣を考えついた。
*　『月菴酔醒記』(天正頃)に「南無阿弥陀仏云むじな」の謎立てが見える。類話→補注四一
七　公の場。人前。世間。
八　拍子のおもしろさを主とした小歌がかりの能の歌い方。

時、振舞に行きける。いづれも碁など打ちて、盤の端《はた》をならして、野《の》々宮《みや》の曲舞うたへば、かの息子、そのまま付ける。田村をうたへば田村を付けるによつて、おかしく思ひ、ちと早き謡をうたはんと思ひて、山姥《やまうば》の切《きり》一をうたひ、「今まで爰《ここ》にあるよと見へしが、山また山に山めぐり」と、せはしくうたひければ、かの息子、はたと困りて、「こりや又、せきぞろ〳〵」二と付けられた。

八　物を誉《ほ》めてほめぞこなひ

ある人、わが子に教へけるは、「余所《よそ》へ行ては、何を振舞はふと、随分ほめて食へ。うか〳〵と食ふな」三。息子聞き、「いかにも心得ました」といふ。ある時、振廻《ふるまい》に行ける時、膳を出しければ、「はてさて、これは結構な膳でござります。定めて根来《ねごろ》四でござらふ。まづ食《めし》は肥後《ひご》米《まい》か讃岐《さぬき》五米か。味噌《みそ》は四条烏丸《からすま》六か」と、それ〳〵に名物《めいぶつ》を言ひたて、ほめければ、亭主おかしく思ひ、「こなた様は、こまかにお気を付け

一　謡曲の一曲の終末部分。七五調の文章で拍子に合う謡を指す場合が多い。
二　節季候。年末に門付した物乞で、割れ竹で地面を叩き「せきぞろござれや、ハアせきぞろめでたい〳〵」と囃文句を戸前で叫ぶ。早い拍子の謡につけられず、せわしい調子の節季候でつけた。
三　好い加減、不注意に。
四　和歌山県根来寺製の漆器。堅牢重厚が特色。
五　熊本・香川県産の米。粒が細かく美味で有名。
六　柳の馬場五条上ルには「法論味噌屋源左衛門」がある。

られまする」といへば、かの者、自慢らしき顔をして、食《めし》の湯を一口呑みて、「はあ、これはこのあたりの湯ではござるまい。さだめて有《あり》馬《ま》[七]の湯と覚えまする」。

九　乞食《こつじき》も鳴物《なりもの》の法度《はつと》[八]

伏見の乞食、京四条川原を通りける時、京の乞食に行合ひ、「何と、久しうあはぬ。京都に変る事はないか」「されば、この廿六日の晩に、悲田寺《ひでんじ》[九]の茂作様のお果てなされた」といへば、「これは〳〵、奥様のいかいお力落し。その事、ゆめ〳〵存ぜぬ。して、鳴物は御法度か」といへば、「されば〳〵、それゆへ風の神[一〇]が三日とまる、節季候《せきぞろ》[一一]は七日とまつた」。

十　下人口上の稽古

ある呉服屋に下人を抱へける。主人いふやうは、「何方《いずかた》より客衆が

七　神戸市六甲山麓の有馬温泉。古くからの湯治場で含鉄類塩泉。

八　貴人の葬儀の時、一定期間あらゆる楽器や歌舞音曲を禁止し、服喪すること。

九　悲田地(日伝寺)村。近世京都の岡崎村辺にあった乞食が住む集落。

一〇　風邪流行時、仮面、太鼓で風邪の神追放のまじないをして歩いた乞食。

一一　歳末時の門付芸人。前ページの脚注二参照。

（巻一　第十話）

あらふとも、それ〳〵に挨拶をせよ」と、常々申しける。「心得ました」といふ。ある時、越前[一]より客上《のぼ》りければ、かの下人出て、「これは、よふお上りなされました。寒気の時分、御苦労でござりまする。当年は京都も大雪でござりまする。さぞお国元も大雪であらふと存じまする」。主人聞き、「さて〳〵よい挨拶、出来た〳〵。この後も、その格[二]にあいしらへ[三]よ」と誉めければ、下人悦び、「合点《がってん》でござりまする」。又翌《あく》る年六月の末、又越前の客上りければ、「これは〳〵、暑い時分に、よふお上りなされました。当年は爰元《ここもと》も、殊の外暑さでござります。さぞお国は大火事でがな、ござりませう」。めいわくな[四]挨拶の。*

十一　寝言《ねごと》も時による

ある所へ盗人四五人、屋尻《やじり》を切りて入りける時[五]、亭主、「ぶて〳〵[六]」といふ。盗人ども、しづまり、「さて〳〵、気味の悪い事をいふ」とて、耳をそばめて[七]聞ば、又亭主、いびきをかく。「さては寝言そうな」

一　今の福井県。豪雪地帯で寒気は厳しい。
二　流儀。やり方。
三　応対する。取りなす。
四　困った。とんでもない。
＊　融通の利かない笑いとして、落語のマクラに使用される。
五　家蔵の後壁を切抜いて忍び込む。
六　叩け。殴れ。
七　耳を澄まして。

とて、手拭を口へねぢ込みて置け[一]ば、寝言はやみぬ。盗人ども悦び、道具ども盗みとり、帰らんとせし時、あつたら[二]手拭置いて帰るは惜しい事じやとて、口に込みし手拭を取れば、なにが口の中にたまりたる寝言、一度に出るほどにせはしく、「ぶて〳〵〳〵〳〵」。*

十二　目鏡《めがね》にはまる一盃

ある大尽《だいじん》[三]、茶屋へ行き、酒事してあそびけるが、内の料理する男罷《まかり》出《い》で、「お肴《さかな》なくとも、おなじみだけに御酒しつはりと[四]」といへば、大尽、「おもしろい。こりや男、さいた[五]」とて、大なる盃《さかずき》さしければ、この男、「私は得《え》下されませぬ」「いや〳〵、ならぬとは言はせぬ。そこらは[六]一盃うけよ」といへば、ぜひなく引受けける。大尽、巾着をひねくれば、男、さてこそ露《つゆ》うたるるよ[七]と、盃を下に置く。大尽見て、「何と、ちやうど[八]受けたか。おれは目が悪うて気の毒[九]じや」とて、目鏡を出し、盃を見られた。

一　猿轡として含ませて。
二　「あたら」の促音化。もったいないことに。
＊　類話→補注四二
三　豪遊する客。
四　十分に。
五　「さした」の音便。酒をついで勧める。
六　そのくらい。
七　心付けを下さる。祝儀に露銀＝小粒銀を下さる。
八　きちんと。
九　困ったこと。
一〇　分を越えて出過ぎた行動をする者。
一一　「芸能」に同じ。
一二　将棋家元三家の一、大橋宗桂。

十三　物知り顔に大恥

さる僭上者《せんしようもの》[一〇]、物知り顔にいひけるを、人々おかしく思ひ、「何と、こなたは諸事に心得てござるが、定めて稽能《げいのう》[一一]は申すに及ばぬでござらふ」「いやはや、それほどすぐれはいたさぬ。さりながら、将棋は宗《そう》桂《けい》[一二]に片馬《かたうま》おろし[一三]まする。碁は本因坊に二つ[一四]置かせまする。謡なども、前《まえ》観世太夫[一五]に教へました」「はてさてお上手かな。して、鼓[一六]は」といへば、「今でも幸《こうの》清五郎[一七]に、片皮《かたかわ》はづして打つ[一八]」といはれた。*

十四　仏も札《ふだ》づかひ[一九]

当時《いまどき》は観音の御利生《りしよう》あらたなりとて、諸国より順礼あまた出る。ある順礼道行《どうぎよう》[二〇]四五人、紀州熊野を拝み、紀三井寺《きみいでら》[二一]へ参りければ、やう〳〵日暮れければ、本堂に通夜《つや》をし、「夜明けなば札《ふだ》[二二]を打ち下向《げこう》せん」といひてやすみける。その夜、観音の御声あらたにのたまく、「やい

一三　馬は将棋の駒のこと。角か飛の大駒一枚を落し、四～六段差。
一四　二目。三、四段差。
一五　十三世観世重賢か。
一六　筒の両端に皮を張りばちで打つ打楽器の一。
一七　小鼓の名人。小鼓方の一派幸家の家元。
一八　鼓の皮を片方はずしたら打てない。
＊　『露休ばなし』(元禄末頃)巻五「子に自慢すぎた」の再出。
一九　紙幣による取引。
二〇　「同行」に同じ。
二一　和歌山市にあり、西国三十三か所二番目の札所。また愚者の意の隠語。
二二　順礼が参拝記念に寺の柱に貼る紙や打つ木札。

汝等、まこと助かりたくば、木札を打たずとも銀札《ぎんさつ》一をくれよ」と、あらたに御霊夢を蒙《こうぶ》り、道行目をさまし、「まことに当国二も札づかひなれば御尤《ごもつとも》」といへば、一人がいわく、「つね〳〵阿呆をば、紀三井寺じや、二番三じやといへども、銀札をほしいとは、さりとは観音はおかしこい〳〵」。

一之巻終

一 銀貨代用に発行された紙幣。又は諸藩の藩札。
二 紀州藩。
三 賢い者の「一番」に対し、愚か者、馬鹿の隠語。

置宮笥《おきみやげ》巻二

一　小便の了簡違《りようけん》ひ

ある人、頭巾を買ひに行き、「この頭巾、何程」といふ。亭主聞き、「六匁《もんめ》五分《ふん》でござる」「それは高い。五匁に買はふ」「それなら、負けて進ぜう」。かの買手、頭巾を取りて、「いや、これは付けぞこないじや。まづをきませふ」。亭主、腹を立て、「ここな人は、あきなひ見世《みせ》で小便しやるか。ぜひとも売らねばをかぬ」。買手、迷惑して、「しからば、頭巾はをいて、この股引《ももひき》を買いませふ。これ何程」「この股引は六百でござる」「えい〳〵、三百に負けさしやれ」。亭主、はじめにこりて、「いかにも負けてやりませふが、又小便する事はならぬぞ」。買手聞き、「いや〳〵、小便のしられぬ股引ならば、買ふ事はならぬ〳〵」。*

一　買値をつけても買わないこと。売買契約を取消すこと。

二　止める。そのままにする。

三　することが出来ぬ。

＊「小便もならぬ股引買ひかぶり」(『柳多留』五〇・5)の川柳もあり、落語「道具屋」にも使われる。

（巻二　第一話）

二　女房に利屈《りくつ》一

ある人、夫婦《めおと》いさかひせしに、夫《おつと》はあそび好き、女房は諸事つまやかに働く者なれば、二「これ、いかに男じやといふても、そのやうにあそび歩いて、何もかも、おれ一人《ひとり》にさせてよいか。朝から晩まで、男のする事までさせて」といふて、腹を立てれば、夫聞て、「やい、そげめ。三おのれは男のする事を、見事するか」「をんでもない事。四ああ、慮外《りよがい》ながら何なり五と仰せ付けられ」「はてさて、にくい頤《おとがい》六じや。それならば、袴《はかま》を着て小便して見せい」*。これればかりは、なりますまい。

三　用心ぶかい百姓

ある百姓、畑《はたけ》に物種《ものだね》七をまきゐたりける。隣畑《はた》の与太郎見て、「なんと次郎作、結構な日和《ひより》じや。何をまきやるぞ」。次郎作、返事すれども聞えず。与太郎見て、「何といふぞ。すきと八聞へぬ」といへば、そ

一　理屈。こじつけの論理。
二　むだや贅沢を省くこと。質素。倹約。
三　「削げもの」の略。変り者、偏屈者の意で、ここでは女に対する罵倒語「削げ女郎」の略。
四　いうまでもない。勿論。
五　はばかりながら。
六　悪たれ口。憎い口。
＊　『露がはなし』(元禄四)巻五「後家の町役」の脚色話。
七　穀物・野菜・草花の種。
八　さっぱり。

ばへ寄り、耳のはたへささやきて、「大豆《まめ》をまく」といふ。「はてさて、ささやかいでも大事ない事を」といへば、「高ふ言へば、鳩[一]が聞く*」。

四　牡丹好きの僭上《せんしよう》[二]

ある人寄合ひ、牡丹の話《はなし》して、「方々に牡丹あれども、貴様の程いろ〳〵の株《かぶ》持ちたる人はなし」といへば、僭上者自慢して、「いやはや、世間には菊を好いて植へたり、芍薬《しやくやく》を好く人もあり。わたくしは牡丹を好きて植へまする。さりながら、方々より、お歴々《れきれき》[三]様の見物にお出《いで》、客もてあつかひに隙《ひま》のない事[四]」。人々聞き、「それならば、お公《く》家《げ》様方、お大名方もお出なされ、さぞ御挨拶がむつかしうござりませう」「いや〳〵、そのやうな衆《しゆ》は心やすいによつて、何とも存ぜぬが、気の毒は、折々唐獅子《からじし》[五]が参るに、困りはてた」。

五　貴賤上下ほしいは金《かね》

一　豆は好物の餌。
*　『露がはなし』巻三「人より鳥がこわい」の再出。
二　高慢。見栄っぱり。
三　身分家柄の高い人。
四　「隙」は「閑」。忙しいこと。
五　外国産獅子の異名。取合せ物の譬えにもある通り、牡丹に唐獅子は付き物。

さる御方《おんかた》、山吹[六]の盛りに、庭前にたたずみて、花にながめ入ておはしましけり。おそば近き女中、「これはさだめて、お歌でもあそばしつらん。いかが」と申しければ、「いや〳〵、歌などは思ひもよらぬ事。あの山吹色[七]な新小判《しんこばん》[八]が、二三千両もほしい事じや」。

六　慶安《けいあん》[九]の講尺《こうしやく》[一〇]

さる御大名家中《かちゆう》の歴々、御前《ごぜん》へ相詰めゐたりければ、殿様仰せ出さるるは、「聞けばこの頃、けいあんといふ事がはやる。あれはどふした詞《ことば》ぞ」と仰せける。折ふし御近習の人々、遠慮いたし、「かやうの事は、御家老ならでは存じますまい」と申せば、急ぎ家老石部《いしべ》金吉《きんきち》[一一]を召出さる。金吉承り、「さればでござります。これはおめでたい詞でござります。慶安とは、よろこびやすしと書きましたれば、民百姓までもうるほひ、ひとへに、殿様御長久をことぶき、おめでたい詞でござります」。殿聞召《きこしめ》し、「金吉がまた、けいあんをいふよ」。殿様はきつ

六　バラ科の落葉灌木。春、黄色の五弁花を開く。
七　山吹の花色の黄金色。転じて小判、大判。
八　摩滅した小判に足し金をして鋳造し直したもの。新直し小判。延宝・天和期には慶長小判の破損が多く、直し小判が通用した。
九　同音の桂庵・慶庵に同じく、追従、軽薄、嘘の意。人に追従する事の上手な藪医者の慶庵から出たなど語源に諸説ある。
一〇　「講釈」の宛て字。
一一　生真面目で融通の利かぬ人の通名。

い御粋《すい》。[一]

七　貴様[二]といふ事不案内[三]

ある人、「あの貴様といふは、何とした事ぞ」といひければ、賢き者、「あれは、みつちや[四]のあるを、貴様といふ」といへば、「これはおもしろい。聞へました」といふ。ある時、近付、道にて行合ひ、「久しうお目にかからぬ。して、貴様は、いづくへ御出《おいで》」といへば、かの者聞て大きに笑ひ、「おれより、そなたは大貴様で、我等を貴様とは、腹がいたい[五*]」。

八　思ひもよらぬ泣きやう

ある所に、母親にはなれ[六]、二七日[七]の間、物も食はず歎く。隣の内儀見て、「親御にはなれて悲しいは、道理なれども、もはやかなはぬ事じやほどに、物を食ふて内へ帰り、姑御《しゆうとめご》を母様《かか》と思ひ、孝行にしたが

一　粋人。慶安の俗語を先刻御存知でからかった垢ぬけた殿様。

二　近世前期には、目上に対して用いた人称代名詞。あなた様。

三　事情や意味を知らないこと。

四　あばた。痘痕。

五　大笑い。苦々しい。

*　「法体は木綿一反」(三四一頁)にも同想話がある。

六　死に別れること。

七　ふたなぬか。人の死後十四日間の喪中。

よい」といへば、かの娘、「いや〳〵、思ひ切られ[八]ぬ事がございます。聞いて下され」といふ。隣の内儀は、「いや〳〵、そのやうに歎けば、母様《かか》の冥途の迷ひ[九]じや。もはや歎き給ふな」といへば、「いや、わたくしが母の生きて居られまする時から、あの紫の着物《きるもの》と、嶋繻子《しまじゅす》[一〇]の帯とを貰ひたふ思ひましたに、姉様の取つていなれました。わしには、かたみじやといふて、珠数袋一つ。これがどふして、思ひ切られませふ[*]」。

九　鶴と鷺《さぎ》との評論[一一]

ある人、鶴の絵の屏風を見て、「さても書いたり。鴻《こう》[一二]には、ちと足が長い」といへば、一人の見立てには、「はて、わけもない[一三]。あれは鷺でこそあれ」といへば、亭主聞きかね、「この絵は鶴でござる」といふ。この者聞て、「人を阿呆にした事いはしやんな。鶴ならば蠟燭[一四]立をくはへてゐるはづじや[*]」。

八　諦める。断念する。

九　成仏の妨げとなるような心配。

一〇　縞模様のある繻子。

＊　「泣き〳〵もよい方を取る形見分け」(『柳多留』一七・44)の心理。

一一　物事の本質や価値・優劣を批評し議論すること。

一二　ヒシクイ鳥の異名。またコウノトリに同じ。

一三　ばかばかしい。みっともない。

一四　燭台。鶴が仰向いて蠟燭をくわえる形が普通。

＊　『露休ばなし』(元禄末頃)巻一「掛物あらそふ事」の再出。

（巻二　第九話）

十　手の筋[一]の看板

ある所に、「御手の筋」といふ看板に、手のかた[二]をかきて出し置く。田舎者見て、「これは何程で見る」と問へば、「十二文づつで見まする」「さらば、見て給《た》べ」といふ時、八卦《け》[三]のおもてにて、昔よりありたる事、残らずいひければ、「さて〳〵、ふしぎな事かな」と悦びて帰りけるが、又下《しも》の町へ行ければ、足袋の看板あり。「さても〳〵、都は物事自由[四]な。足の占ひもあると見えた。これはどふでござる」と尋ねければ、足袋屋、足を見て、「十一文[五]でござる」といへば、「さては、足は一文やすいとみへた*」。

十一　とかく博奕《ばくち》が好物

ある下人、主人の目をしのび、毎夜博奕打ちに行けるゆへ、銭の有《あり》切《ぎ》り打負けて、羽織着物《きるもの》まで打こみ[六]けるを、主人いろ〳〵折檻《せつかん》[七]すれど

一　運命や吉凶を示す掌の線。転じて手相見。
二　形。
三　易で三個の算木の組合せによる八種のかたち。
四　思いのまま。
五　一文銭の幅を基準にした足袋の大きさの単位。一文は二・四センチ。
*　『露新軽口ばなし』巻三「田舎者手の筋見る事」の再出。
六　金品をつぎこむ。
七　厳しく意見する。

も、こらへられず、又ある夜、一つある布団《ふとん》を持出けるを、主人見付け、「いづかたへ行くぞ」といへば、下人迷惑[一]して、「いへ、雪隠《せっちん》[二]へ参ります」「はてさて、再《さい》々雪隠へ行く。して又、その布団は何になるぞ」「再々参るも太義《たいぎ》[三]に存じまして、こんどは泊りがけに参りまする」。

十二　顛癇《てんかん》[四]の俳諧《はいかい》[五]

鎌倉江の島に近き里に、手前[六]ともかふも[七]する人あり。しかれども、持病に癲癇といふ病《やまい》、時々おこりければ、江の島の弁才天へ願《がん》をかけ、御縁日にはおこたらず、参詣いたしける。道にて駕籠をかりて乗りければ、又例の病おこりて、しばし泡《あわ》をふきけるが、弁天の御利生にや、早速さめにけり。駕籠かき申すは、「これ旦那、発句《ほっく》[八]いたしました。

　今日は道にて泡をふくの神[九]」

といへば、あとかたの者[一〇]、付けました。

　これぞまことのべざいてんかん[一一]

一　困る。当惑する。
二　便所。
三　骨折り。つらい。面倒くさい。
四　癲癇。発作的に痙攣して倒れ、口から泡を吹く病気。
五　滑稽な連歌。
六　暮らし向き。生活。
七　「ともかくも」に同じ。どのようにでも。
八　俳諧の最初の句。
九　「吹く」と「福」の洒落。
一〇　後肩。駕籠かきの後棒。
一一　「弁財天」と「癲癇」をひっかけた洒落。

駕籠かきには奇特《きどく》[一二]千万。

十三　入物には恥かき道具

春の頃、いづかたも似合ひ〳〵[一三]に弁当をこしらへ、花見に行く。さる貧なる者、子供を連れ、今日は花見に行かんと、食《めし》よ、煮しめよ、香《こう》の物よと、分際相応のこしらへ、椀も重箱も、といへ[一四]なければ、古きつづらに入て、自身背負ひて、人をめもせず[一五]、祇園林《ぎおんばやし》[一六]に行ておろし、幕[一七]なければ、風呂敷を張りゐる所へ、所の者来り、「これ〳〵、辻芝居[一八]はならぬ。外へ行きや」といへば、この男、むつとして、「これ、この通りじや」と、椀、重箱など出し、見せけれども、「いや〳〵、しな玉とり[一九]でもならぬ」。さてもめいわくの。

十四　貧僧のからかさ

ある所の草庵に貧僧あり。非時《ひじ》[二〇]に行かんと思ふ折ふし、雨ふりけれ

一二　殊勝。感心なこと。
一三　身分にふさわしく。
一四　外家。入れ物。
一五　人怖め。人目を恐れず平気で。
一六　京都祇園社境内の森。今の円山公園辺の景勝地。
一七　花見遊山の時など一座を張りめぐらす幔幕。
一八　路傍に簡単な小屋掛けをして興行する小芝居。
一九　品玉取り。手品使、曲芸師。
二〇　僧の日中から後夜までにとる食事。

ば、しばらく晴れ間を待ちける所へ、近付一人来り、「からかさ一本御貸し」といへば、かさは一本、我が身も非時に行けば貸す事はならず。貸さぬも気の毒。ちやくと[一]横になり、昼寝したる顔してゐる。この近付、「これ〳〵」と起こしけれども、寝入りたるふりしてかまはねば、ぜひなく帰り、隣の門に雨やどりしてゐる。かの僧、むく〳〵と起き、非時遅くならんと思ひ、かさをさして出ければ、隣に雨やどりしてゐたる男、「これ御坊、手がわるい[二]」といへば、せんかたなくて、からかさをさして大いびきをかいた。*

十五　豆腐売りの聞違ひ

都の町を、「豆腐〳〵」と売りあるく。ある家より、下女、「豆腐買はふ」と呼べども、得聞かず、行過ぎける。下女、表に走り出、「こな豆腐屋は、耳[三]はないか。これほど呼ぶに、どんな[四]人じゃ」といへば、豆腐屋、せかぬ顔[五]して、「耳は、下《しも》の町で売つてしまひました」。*

一　すばやく。即座に。

二　やり方がずるい。たちが悪い。

＊　『露がはなし』巻三「吝き坊主の若衆ぐるひ」の脚色話。類話→補注四三

三　四角な物の角や縁の部分をいう。豆腐の端の固い部分と、聞く「耳」とをかけた。

四　鈍。愚か。間ぬけ。

五　平気ですました顔。

＊　類話→補注四四

（巻二　第十五話）

十六　席駄《せきだ》[一]の反橋《そりはし》[二]

ある始末《しまつ》[三]なる人、下人に言付けるは、「此中履《は》いた席駄を干してをけ」といへば、「心得ました」とて、やがて炎天に干してをく。主人見て、「これは〳〵不調法[四]な。このやうに日あたりに干してをくものか。席駄が反橋[五]になつた」と叱りければ、下人、騒がぬふりにて、「そのはづでござります。下にかはが[六]ござる程に、反橋になりませう」。

十七　親子ともに大上戸[七]

さる親仁、酒に酔《え》ふて帰り、息子を呼びけれども、内に居ず。「はてさて、出歩きをつて、にくい奴め」といふ所へ、息子も殊の外酔ふて帰る。親仁見て、「やい、たわけ者。どこでそのやうに大酒をくらふた。おのれがやうな者に、この家はやられぬ」。息子聞き、「これ親

一　雪駄。竹の皮の草履の裏に馬革などを張った履きもの。
二　中央が円形に高く反り上がっている橋。太鼓橋。
三　倹約。けち。
四　行届かないこと。
五　反って弧状になる。
六　「革」を「川」に掛けた。
七　大酒飲み。

仁、やかましうおつしやんな。このやうに、くる〳〵と廻る家は、貫はいでも大事ない[八]」。親仁も舌をもつらかして、「あのうんつくめ[九]。おのれがつらは、二つに見ゆるは」。存の外[一〇]な飲みやう。[*]

二之巻終

八　かまわない。
九　知恵のない者を嘲っていう言葉。まぬけ。馬鹿者。
一〇　思いの外。非常識。
＊　落語「親子酒」の原話。

遠喜宮筍《おきみやげ》巻三

十三　とぶらひの口上

十四　夜半《やはん》に犬の一声《ひとこえ》

十五　貧家の朝夕《ちょうせき》

十六　文字《もんじ》も色々の読み様《よう》

一　未開紅《みかいこう》[一]の短尺《たんじやく》[二]

都誓願寺《せいがんじ》[三]の紅梅は、名に負ふ未開紅といふ名木《めいぼく》なり。花ざかりには、諸人《しよにん》、詩歌《しか》を短尺に書きて付る。ある夕暮れに、西雲《さいうん》といふ道心者[四]、花をながめて居る所へ、町《まち》の夜番《やばん》来りて、「さて〳〵、大分《だいぶん》の短尺かな。さらば、拙者も一句仕らん」とて、

紅梅の枝にとび火や[五]御用心

西雲、これを聞て、「我等も一句やつてくれう」と、

紅梅のえだをしもく[六]にずわい[七]だぶつ

二　狐も化かさるる世の中

さる所に、狐ども四五疋居ける所を、才覚なる侍通り合せ、「これは狐どもの寄会《よりあい》、化ける談合がな、するものであらふ。さらば、なぶつてみん」とて、「やい、そこな狐ども。われら[八]は随分化けると思ふそ

一　蕾の間は紅く、開花すると白くなる梅の一種。
二　短冊。歌や句などを書く細長い料紙。
三　中京区新京極の浄土宗西山深草派の総本山。「当寺の境内には紅梅数株あり。……未開紅の艶色を賞して美観とす」(『都名所図会』)と有名。
四　仏道に志した者。
五　花の蕾がほころぶことを「火点(とも)し」というので、その火が飛び火したとの意か。
六　撞木。鐘を打つ棒。「下句」とかける。
七　楉・楚。新しく伸びた小枝。坊主らしく撞木から「阿弥陀仏」を出す。
八　お前たち。

（巻三　第二話）

ふなが、いかふ初心[一]な事じや。何と、身共《みども》が化けたを見てをけ。そのまま武士と見ようが」。狐ども聞き、「成程〳〵、あつぱれお侍と見えるが、して、貴様は稲荷様[二]の御近習か」「いや〳〵、身は摂州信田《せつしゆうしのだ》の森助《もりすけ》[三]七代の子孫なり。猶も不審に思はば、わが供をしてみよ」といへば、狐ども、たばかられ、やがて[四]供をして行く。向ふの方に大なる犬あり。供の狐にいふは、「あの向ふの門に居るは、そちが目には犬と見ゆるか」「あれは犬でござる」と恐れければ、「あれも身共が友達じや。なんと、犬に化ける事はなるまいな」。狐、興をさまし、これは合点《がてん》がゆかぬと逃げて帰り、狐中間《なかま》へ触《ふれ》をまはし、「向後《きようこう》[五]子狐どもを日の暮れに出すな。いかふ化かす人があるぞ」と用心する。又ある時、かの侍が通りければ、「あれこそ先度《せんど》の侍じや。子狐ども、皆化かされぬやうに、まつ毛をぬらせ〳〵[六]」。これは、あちらこちら[七]な事の。*

三　下人の博奕《ばくち》好き

一　未熟。学び始め。
二　総本社の京都伏見稲荷神社。
三　葛の葉伝説で有名な大阪府和泉市の信田の森に因んだ擬人名。
四　すぐに。そのまま。
五　これからは。今後。
六　だまされぬように用心すること。そのまじない。
七　反対。あべこべ。
＊　類話→補注四五

ある人の下男、毎夜博奕打ちに出る。内儀、[八]つねに異見《いけん》すれども、聞き入れず。亭主腹を立て、夜る／＼門《かど》口に錠をおろし、出ぬやうにせしに、ある時、かの男、少しある銭をうづかし、[九]何とぞ旦那が寝入りたらば出づべしと思へども、門口に錠をろしたれば、せんかたなく、屋根を越へて隣へ出んと思ひ、屋根へ上がりける。旦那聞付けて、「屋根がめり／＼いふは、合点のゆかぬ事じゃ」といへば、内儀推量[一〇]して、「いや、あれは猫そうにござる」といへば、「ふふ、さては猫めか[一一]」といへば、男うれしく思ひ、「あい」と返事した。＊

四　辻番の答話《とうわ》[一二]

ある町の辻番、うつら／＼眠《ねぶ》りゐたりし所に、若き衆、声張りあげて、「これは播州《ばんしゅう》[一三]」と謡ひければ、寝耳にふつと入るやいなや、飛んで出《い》で、「何の用でござる」といふ。若き衆、おかしく思ひ、「いや、こちは高砂を[一四]うたふ」といへば、辻番聞て、「又よきついでなれば、

八　他人の妻の敬称。とくに町人の妻をいう。

九　使う準備をする。

一〇　推しはかる。推測。

一一　原本「猫めが」。

＊　類話→補注四六

一二　当話。即妙な返答。

一三　謡曲「賀茂」などの「是は播州室の明神に仕へ申す」云々の詞章。辻番は「これ、番衆」と聞き違える。

一四　謡曲「高砂」のワキの詞章に、「又よきついでなれば播州高砂の浦をも一見せばやと存じ候」とある。

小便いたさふと存じ候[一]」。

五　文字《もじ》二つを何事にもつかふ

ある文盲なる親仁、子供、寺[二]より帰りける時、手本を見て、「さあ、この手本読め」といへば、その子、口[三]より読み終り、「何月《なんがつ》いくか」と読みければ、親仁聞き、「先度《せんど》は、この字を月《つき》と読み、又今日はぐわち[四]と読むは、どふした事じや」。子供、「いかにも、この字をば、つきとも、ぐわちとも読みまする。こゑとよみ[五]も、同じ事でござる。又この机も、つくゑとも、しよくとも[六]言ひまする」。親仁聞き、「さても〳〵知らなんだ。大分《だいぶん》の学文《がくもん》[七]をした」と悦びけり。折ふし、近所に病人あり。十死一生《じゅっしいっしょう》[八]のよしを聞き、見舞ひければ、病家《びょうか》には歴々親類あつまり居ければ、ここはちと子細らしくやらん[九]と思ひ、「承れば、お医者がかはりましたげな。何と、つくゑはなりまするか」と尋ねければ、人々気にかけ、「ここな人は、何をわけもない[一〇]事をいはるる」と、

一　若い衆の謡に合わせて、自分も謡曲の詞章めかして小便に立ったおかしさ。
二　子供の通う寺子屋。
三　初めの部分。最初。
四　「月」の呉音。
五　漢字の音読みと訓読み。
六　「卓」の唐宋音。
七　「学問」に同じ。
八　ほとんど生きる見込みのない状態。臨終。
九　もっともらしく。
一〇　思慮分別のない。訳の分からない。

つき倒しければ、むく／＼と起きて、「はてさて、お手前たちは、近頃文盲な衆でおじやる。つくゐといふは、しよくの事じや。訳も知らいで、めつたに人をぐわち倒すか[一一]」。

六　清水《きよみず》の御《ご》利生《りしよう》

ある所に、博奕《ばくち》好きなる息子あり。たび／＼意見すれども聞かず、毎夜《まいよ》かるた[一二]打ちに行けるを、親人《おやじ》見付け、やがて脇差をひねくり、「をのれを打切らん」といふを、ほう／＼[一三]逃げ、せんかたなくて、清《きよ》水《みず》の観音へ参り、一心に祈誓《きせい》し、さて、御鬮《みくじ》をとりて、「親人まことに打切り[一四]給ふならば、二[一五]を給《た》べ。もし又おどしのためならば、三を下されよ」と信心をこらし、御鬮をふれば、三度ながら二が出ける。「これは是非なき事かな」と、涙ながらに下向《げこう》せんとせし所に、ありがたや、観世音、八旬《はつしゆん》[一六]あまりのかく人《じん》[一七]と現《げん》じ、告げてのたまはく、「汝、なげく事なかれ。二が三度まで出れば、二くづし[一八]なれば、親の

一一　「突き倒す」の「つき」を「ぐわち」で言う。
一二　博奕用よみガルタ。
一三　放々の体。辛うじて。
一四　刀で「打切る」とカルタで最後を「打つ」のをかける。
一五　カルタの二の札。
一六　八十歳。
一七　膈人。ばくちうち。
一八　めくりガルタの博奕で、二や馬など重要な札が場札に三枚以上出ること。この場合、親は改めて蒔き直すのが規定。同様に親も打切り＝勘当できまいとのお告げ。

打切りはかなはぬぞ。よろこべ〳〵」。

七　似《にせ》と正真《しょうじん》とは各別《かくべつ》

ある人四五人打寄り、座敷に涼みてゐたりしが、「はてさて、正真の赤銅《しゃくどう》一は奇妙なものじや。蜈蚣《むかで》が恐るる」といへば、中にも僣上《せんしょう》二な男、小刀《こがたな》をそろりとぬき、「恥づかしながら、この小柄、三赤銅と申すはおろか、残り多い事は、昔《いにし》へ田《た》原藤太《わらとうた》四が持たれたらば、弓矢いらずに手柄せられうものを」と、自慢たら〳〵の所へ、天井より、長み五六寸の百足《むかで》、はたと落ちければ、人々はつと驚く。中にも、はたらいたる五男、「いや、騒ぐまい。さいぜんの小柄で平《たいら》げてやりませう」といへば、心得たりと、小刀をぬいて、百足の胴中《どうなか》、しかと押へければ、百足ふり返り、やがて小柄をしつかと噛みければ、ぜひなく、金火箸《かなひばし》にて挟みて捨てけり。「これは〳〵、正真の赤銅と承つたが、どうした事じやの」といへば、「いや〳〵、赤銅は正真じやが、今のは百足が、に

一 銅と金・銀の合金。
二 見栄っぱり。
三 脇差の鞘に添えて差しておく小刀。
四 藤原秀郷の俗称。近江三上山の大むかで退治で名高い。
五 機転・才覚のある。

（巻三　第七話）

せであらふ。吟味してみや」。

八　雷《かみなり》も落ちぞこなひ

近年[一]雷たび〳〵落ちて、いづかたも迷惑。雷殿もしやれて、何なりとも、してやらねばあはぬと見えた。落ちる所では臍《へそ》をとつて行《い》かる。なかにも不調法[二]なる雷、ふけ田[三]の中へ落ちけるが、やう〳〵として上がりければ、雷ども寄合ひ、「さても〳〵、何の徳もない所へ落ちて、笑止千万。此方どもは、あそこここで、臍をよほどしてやつた」といへば、「されば〳〵、落ち所は悪かつたけれども、負けはいたさぬ」と、ふところより田螺《たにし》[四]を取出し、天《あま》の川にて洗ひ、「これで臍もどき[五]を仕らふ」。

九　女夫《めおと》いさかひ[六]のあつかひ[七]

さる人、毎日女夫いさかひをしけり。隣のおやぢ、笑止に思ひ、

一　本書刊行七年前の元禄十四年六月には京都に大落雷・洪水があり、ことに「八月二十日、京都雷震九十八処、洪水人多死」(『日本災異志』)と出ている。
二　不器用。
三　深田。泥深い田。
四　田んぼにすむ巻貝。
五　他の何かに似せた物。類似の形の田螺で臍の代用とした。
六　夫婦喧嘩。
七　仲裁。

「これ〱そなた衆。そのやうにいさかひをするものか。ちとたしなましやれ。大坂には、やくわん屋の介六《すけろく》[八]といふ者さへあるに、少々の事は勘忍《かんにん》しや」といへば、亭主聞き、「尤《もつとも》でござります。勘忍せまいと存じますれども、おやじ様のぬけ目のない[九]御意見で、どふも申しやうがない*」。

十　雲の物いふ世の中

この秋ほど天気のよい事は、この二三十年にも覚へぬと、百姓のよろこび。野へ出て、田刈り干す。隣田《となりだ》の五郎作、「なんと、打続いて結構な日和《ひより》でないか。お天道《てんとう》様も気が通《とお》つて[一〇]、こちとを[一一]、ふびんにおぼしめすさふな」といへば、せい〱たる[一二]青雲《あおぐも》の中《うち》より、「ゑへん〱[一三]」と声がした。

八　『大坂千日寺心中』の主人公助六か、そのモデルとなった大尽に因んだ人名か。又は単に「叩いてのばす」商売の薬罐屋や大工を利かせたものか。

九　心くばりの十分な。薬罐の漏れを匂わせたか。

＊　類話→補注四七

一〇　気が利く。さばける。

一一　此方人。私たち。

一二　青々としている様。

一三　賞められた太陽が、得意になって咳払いした。前年秋の記録的な好天続き(摂陽奇観)の際物咄。彼没後の他人作である。

十一　貧乏は過去の約束

さる貧乏人、先《さき》の生《しやう》一の約束とはいへども、これほどつらい事はないと、山崎銭原宝寺《やまざきせんげんたからでら》二へ参り、観音様へ願《がん》をかけければ、ありがたや、御夢想に打出の小槌をさづけ給ひ、「何にても望みの物を、三度《ど》までは打出すぞ。三度打つたらば、あとはこちは知らぬ」との御霊夢。案のごとく、打出の小槌を授かり、早々下向せしが、頃は極月《ごくげつ》三末つかた、あまり寒さに大地をうち、「諸白《もろはく》四一升と干魚《ひうお》五一枚」と打てば、案のごとく六出たり。ありがたく思ひ、内へ帰り、先づ寒さをしのがんと、「紙子《かみこ》七一つ」と打てば、そのまま紙子出にける。女房、これを見て、「さて〳〵、気のかなはぬ人八かな。とてもの事に、絹のものを打出す事はならぬか」と叱りければ、この男、腹を立て、「何の大事か九、へちまの皮一〇」といへば、そのままへちまの皮を打出した。*

一　前世。
二　京都府山崎の真言宗補陀落山宝積寺の俗称。本尊は十一面観音立像。寺宝に打出の小槌がある。
三　陰暦十二月の異称。
四　清酒。精白した米や麹で造った上等の酒。
五　魚の干物。
六　思った通り。案の定。
七　紙製の粗末な衣服。
八　気に入らない。
九　何が不都合か。
一〇　何の役にも立たぬ、無価値なものの譬え。役立たずめ、という罵倒語。外皮や種子などを取り除いた後のへちまの皮は垢すりなどに用いる。
＊　宝寺の話は、二四八頁にもある。

十二　挨拶も人による

ある所に、大方快安《おおかたかいあん》[一一]とて、上手の医師《くすし》あり。用事有て町の夜番《やばん》が所へ行き、「内に居るか」といへば、女房、かしこき者にて、「これのおやじが役も、お前様のお薬と同じ事」といふ。「その心は[一二]」「はて、よふ廻りまする[一三]」といへば、医師よろこび、近所の内義に、その話せられける。ある時、自身番有て[一四]、かの所へ番が廻りければ、快安見舞ひ、「けふは御太義」といふ。かの内義、例の話思ひ出し、「こちの番も、お前のお薬同じ事」といふ。「心は」といへば、「よふあたります[一五]」。医師めいわく。*

十三　とぶらひの口上

ある人、近付の息子頓死《とんし》[一六]しけり。笑止に思ひ、下人を呼び、口上を言付け、「『とかくこの世は、無死《むし》無常《むじよう》[一七]の世界、おあきらめなされよ』

一一　名医の通名。
一二　理由。事のわけ。
一三　夜番が見回るのと薬効が出るのを掛ける。
一四　家主や番人が交代で町内の警備や雑務をとる。
一五　当番の順番が当たるのと薬に中毒するのを掛ける。
＊　『露がはなし』巻二「伊勢講の当番」の再出。
一六　急死。
一七　過去から未来にかけて生死を脱することのできない意の「無始無終の凡夫」の仏語の誤用か。

（巻三　第十二話）

と申せ」「畏りました」といひて行く道にて、大神楽《だいかぐら》[一]を見、おもしろさに、でんづく〳〵と、[二]太鼓《たいこ》の拍子《ひょうし》にのりて、かの所へ行く。口上を、はたと忘れ、「でんづくの世界、お力落し」といふて、口上出ず。かかる所へ、又外《ほか》よりとぶらひ[三]に来り、「さて〳〵無常の世界、申さふやうもない」といへば、かの使の下人、「私も、あの拍子[四]に頼みまする」といふた。

十四　夜半《やはん》に犬の一声《ひとこえ》

物事用心する折ふし、夜半にすさまじく犬ほへければ、聞人、驚き出《いで》合ひ、「盗人などの来るにや」と夜番に問へば、犬、何のことなく寝てゐる。中にも分別らしきおやぢ、「これ〳〵、気遣いな事はない。犬が夢に、せきだ直し[五]がな見たものであらふ」。

一　獅子舞や曲芸を演じて見せる大道芸。
二　太神楽の囃太鼓の音。
三　お悔み。
四　調子。前の人の悔みの文句と同じようにの意。
五　雪駄の破損を直す職人。犬を撲殺、皮などを扱ったので、犬は恐怖にうなされて夢の中でも吠えついた。

十五　貧家の朝夕《ちょうせき》

ある貧なる人、「子供は大勢、売買《うりかい》[一]は高し。とかく始末[二]せねばならぬ。かか、とかく雑吸《ぞうすい》[三]をせよ」といふ。女房も始末者《もの》にて、米少し入れてこしらへければ、姉娘いふやう、「この雑吸は、しるうて[四]食はれぬ」といへば、母親腹を立て、「しるくば、ぼくり履《は》[五]け」と叱りける。末子《ばっし》の坊主[六]も、迷惑ながら食ひ、「なふ、かか様。この御器《ごき》[七]の中の坊主は、食ふてもだんないか[八]*」。水かがみ[九]よりました雑吸。

十六　文字《もんじ》も色々の読み様《よう》

さる者四五人、表にはなし居る所へ、女来り、二郎三郎《じろざぶろう》様と書たる文を出し、「このお名は、何と書いてござります」と問ひければ、一人見て、「何とも合点《がってん》がゆかぬ。たしかに状と見ゆるが、二らさらと[一〇]書いたは、ふしぎじや」といへば、又一人見て、「これは、こらさ郎[一一]」

一　物の値段。物価。
二　節約。
三　雑炊。野菜などを入れた粥。
四　ぬかるむ。水っぽい。
五　木履。足駄。ぬかるみ道などに履く。
六　男の幼児の呼称。
七　お椀。
八　「大事ない」の転。
九　水面に物の影がうつって見えること。
＊　『露休しかた咄』(元禄末頃)巻二「雑炊はしらの事」の脚色話。
一〇　「郎」「三」の崩し字が読めず、「ら」「さ」と誤読した。
一一　「二」を「こ」と誤まる。

とよむ。又一人見て、「じらみ郎」とよめば、中にも分別らしき男、「いづれもは文盲な。たしなみやれ。これは、二らう三《さん》らう様[一二]といふ事。さだめて、お所化《しょけ》方《がた》[一三]へ行く文であらふ。これから真直ぐに行て、増上寺[一四]といふてたづねてござれ」。

三之巻終

一二　二臈三臈。最も修行を積んだ僧侶一臈(臘)に次ぐ僧の名称、又は当道でいう職検校の一老に次ぐ二老、三老か。

一三　寺に勤める役僧。

一四　増上寺なる寺が京都にあるか不明。当道関係の寺か。

越幾美矢気《おきみやげ》巻四

一　粗相な医師《いしや》殿
二　髪結の了簡《りようけん》ちがひ
三　乞食《こつじき》の婚礼
四　虚言《うそ》はつきがち
五　菩薩の大慈悲
六　隠れもない吝《しわ》ん坊
七　京にはやる祭文《さいもん》
八　けしからぬ肥満
九　猪《い》のししの蘇生《よみがえり》
十　薬師の願立《がんだて》
十一　一文不通《いちもんふつう》の坊主
十二　阿呆でも俳諧好き

一　粗相な医師《いしや》殿

ある人、風を引きければ、薬をのみ養性《ようじよう》せんと思ひ、「横町の道三一殿を呼ふでこい」と、下人に言付ける。下人いそぎ行て、「御苦労ながら御出」といへば、「はてさて、身共《みども》も風を引きまして、先から薬をたべる。二さりながら、外《ほか》からとは違ふた。おつつけ参らふ三」とて、「只今お人四でござつた」「されば、私も風を引きましたほどに、脈を御覧なされ、お薬を下されませい」「心得ました。身共も風を引きましたが、こなたは頭痛はせぬか」「いたしまする」「食《しよく》が味《あじ》ないであらふ」「さやうでござる」「熱も少しあらふ」「いかにも」「咳《せき》も出るか」「出まする」「のどもかはくか」「少しかはきまする」「知れた〳〵。おれが風と同じ風じや。脈には及ばぬ。この薬をのましやれ。変つた事があらば、こちから言ふてこさう」。これはあちらこちら。五病人めいわくの。*

一　江戸初期の名医曲直瀬道三(まなせどうさん)にあやかった名前。
二　飲む。いただく。
三　間もなく。すぐに。
四　お使。他人からの使の敬称。
五　あべこべ。サゲの言葉は病人から医者への注文。
*　『露休ばなし』巻二「そさうないしや」の再出。

二　髪結の了簡《りようけん》ちがひ

ある髪結、酒に酔《え》ひてとろ〳〵ねぶりゐる所へ、髭奴《ひげやつこ》[六]一人来り、「さかやき剃《そ》りてくれよ」と頼みける。「心得ました」とて、そるほどに〳〵、大事の髭をそり落しければ、奴、腹を立て、「やい、うろたへ者。身がとう[七]は、この髭ゆへに、大分の切米《きりまい》[八]をとる。この髭をそり落すからは、おのれ、身が身上《しんしよう》[九]の敵《かたき》だ。のがさぬ」と、さん〴〵に腹を立て、「元のやうにして返せ」と気色《きしよく》をかへて怒《いか》りける。「やれ、喧嘩よ」と人々出合ひ、「まつぴら御勘忍」とあつかへ[一〇]ども、奴聞入れぬゆへ、町の宿老[一一]殿の了簡《りようけん》にて、鳥目《ちようもく》一貫文にて、やう〳〵あつかい、埒《らち》明けける[一二]。その後又四五日過ぎて、病後と見へて、髭髪長き坊主来り、あたまをそらせければ、あたまばかりそりて、髭を残しをく。坊主、腹を立て、「人をなぶるか。この髭をそらねばきかぬ」といへば、髪結聞き、「又髭をそらして、一貫してやらふと事[一三]か。ならぬ

六　頬ひげの多い武家奴。
七　身が等。自称代名詞で我等。男子の尊大語。
八　給与分の米。給金。
九　生活。暮し向き。
一〇　仲裁する。
一一　町内の世話役の年寄。
一二　決着がつく。片づく。
一三　せしめようとする。

（巻四　第二話）

〳〵」といふ。坊主いよ〳〵腹を立て、つかみ合へば、「又、喧嘩よ」と人々騒ぎける。折ふしお宿老殿、人のうしろより見て、逃げられける。町の衆申さるるは、「何とぞ、おあつかいなされぬか」と申せば、「されば、私もあつかひたふ思へども、中々先度《せんど》の格[一]にはなりませぬ。このたびは、奴《やつこ》を坊主に[二]したと見へました」。

三　乞食《こつじき》の婚礼

ある乞食、女房を呼びむかへ、幾久しくと祝ひける。舅《しゆうと》の乞食、「聟殿の膝直し[三]仕度候間、明晩御出」とて、一門の人々車座に居て、段々[四]の馳走。すでに酒盛りはじまり、「いざ聟殿。何にても、さかな[五]一つ謡ひ給へ」と所望《しよもう》すれば、膝立直し、扇押つとり、「やらめでたや。こなたの御寿命を申さば、鶴は千年[六]」と厄払ひ[七]をやられた。

一　やり方。決まり。
二　頭を剃り、髭が残っている姿を見て。
三　祝言後に嫁側の親類が聟を招いてする披露宴。
四　いろいろ。数々。
五　酒興のための歌舞。
六　厄払いの文句。「やあら目出たや、此方の御寿命申さば、鶴は千年亀は万年、浦島太郎が八千歳……」(『雪女五枚羽子板』宝永二)が決まり文句。
七　節分の夜など、めでた尽しの文言で厄を払い、金品をもらう乞食。

四　虚言《うそ》はつきがち

さる人、「けふはめづらしい所へ参つて、結構な道具どもを見物いたした」「こなたは昼寝して居たげなが、いつの間《ま》に出さしやつた」「今朝《けさ》、朝の間《ま》に、さる寺へ霊宝を拝みに行きましたれば、一尺八寸の大脇差[一]を見ました。何と、一尺八寸といふは、こなた衆は見まいの」「それが何とめづらしい事か。これ、身どもがさいたも[二]、一尺八寸ある」といへば、「いや〱、おれが見たは、横幅一尺八寸であつた」[*]。

五　菩薩の大慈悲

ある所に、八十あまりの親仁、つく〲と思ひけるは、「今ほど観音へ願《がん》をかけて、かなはしやる時はあるまい。何とぞ今一たび、若やぐやうにして下されよ」と、清水《きよみず》[三]へ一七日[四]籠《こも》[五]りける。ありがたや、七日満《まん》ずる夜[六]、御霊夢ありて、「汝、この丸薬を与ふる。これを一粒《いちりゅう》の

一　主として刀に添えて佩(は)く刀。江戸時代では小刀の別称にもいう。普通は一尺八寸以下が決まり。
二　「差した」の音便。
*　落語「浮世床」のクスグリにも出る話。
三　京都市東山区の音羽山清水寺。本尊は十一面観音立像。
四　七日間。願立の期間。
五　神仏祈願のため寺社に泊りこむこと。
六　満願の夜。

めば、十年づつ若やぐ」と、あらたなる御告げ[七]。目さめてみれば、枕もとに一包みの御薬。やがて一粒のみて、水かがみ[八]を見れば、七十ばかりになる。ふしぎに思ひ、又二粒のめば、六十より五十に、だん〳〵若やぐ。「こはありがたし」と宿《やど》へ帰りければ、妻子《さいし》おどろき、「何として若やぎ給ふ」といへば、「されば、念彼《ねび》観音の御力[九]、かやう〳〵の次第」と語る。中にも惣領の息子、当年五十三、「我等に一粒賜《た》べ」といへば、親仁合点《がつてん》せず、薬を惜しみけるゆへ、ぜひなく所の代官[一〇]殿へ御訴訟申せば、さつそく親仁召出され、「子供へ一粒づつ、ゆづり与へよ」との仰付け。吝《しわ》き親仁、合点せねば、代官、憎しと思召し、「それ〳〵、押へて取れ」とある。二三人取りかかりければ、親人《おやじ》、かなはじと思ひ、かの薬を一口にほうばりければ、たちまち赤《あか》子《こ》となり、おぎや〳〵と泣き、五十三の惣領殿にいだかれて帰りける。*

七　神仏の霊顕著しい。

八　澄んだ水面に姿を映して見ること。

九　法華経普門品の中の偈の念彼観音力。観音の力を念ずること。

一〇　主に年貢収納と司法検察の民政を司った地方官。

*　類話→補注四八

六　隠れもない吝《しわ》ん坊

世間に隠れない吝き男、ある所より、振舞の廻文《かいぶん》[一]を持ちきたる。かの使の者を呼び、「明日《あす》の振舞は、襟袖だちか[二]、本立《ほんだち》[三]か」と問ふ。使聞き、「本立でござりまする」「しからば参りませう」と、てんをかけ[四]けり。折ふし友達居合せ、「それは合《が》点《てん》がゆかぬ」と問へば、「襟袖なれば身から物が出る、本立なれば身から物は出ぬ[五]」といへば、友達聞て、「さても貴様は、土《つち》の西行《さいぎょう》[六]じや」といへば、「その心は」「はて、土の西行は、首は落ちても、ふろしきははなさぬ[七]」。

七　京にはやる祭文《さいもん》[八]

はやり物とて、京中に八百屋お七[九]といふ祭文、老ひたるも若きも、これを唄はねばならぬと見えて[一〇]、ある馬方《うまかた》、馬を引て、「お七なく〳〵よほんほほふ[一一]」といへば、あとより馬が、「いひんひひい[一二]」と付けた。

一　回状。触れ状。
二　襟も袖も同じ布で作った粗末な着物か。
三　並幅一反の布で大人用の着物を仕立てること。
四　了承した証拠に、かぎ印などの記号を付ける。
五　平服参加は会費制、式服参加は招待の意か。
六　旅装で富士を眺める富士見西行の泥人形。
七　富士見西行の伏見人形は安物で、首の部分は壊れて飛んでも、風呂敷の荷物は胴体に付いたままで手放さず、がめつい。
八　歌祭文。世俗の心中や駆落事件などを内容に興味深く読み立てた歌謡。
九　宝永三年正月、大阪嵐三右衛門座で上演した

八　けしからぬ肥満[一三]

ある小間物売り二人、得意の方《かた》にて行合ひ、「何と、けしからぬ暑さでないか」といふ所へ、奥よりお乳《ち》の人出[一四]、「こなた衆も暑いか」といへば、一人見て、「お乳様《ちいさま》[一五]。この夏は、けしからぬ肥満なされました」といへば、一人の者興をさまし、「何と、肥満とは何の事じや」「肥満とは、ししがついた事じや」[一六]「はてさて、知らなんだ」と、お乳《ち》の人に向ひ、「お前には、しし[一七]が付きましたを存じませなんだ。さりながら、狐の付いたやう[一八]にはござりますまい。よふ御養生なされませい」。めいわくの。

九　猪《い》のししの蘇生《よみがえり》

ある狩人、猪《い》のししを見付け、打取らんと思ひ、あわてて玉を忘れ、空鉄砲《からでつぽう》[一九]をはなしける。うろたへたる猪《しし》にて、おどろきて死しけり[二〇]。か

八百屋お七を主人公にした「お七歌祭文」が流行。
一〇　「お七祭文、京大阪甚流行シ、戸々是ヲイハザル者ナシ」(『鸚鵡籠中記』)とある。
一一　「お七なく〳〵申す様……」の条りの詞章。
一二　馬のいななきに似せた合の手。二三六頁参照。
一三　甚だしい。格別な。
一四　乳母。貴人の養育係。
一五　お乳母様。お乳の人。
一六　肉。肉づき。
一七　獣の類い。とくに鹿や猪をいう。
一八　狐の霊が取りついたといわれる一種の精神病。
一九　実弾をこめないで撃つ鉄砲。
二〇　仮死の状態になる。

かる所へ、猪買《ししかい》[一]来りければ、さいわいと思ひ、売りけるが、買手、「何と、この猪《しし》には鉄砲のあともなし。いつ死んだも知れぬ。古うはないか」といへば、狩人、「たつた今、打ちました」「いや、古そうな」とて、引かへし見れば、かの猪、むく〳〵と起きあがり、山をさして逃げける。狩人、指ざしして、「あのあたらしさを御覧《ごらん》ぜ*」。

十　薬師の願立《がんだて》

ある人、蛸《たこ》薬師[二]へ参り、「京に隠れなき霊仏。この願《がん》、お叶へ下されなば、一生蛸は食べまい」といふ願をかけける。ある時、振舞に行き、蛸を食ひける。友だち見て、「かの願立は」といへば、この者聞き、「されば、霊仏はいづくも同じ事と思ひ、麩屋《ふや》町の布袋《ほてい》[三]薬師へ願をかけ直し、『一生布袋を食べますまい』と申した*」。

一　狩人から獣の皮や肉を買い求める商人。

＊　落語「池田の猪買」の原話。

二　京都市新京極にある永福寺の本尊薬師如来の俗称。薬師の一で、沢薬師の転か。江戸目黒の成就院などと同様、蛸を断って祈願したり蛸の絵馬を上げて願立をする。

三　京都市中京区麩屋町の大福寺の本尊の俗称。「菩提《ぼだい》薬師を後誤つて布《ふ》袋《たい》薬師と呼ぶ」(『坊目誌』)とある。

＊　『露がはなし』巻二「蛸薬師への日参」の再出。

（巻四　第十話）

十一　一文不通《いちもんふつう》[一]の坊主

さる田舎の坊様《ぼんさま》、京へ上りて下人をかかへ、国元へ帰られける。下人に、いろ〳〵国元の僣上《せんしよう》をいはれけれども、元来無筆なれども、物知り顔にて、「やい、あの家にある札《ふだ》は読めたか」「あれは貸家札でござりまする。よい手[二]でござります」「いや〳〵、手よりも文《ぶん》がよい[*]」。

十二　阿呆でも俳諧好き

さる賢うない人、俳諧をすきければ、都へ上《のぼ》り、点者[三]の会をも聞き申さんと、はる〳〵田舎より上りける。道にて、ある代官所[四]の屋敷に、人多くあつまりゐるを、「もし、これは俳諧の会ではござらぬか」と尋ねければ、百姓聞き、「さだめて灰《はい》のせんぎ[五]も出ませふ」といへば、さては一句なりともと思ひ、内へ入る。役人、訴状を取上げ、「何村の誰が下人欠落《かけおち》[六]の事」とよみ上れば、かのうんつく[七]、

一　文字を一字も知らぬこと。文盲無知。
二　筆跡。書かれた字。
*　『露がはなし』巻一「文盲なる人物の書付を批判する事」の再出。
三　連歌俳諧などで作品を批判し、点を付けて優劣など判定する人。宗匠。
四　ここは角倉などの京都居住の幕府代官所。
五　灰汁(あく)用の灰を買い歩く商人の取調べか。
六　駆落。居住地から出奔すること。
七　馬鹿者。間ぬけ。

請人《うけにん》[八]ここに有明《ありあけ》の月

と付ける。代官見給ひ、「おのれは、気が違ふたか」「いへ、季[九]は月にもたせました」。

十三　茶の湯ぶるまひ

あるりくつ者[一〇]、茶をふるまはんと思ひ、「晩ほど御出。人のひかぬ茶[一一]を進じ申さん」といひやりければ、「畏り候」とて来り、「さて、人のひかぬお茶とは、めづらしうござる。どふした事やらん」と尋ねければ、「されば、風がひきました[一二]」と申しける。「さらば、この返報いたさぬ[一三]」と、「先日は忝い。然らば今晩、人も風もひかぬお茶、進じたい」と言ひやりける。客人来りて、「人も風もひかぬお茶とは、いかやうの茶か」と問ひければ、「されば、茶のひいた[一四]を進じませふと申す事」といはれた。*

八　奉公人の保証人。訴状の文句を俳諧の前句と見て、「請人あり」と「有明」をかけた月を入れた付句を作った。

九　連歌俳諧での季語。「月」で秋季を表わしたの意。「気」と「季」を混同した。

一〇　理屈っぽい人。

一一　人手をかけて茶臼で碾(ひ)くことをしない茶。

一二　湿気を帯びてまずくなった茶のことをいう。

一三　「いたさん」の誤りか。

一四　茶臼で碾いた抹茶。

＊　類話→補注四九

十四　文盲なる誉《ほ》め様《よう》

さる人、庭のかかり[一]をほめけるとて、「さて〳〵、結構な庭でござります。あれに見へまする松の木は、自然石《じねんせき》[二]と見ました」といへば、そばに居たる人、これを聞き、「はてさて、文盲な事をいふ人じや。松の木に自然石といふ事があるものか。じねんせきといふは、山の芋[三]の事でこそあれ」といはれた。じねんじやうのはきちがへ、これもおかし。

四之巻終

一　構え。庭園の作り。
二　人手の加わらない天然のままの石。自然を残すように工夫された石。
三　自然薯。山地に自生する山芋。

遠気見屋計《おきみやげ》巻五

一　心中《しんじゅう》の大筈者《はずもの》[一]

何国《いずく》にも、めつたに心中はやる。[二] 大坂のかたわきに、[三] ある女、さる男をかたらひ、「とかく心中して死なん」といふ。男、迷惑ながら、ぜひなくて梅田の橋[四]へいそぎける。男いふやう、「内の首尾あしくて、脇差をさいて来《こ》なんだ。何と、そなたは剃刀《かみそり》でも持つてきたか」といへば、女、「いや〳〵、その気はつきませなんだ」「しからば、何とぞして剃刀を取つておじや」「心得ました」と走りて帰る。男、思案して、いらぬものじや[五]と思ひて、逃げて帰る。女、剃刀を持ち行き、男をたづぬれども、見えず。「さては、はずしたもの[六]であらふ。あのやうな不心中者[七]と死んで益なし」と思ひ、帰りける。その後《のち》、日本橋《にっぽんばし》[八]にて、はたと行合ひしかば、男、逃げんやうなくて、鼻紙を折り額《ひたい》にあて、[九]「娑婆《しゃば》以来《いらい》、[一〇]お目にかからぬ」といふた。*

一　横着者。無責任者。
二　元禄・宝永頃は心中が流行。万屋助六と島原遊女揚巻との心中事件がとくに有名。
三　町外れ。場末。
四　大阪市の蜆川の橋名。
五　無益なこと。
六　避ける。ごまかす。
七　薄情者。不誠実な人。
八　大阪市南区の繁華街道頓堀にかかる橋。
九　死者の額に付ける三角の紙。
一〇　「久しぶり」の挨拶語。遊里等における通言。
*　落語「辰巳の辻占」の原形。初出の『きのふはけふの物語』(寛永十三)下巻第三十五話では、若衆と念者の男色同士。

二　犬も見立てる人相

ある侍に、犬、ほえかかる。臆病者にて、刀のそりを打つて[一]飛びしさり、引抜いて討たんとす。犬、しきりにをどす。町の年寄[二]出合ひ、「これほど御《ご》法度《はつと》[三]きびしいに、しかもお侍の、どふした事でござる」といへば、侍、当惑して、「町人《まちにん》[四]じや」と答へければ、犬はそのまま逃げて行く。町の人々、「ふしぎなり」といへば、年寄了簡《りようけん》[五]には、「犬、人相を見立て、おどしけるが、町人《まちにん》といふ事を、まちん[六]と聞て、逃げたものであらふ[*]」。

三　相手ほしがる酒好

酒好きなる人、とかく相手をほしがりけれども、折ふし所の神事[七]にて、近所の人は来ず、手前[八]に客もなし。いかがして友ほしやと思ふ所へ、乞食《こつじき》来り、「御祭り、めでたう祝ゐませう」といへば、亭主聞き、

一　刀の反った方を反対に向け、刀を抜く構え。
二　町奉行に属し、町内の雑事や公事を司る役。
三　生類憐みの令。
四　土地持ちや家持ちの平民。広く町人(ちょうにん)のこと。
五　考え。判断。
六　馬銭。犬や鼠などの毒殺用劇薬。漢方薬の一。
＊　「犬の聞きぞこなひ」(二三五頁)と同話。
七　神社の祭儀。お祭り。
八　自宅。自分の所。

（巻五　第三話）

「やい非人[一]、そちは酒はのまぬか」「それは忝い」といへば、やがて自身燗鍋《かんなべ》[二]持ち出、「さあ、一つのめ」。乞食、面桶《めんつ》[三]を受ければ、ちやうど[四]引かけ、ずつと干しければ、「おれ、いただこ」「それは慮外[五]」といへば、亭主引受け、ずつと干し、「さてもよい気味。この盃[六]一つ、あつらへてもらはふ」。

四　盗人の用心時《どき》

さる所のよそに、日暮れそのまま町の木戸[七]をしめければ、往来《おうらい》の人、門を叩き、「道通り[八]の者じや。あけて通してたも」。辻番[九]聞き、「いや〳〵、盗人の用心するによつて、お宿老[一〇]様からの言付けで、あける事はならぬ。横町へ廻つてござれ」。通りの者聞き、「いやはや、おかしい。このやうな貧乏町へ、何しに盗人が入らふ」といへば、辻番聞き、「盗人が入るといふ事ではない。町の衆が、盗人に行かれうかといふ用心じや」。

一　四民の下に置かれた階層の人。乞食、物貰い。
二　酒の燗をする鉄鍋。
三　乞食の持つ食器。
四　きちんと。きりっと。
五　恐縮。勿体ない。
六　盃代りの汚い面桶。
七　市中の要所に警戒のため設けられた門。夜十時以降は閉じ、一般の通行は禁止。
八　通行。通りがかり。
九　市中の辻に設けて街路を警備した番人。
一〇　町内の行政を司る年寄のこと。
一一　寺院の名に冠する称号。寺は多く山中に建立されたから、その山の名が山号となった。

五　はやるものには寺《じ》号山号《ごうさんごう》[一一]

江戸大坂京三ヶ所の者、矢橋《やばせ》の船[一二]に乗り、面々の在所の僭上《せんしよう》咄[一三]。江戸の人いひけるは、「江戸の方《かた》には、何にても、はやる人には山号寺号を付けますする。江戸中の名医福安殿[一四]と申すがござる。この人を医王《いおう》山薬師寺《さんやくしじ》[一五]と申して、ことの外はやりまする」といへば、大坂の人聞き、「なるほど、いづかたも同じ事。大坂の芝居に、四十三宇平次[一六]といふ役者がござる」。京の人聞き、「いやはや、めづらしからぬ事。京の島原には、みなさんごぞんじ[一七]と申す太夫がござる*」。

六　蛸《たこ》を取るにも才覚

さる人、「蛸を取るは、壺にて取る」といへば、「さらば我等も取らん」とて、雪隠《せつちん》[一八]の壺を掘りおこし、よく洗ひ、海ばたに据へ、中へ小《こ》糠《ぬか》を入て置きければ、海中《かいちゅう》一番の大蛸、中へはいり、まじ〳〵[一九]として

一二　琵琶湖南岸の矢橋から大津までの乗合舟。
一三　自慢話。
一四　「江戸ニテ御典医并諸医」(『万買物調方記』)の項に出る福山道安の略称か、不明。
一五　医王は医薬の仏として尊ばれた薬師如来の異称。名医に因んだ呼称。
一六　当時、中村や島田など、宇平次名の役者は、いずれも江戸役者。そこで四十三(よそさん)としゃれたか。
一七　皆さん御存じ。誰でも知っている有名な。
*　落語「山号寺号」の原話。
一八　便所。
一九　悠然。図々しく。

ゐたり。「さてこそ、大蛸をしてやつた」[一]と取りに行きければ、この蛸、雪隠かと思ふて、人音を聞くとそのまま、咳ばらひして、「ゑへん〳〵」[二]。

七　鈍《どん》な者の才覚だて

ある人、下人に言付けるは、「客衆もお帰りなされたほどに、座敷のはんどう[三]な火を消せ」「畏りました」と、はんどうを持出で、やがて水をかけんとす。主人見て、「やい久三[四]、それは不調法な。この大《だい》分《ぶん》の火を、はんどうへ水をかけるものか。火かき[五]へ取分けて消せ。一度に消せば灰が立つ」と叱りければ、かしこうない久三、ぶつ〳〵といふて消す。ある時、向ふの家より火事出ければ、近所出合ひ、「やれ焼亡《じようもう》[六]よ。水を出せ」と呼ばはりければ、かの久三、藁を一把《わ》持出で、「騒ぐまい〳〵。このやうな大きな火は、取分けて消さねば、灰が立つ」とて、藁に火を付け、ちく〳〵[七]取分けて消した。*

一　うまくしとめた。

二　便所内で、入っていることを外の人に知らせる合図の咳払い。

三　飯銅火鉢。口が広く底が丸い形の火鉢。

四　下男の通称。

五　十能。炭火をのせて運ぶ道具。

六　火事。火災。

七　少しずつ。ぽつぽつ。

*　「在郷出の男を置く事」(三七頁)と同想。

八　雪降りの楽書《らくがき》

雪の降りつもりたる朝、庭のけしき[八]を見れば、いろはを雪に書きたり。下人を呼び、「にくいやつの。このやうなてんごう[九]を書こふより、掃除なりともせず、寒い時分に早々から、楽書《らくがき》しをる」と叱りければ、下人聞き、「わたくしではござりませぬ。今朝、太郎[一〇]様の小便で書かしやりました」。主人聞き、「ふふ、さては太郎が書いたか。小便でこのくらゐにやつたらば、今度は能筆[一一]にならふ」。きつい了簡の。

九　碁打の助言《じよごん》[一二]

さる人、碁を見物して、ひたと[一三]助言いふにより、打手《うちて》気の毒に思ひ、「さりとは言ふてたもるな。お手前[一四]の居られては、碁が打たれぬ。この碁は大事の賭《かけ》じやほどに、助言いふてたもるな。その代りには、内々望みの鍔《つば》[一五]をやる」とて、鍔一枚渡しければ、かの者合点して、黙つ

八　景色。様子。
九　転合。いたずら。
一〇　長男の名。太郎に最初、第一の意がある。
一一　達筆。上手な字。
一二　そばから言葉を添えて助けること。口出し。
一三　ぱっと。ひたすら。
一四　そなた。汝。
一五　刀の柄と刀身の境にはめこんだ金具。

(巻五　第九話)

て見物しけり。碁なかばに、口をむじ〱して、言ひたけれども、鍔もらひたるゆへ、ちやくと一鍔を口へあてて黙りけるが、あまりこらへかねて、「これ〱、もはや鍔は返すぞ。その一目《いちもく》二、打つてとれ*」。

十　芝居の咄所まだら三

さる粗相者、四条川原の芝居見物したりとて、所まだらに話す。一つもあはぬ事をいふ。そばなる男聞き、「なんと、女がたの上手は誰じや」といへば、「片岡仁左衛門四」といふ。「それは敵役《かたきやく》五じや」「まことに忘れた。女がたの太夫は、小かん太郎次六」「それも違ふた。それは花車《かしや》七がたじや」「ふふ、まことに、おれが見たは、人形芝居八であつた」。

十一　曲者《くせもの》九の寄合ひ

ある所のよそに、くせのある者三人。一人は話する時、背中を搔《か》く。

一　すぐに。すばやく。
二　碁石。盤の目の一つ。
*　『露休ばなし』巻二「同じく助言ゆふ人」の再出。
三　あちこちに話がとんで要領を得ないこと。
四　初世片岡仁左衛門。京の座元で、敵役の随一。
五　主役の相手の悪役。
六　小勘太郎次。元禄期京坂の花車方の名手。宝永後は江戸中村座で活躍。
七　年増または老女役。
八　浄瑠璃に合せ、手遣いの人形を使う操り芝居。
九　特別に際立った癖を持った者。変り者。

又一人は、手にて鼻を撫でる。又一人は、目を撫でるくせあり。互ひに言合せ、「重ねてからは、一互ひにたしなみ、二くせを直さん」と堅く言合せける。ある時、晴れがましき三振舞の座にて、例のくせ出ければ、互ひに、きつと四見合ひけるゆへ、せんかたなく、一人のくせ者、「けさ、わたくしの裏へ雉子《きじ》が参つたによつて、鉄砲でうたんといたしたれば、ばた〳〵と立つて逃げたり」と、ばたつく真似して背中を掻く。一人のくせ者、「されば、身共が所の背戸《せど》五へも、兎が参つたによつて、弓押つとつて、此ごとくに射ました」と、弓射る真似して、鼻を撫でければ、又一人のくせ者、「あんまりむごい咄で、涙がこぼるる」とて、目を撫でた。*

十二　若い者の痔疾《じやみ》

頃しも方々の花ざかり。皆人浮気《うわき》六になる折ふし、さる若い者、友達さそひに、「さあ〳〵、けふは祇園七へ花見に」と誘ひけり。「近頃うら

一　今後。これからは。
二　注意を払う。気をつける。
三　正式の。公の。
四　しっかりと。
五　家の裏口。
＊　類話→補注五〇
六　陽気で心が浮わつく。
七　祇園社の境内。今の円山公園辺で花の名所。

やましけれども、痔がおこりて、行く事はならぬ」といへば、友達聞き、「それは気の毒。痔には、よい灸あり。いぼ痔[八]か、はしり痔[九]か」といへば、「いや、さやうではない」「しからば、あな痔[一〇]か。穴痔なれば、早速《さっそく》直る灸じや」「いや、薬でも灸でも直らぬ。親じや[一一]」。

十三　法体《ほったい》[一二]は木綿一反

さる愚痴《ぐち》[一三]なる人、法体して寺へ参る。道にて、古《こ》朋輩《ほうばい》[一四]にあひければ、「さて〳〵、いつ法体なされた。先づめでたうござる」といへば、この人、法体といふ事を知らず。若き者に問へば、かの禅門[一五]をなぶりて、「法体と申すは、盗みした事じや」といひければ、「はてさて、知らぬゆへに、人になぶらるる事じや」といふ折ふし、又近付にあひければ、「これは〳〵、御法体か」といへば、「貴様は曲《きよく》もない[一六]」と腹を立て、「身共、若い時分から、人の物は一銭でも法体した事は、おりない[一七]。親人《おやじ》の木綿一反ばかりじや*」。

八　肛門の周囲にいぼ状の腫れ物ができる痔疾。
九　内痔核の患部から血が出る痔疾。
一〇　痔瘻の俗称。
一一　息子の出歩きをおこる「親父」を「痔」に掛けた。
一二　隠居して剃髪すること。出家すること。
一三　おろか。愚鈍。
一四　古い友達。
一五　在家で剃髪入道した男のこと。
一六　情けない。つれない。そっけがない。
一七　「無い」の丁寧語。
＊　「貴様といふ事不案内」（二八六頁）と同想話。

十四　栄螺《さざい》の壺焼

さる所の田舎衆、一村言合せて参宮[一]をいたしける。太夫[二]どの、いろ〳〵の御馳走いたされけるが、栄螺を壺焼にして出けるを、庄屋殿、栄螺蓋《ふた》を、けり〳〵[三]とかぶり給へば、皆一度に、けり〳〵かぶる。亭主見て、「申し〳〵、それは栄螺の蓋でござります。中に身がござる」といへば、いづれも、はつと思ひ、「大事のお道具[四]に、きずを付けました」。

十五　駄賃馬[五]の一さん

道中にて、馬に乗りながら、たばこ一匁買はんとて、銭《ぜに》を見世《みせ》へ投げければ、馬は銭の音に驚き、一さんにかけ出す。たばこ屋追《おっ》かけ、「これ、旦那殿。どこまでござる」といへば、「このきほひ[六]では、どこへ行かふもしれぬ[*]」。

一　お伊勢参り。
二　神職の呼称。ここでは伊勢の御師で、参詣者や講中の接待や世話に当たる。
三　かりかり。固いものを噛む時に出す音。
四　器物。調度品。
五　料金を取って荷物を運ぶ馬。帰りに人間を乗せて金を取ることもある。
六　競い。激しい勢い。はずみ。
＊　『露休ばなし』巻四「馬にのりつけぬ医者」の改作。落語「妾馬」のサゲに使われる。

十六　相互ひに粗相者

さる者、四条川原[七]を通りしが、知る人に、はたと行合ひ、「何と、芝居は、まふ始まらぬか」といへば、「いや、まだ始まつた」といへば、「そんな事は、ゐえ、聞分けた」。

宝永四丁亥正月吉日

田井利兵衛[八]
版開[九]

七　四条大橋付近の川原。出雲阿国以来、多くの芝居小屋や茶店の並ぶ歓楽街。

八　京二条通御幸町西入の書肆、金屋利兵衛。田井氏。

九　書物を出版すること。主に木版についていう。

補注

当世手打笑

一 「瀟湘八景」に因んだ秀句の咄は多い。
○なりふりにも似ずして、こびたがる者あり。れき〳〵夜ばなしの座敷にて、夜半の鐘を聞て、「いざ〳〵、皆々御帰りあれ。はや遠寺の晩鐘が鳴る」と云た。（戯言養気集下巻・無題・元和初年頃）
「そなたは源氏の晩鐘を聞かれた事はないか」「いや、貴所は平家の落雁を見られたか」。（醒睡笑巻八・かすり第一〇話・寛永五）
また、東福寺を「豆腐食う寺」とし、豆腐の異名「白壁」（しらかべ）に掛けた秀句話もある。
信長公、東寺のあたりを過ぎさせ給ふことあり。馬上にて、ひたもの御睡りありつるを、沼の藤六おどろかし申せば、「ここはどこぞ」「右は六条、先はとうふくじ」と申したりつるに、「あのしらかべかや」と。（醒睡笑巻八・秀句第五話・寛永五）

二 化粧や髪型、風体を見て、男を女性と間違いながら、我意を押し通す医者の失言話がある。
昔、辺土に粗忽なる医者あり。隣郷に、年はたちばかりの鉄漿《かね》つけたる男わづらひ、鉢巻して打臥し、かの医者に始めて会ひ、脈をとらせけるに、医者、ひぢをいかつにして、脈をうかがひすみて、病人にいふやうは、「この程、月のさはりはあるか、とどこほるか」と問ふ。病人これを聞きて、「それがしは男なり。男に月のさはりはめづらしい」といふ。医者、南無三宝と思ひ、「其方はお歯黒つけてゐらるるほどに、おなごかと思ふた。男ならば男と、始めから名のりたいものではないか」といふて、いとま乞ひなしに逃げた。（私可多咄巻一・第一七話・寛文十一）

三　戒律を破り魚肉類を料理する所を檀那に見られ、あわてて下手な言訳をする生臭坊主の話は多い。

又、ある坊主の、錫《すず》の鉢にて、鱠を和《あ》ゆる所へ、人の来れば、ふと立ちて隠さんとすれど、間近くなれば、あたまにいただき、「まづ、この形《なり》に頭巾を女どもに縫はするが、何とござらふ」といはれた。（きのふはけふの物語上巻・第四二話・寛永十三）

学跡をものぞきける程の沙門、鰻を板折敷の裏に置き、菜刀にて切るところへ、おもひもよらぬ旦那参りたり。少しも色をたがへず、「世界みな不思議をもつて建立す。されば連々《れんれん》山の芋が鰻になると人のいうてあれど、さだめて虚説ならんと疑ひしが、これ御覧ぜよ。山のいもを汁にして食はんとおもひ、取寄せおきたれば、見るがうちに、かやうになりて候は。何事も物疑ひめさるるな。これ、御覧あれ」とぞ申されける。（醒睡笑巻三・自堕落第一三話・寛永五）

四　饅頭を知らぬ田舎者が、正体をいぶかって大騒ぎする初出の咄として、

大名のもとに能あり。人あまた見物に行く。内はつまり、高塀のそとに居て、はやしの音ばかり聞く。昼の過ぎに芝居へくばる饅頭の、外へ落ちたり。山ふかき奥に住む者ども見付け、「これは異《い》な物や。唯今生れたげで暖かな。天人の玉子であらうず。さらばあたためて、卵《かひ》を割らせう」とて綿につつみ、懐に持ち歩《あり》く。日を重ぬれば青くなるまま、「天人の玉子ではない。むくりこくりが玉子にてあらうず。かひを割らぬ先に殺せ」と、雁股にて、おそれ／＼射切りたり。「さればこそ申さぬか。中に黒血のかたまりが候は」。（醒睡笑巻五・人はそだち第三七話・寛永五）

五　謡曲の詞章をふまえた笑話は多く、『醒睡笑』

(寛永五)巻七の「謡」の項に四九話所収されている。「熊野《ゆや》」に因んだものも五話見える。

銭を貸したる人の方へ、年のくれに使をつかはし乞ひければ、返事に「三年四年利分《りぶん》をなしたり。もはやそなたの物をば負はぬ」といふ。貸主大いに腹立し、対顔して、「本利ともにすませ」といふ。「いや、利分ばかりにてすまされよ。釈迦の時代から、本利ともになす事はない」「それは何としたる存分ぞや」「されば熊野に、『仏ももとはすてし世の』と作り、元なさぬは、仏さへ赦されたは、さて」。(第三六話)

「仏には毛があるか、無きものか」「いや、ない。無《む》げ光仏《こうぶつ》とあり」「いや、ある。けぶつ菩薩といへり」。互ひに論じて、堂の坊主に判談をうけければ、「あるにあらず、無きにあらず」「それは何事ぞ」「熊野の謡に『末世一代けうすの如来』とつくりたほどに」。(第九話)

六　手ばかり出て、なかなか生まれぬ難産を、親の商売から思い付き、無事に出産させる同時代の咄がある。

挙屋《あげや》の誰やらが娘、難産をしけり。赤子、手ばかり出して、さらに生まれず。いかがはせんともだへ、方々より医者を呼集めたれども、「何とも手立てなし」といふ。その時、道温もいられしが進み出、「おの〱御評義の上なれば、私が作意《さくい》の療治をいたしてみませうか」といふ。「何なりとも思ひ寄りを仰せられよ」といへば、「別《べち》の事でもござらぬ。赤子が手を出したに付いて、思ひ寄りました。あの手のうちへ一歩《いちぶ》を一つ入れたらば、生まるる筈じや」といふ。皆興をさまして、「これは珍しや。何とてさやうに仰せらるる」といへば、「いや、挙屋の家に生まるるほどな子なれば、腹のうちから気がとをりていまするによつて、手のうちへ、露をうちたらば、礼をしに、出いではかなはぬ」といふた。(軽口大わらひ巻五・島原にて道温療治の事・延宝八)

七　茶室へ脇差をさしたまま入るのを注意された不

風流者が、同様に「長いもの」の意味を曲解した同時代の軽口咄がある。この方がサゲが分かりやすい。

さる田夫《でんぶ》者、茶の湯に行て、数寄屋へ大脇差をさして入りたり。そばなる相客、笑止がりて、ひそかにいふやうは、「長いものを抜かせられよ」とささやきければ、「心得ました」といふて、指の先にて、鼻毛をひたもの抜いた。(当世口まね笑巻二・田夫者茶の湯に行く事・延宝九)

なお、本書の改題縮小本『軽口居合刀』(元禄十七)では、「うちでぬいてきましたれば、へさへ出ぬ」というサゲの文句が、「内でぬいてきました。はなげのことか」と、『当世口まね笑』と同じになっている。『軽口居合刀』は国会図書館蔵の写本しか見当らず厳密なことはいえぬが、漢字・仮名の書き改めのほか、卑猥な語句が多少変えて出ている点、あるいは書写の際における意識的な改変かもしれない。

八 同様に、訪問者の名前を取次が聞違えた失敗咄に、狂歌を付したものがある。

点者の高井立志《りゅうし》の子息、軒号を松葉軒《しょうようけん》、名は立《りゅう》詠《えい》といふ。文月中旬に、人形町に俳諧の門弟に菱川氏《うじ》といふ画工のかたへ、夕つかた見まはれけるに、玄関にて案内を云ひ入られければ、取次の小者、粗相者にて、菱川の前に参り、「しやうれうけんゆふれい様の御見廻なされました」といふ。菱川聞て、「さて〳〵、折りから盆の事なるに、精霊軒幽霊といふは、心もとなき名かな。いか様なる者ぞ」と問はれければ、かの粗相者、「やせたる小坊主の白装束にて、杖をつき御出候」と申す。とかくふしぎに思ひ、物かげより見れば、立詠にておはしき。どつと笑ひて、座敷にいたり、右のあらまし語りければ、立詠も打笑ひて、亭主、笑ひ草のたねとて、歌よみける。

何といふれいの粗相のまた出でて
しやうれうけんもなきうつけもの

（武左衛門口伝ばなし上巻・取次の粗相・天和三）

九　大きな大仏を見た直後では、物が実際よりも小さく見える目の錯覚を扱った笑話は多くあり、初出のものとしては、

さる遠国の四十八貫目ある肥えたる男、京うちまいりをした。大仏の御前より祇園まで駕籠をかる。一匁と約束して舁いて行く。五条辺まで舁いて来りしが、四十八貫目ある男なれば、思ひのほか肩も背《せなか》ももげて行くやうなれば、駕籠舁、相手に言ひけるは、「このやうな重い人は、乗せ初めじや。とかく明日が大事じや。駕籠銭を損にして、ここにて打ちあけて帰るまいか」といふ。相手、「いかにもその通りじや。明日役に立たぬ」とて、駕籠銭を損にして、うちあけて帰る。折ふし、友達の駕籠舁、この有様を見て、「重たい目をし給ふのみならず、駕籠銭さへ取り給はず。さて〳〵笑止や。又あのやうな大きな者を、ふたりしてやるものか。不心得な事じや」といふ。駕籠舁、しほ〳〵と涙を流していひけるは、「されば、大仏のお釈迦を見た目で乗せたによつて、小さいと思ふて、いかい損をした」といふた。（にがわらひ巻一・駕籠かきはまる事・延宝七）

なお、次の咄は同想ながら、はめられた相手が見事にしっぺ返しをしている。

奈良の大仏の前にて、茶碗を並べて酒を売るに、京より参詣の男、立ちながら茶碗に一ぱい引受けのみて、「酒代は何ほどか」と問ひけるに、「三匁五分なり」といふ。大きに肝をつぶし、「この茶碗に一ぱいのみたるに、さて〳〵めつた無法に高直《こうじき》なるいひかけなり。京にてのまば、わづか十文か十二三文ほどの酒を大分に申す事、近頃合点に及ばず」と、しばらく論じける。酒屋が申すは、「此方が欲に、銀《かね》多く取るにてなし。ここは大仏の前なれば、仏様をご覧なされたる目にては、その茶碗小さく見へ申すはづじや」といへば、男打ちうなづき、「聞えた。お

れがあやまりじや。さらば代を渡し申さん」とて、懐中より二分ばかりのこまがね一つ渡して帰りける。酒屋、「この銀《かね》は三匁五分まではあるまじく」といへば、「そちが茶碗と同じ事じや。大仏の前では、何ほど大きなるかねも小さく見へる」といふて去《い》にけり。(当世かる口男巻一・奈良大仏にて酒呑の論・元禄七)

10 法体しながら無学のため、法名の文字を間違って説明する初出の話として、

東西わきまへざる男、年も六十に近づきければ、棄恩入無為《きおんにゅうむい》の志を思ひ寄り、菩提を頼む寺に詣で、しきりに法体の望みをとげんとす。住持の僧、すなはち髪を剃りて、名をば法漸《ほうぜん》と付けたり。「法とはのり、のりは続飯《そくいい》のこと、漸とはやうやく、やうやくは膏薬《こうやく》の事」と、道すがらおぼえ、家に帰れば、人みな集まり、法名を問ふに、「法漸」と答ふ。「法の字のよみは」。のりを忘れて、「そくいひ」と。「漸の字のよみは」。やうやくを忘れ、しばし工夫し、「膏薬」とこそ申しけれ。(醒睡笑巻二・名付け親方第八話・寛永五)

11 夫婦同衾の場へ子供が来て、親が迷惑する光景だが、性的早熟ぶりの笑話として、

ある女房、十ばかりなる子を抱いてねた。さて、子が寝入りたるかと思ふて、男の所へ行きた。男いふやうは、「亀女《かめじょ》が目が明かうが、何としてきた」といひければ、「そつと抜けて来た」といふ。さて一儀をくはだてて、しみたる最中に、亀女、そばへ寄りければ、母親申しけるは、「われは何とて来た」といひければ、亀女申しけるは、「おれも、そつと抜けてきた」といふた。(きのふはけふの物語上巻・第七八話・寛永十三)

12 古く中国笑話集『艾子雑説』(宋　蘇軾撰?)の「好飲」にあり、『事文類聚』(寛文六)にも翻訳された笑話だが、原話の三蔵法師を市井の職人にかえた軽口咄もある。

爰に大酒を好む男あり。春は屠蘇酒に命をのべ、

桃の酒に心を移し、夏は柳樽《りゆうそん》のもとに涼み居ては冷や酒を楽しみ、秋はさか月《づき》のかげに枕をかたむけ、隣家《りんか》に酒を暖めて紅葉《こうよう》をたき、心のすまぬ折節は濁り酒を楽しみ、冬のさみしき時雨の夜すがは、あられ酒を友とす。されば夕《ゆうべ》に大酒して朝《あした》に死すとも、燗鍋をのみ放さじとす。時に親しく語る友達、この人はつゐには内損の生成《しようなり》とて、さま〴〵と諫めけれども、「酒こそ命なり」とて少しも用ゐず。ある時、大酒してさん〴〵に吐きたる中に、友達、鳥の肝を入れて、「つね〴〵云ひたるに、酒を止《と》め給わぬこそ是非なけれ。今貴殿の吐き給ふを見給へ。人に五臓あり。そのうちの一臓を、これ、吐き給ふぞ。五臓が一臓欠けたれば、あとは四臓にきわまつた」といへば、かの者聞いて、「いや、苦しからず。天竺にも三蔵法師あり。我が町にも、下の町に鍛冶屋の二蔵も、いまだ息才じゃ」といふた。いかい好きの。(正直咄大鑑青巻・大上戸・貞享四)

一三　底本は以下第十七丁の一丁分落丁。改題細工本『軽口居合刀』(元禄十七)でも後半数話は削除してあり、この部分は補えない。ただ、元禄十一年刊『初音草噺大鑑』巻二の第二一話「書てもよめぬわが文《ふみ》」が類話と思われ、話の大筋は推定できるので、次に掲げておく。

ある所に、すんぱんといふ文盲なる医者ありしが、殊の外手跡も粗筆なれば、書きまぎらかさんと思ひ、唐様の手本をならひけるが、心安き人の方へ状をやりけり。例の粗筆にて書き散らしたれば一字も読めず。埒あかねば二三日過ぎて、友だち状を持参して、「此間つかはされたる状は、一字も読めませなんだ。これは何といふ事でござる」と問ひければ、かのすんぱんも読みてみれども読めず。大きに当惑して、「問ひに来るならば、こちに忘れぬ先に、そのまま来もせいで」といふた。

一四　『初音草噺大鑑』(元禄十一)巻四「恩を仇で報ずる」は同想話だが、初出の『寒川入道筆記』(慶長末頃)の「愚痴文盲者口状之事」の中の一話はすこぶる古雅な文である。

この奴め、宿に居たいと申し、いとまを乞い候程に、小家を求めとらせ、宿にしかと居申す事に候折ふし、隣より火出て候やけ上り申候処に、かのうつけ、宿近きゆへに早くかけつけ、精を入れ、水をかけて火を消し申す事に候。さて「焼け候はぬ。めでたし」とて、かけつけ候者どもに酒をのませ、「今夜はうつけながら、われにかかつた」と申候へば、かのうつけ、かつに乗りて申すやう、「今夜は隣の家なればこそ、大かたに火を消したれ。今度是のが焼けふ時は、このつれに精をだいでは置くまい」と利口した。

一五 情交を結んだとの嫌疑をかけられた長老が、無実を証明する才覚話がある。

ある長老、町を通られけるに、わやくなる女房走り出、衣の裾に取付き、さめ〴〵と泣く。長老御覧じて、「これは何事ぞ」といふ。女房申すやう、「さて〳〵、御情けない事や。われ〳〵飯米《はんまい》をも御あてがいなく、さもなくば、ちりをなりとも結びて御いとまとて給はらば、顔にしるのある時に、似合ひにありつき候はんに、打捨てて置かせらるる事、かず〴〵恨み深く候」と、まことしく言ひて泣く。長老、もとより夢にも知らぬ事なれば、いろ〳〵陳じけれども、放さず。見物の者ども申しけるは、「これは長老様のが無理じや」といへば、いよ〳〵女かつにのり、放さず。とかく、ここにて水掛合ひに申したりとも済むまいとて、長老をひつ立てて、所の奉行へ行き、まづ女より申上げて、さて長老申さるるは、「それがしは御覧候ごとく出家の事、さやうの義、ゆめ〳〵御座ない。その上、わたくしは喝食《かつしき》の時、羅疫《らやく》をわづらひ、みな〳〵おちて、やう〳〵株が一寸《いつすん》ほどござる」と申さるる。女申しけるは、「その一寸ばかりの株にてさせらるる」といひければ、奉行聞給ひて、「所詮、御坊の物を見ん」とありければ、「恥を隠せば理が聞えぬ」とて、「女も見よ」

とて出されしをみれば、八寸ばかりなるを見せられた。長老の才覚、よかつた。（きのふはけふの物語下巻・第六六話・寛永十三）

一六　主人夫婦の交合時の喜悦を聞いて、召使が苦情を申し出る先行話として、

時宗の坊主、比丘尼と一ところにて、雨の中さびしさに一番と思ひ、夜一人の小者をば酒を買いにやる。あとにて、やがてくわだつる。比丘のいわく、「なふ、死ぬる〱」と声を立てられたれば、坊主も、「そなたの御死にあれば、おれも死ぬるよなふ」と、論議に声を立つる。しかる所に、小者は酒屋へは行かずして、これを聞きいたり。さて、事すぎて後、「酒は」と問へば、「いまだ買いに参らぬ」といふ。「なぜに」といへば、「お比《びん》様もお坊様も、二人ながら、『死ぬる〱』と仰せられたほどに、死なせられたらば、酒手は誰《た》がなし参らせうぞと思ふて、参らぬ」といふた。（写本学習院本きのふはけふの物語上巻・第二七話）

当世はなしの本

一七　長居に迷惑して付けた即妙なあだ名だが、初出の話には道歌めいた和歌が添えてある。

何のとりえもなき者あり。ほど近に、さすがなる侍の住まれけるへ、明暮れに出入りする。武《む》蔵鐙《さしあぶみ》の下の句の心や、問ふもうるさき様なりしかば、小姓にいひ教へ、「くだんの男来りたらば、長数珠といへ」となり。案のごとく、暮れ方に来れり。小姓出て、「殿のいつも噂を仰せある」「なにとや」と尋ねければ、「そなたをば長数珠ぢや」とは、くるにくたびれたといふ事なるを、彼方《かなた》はさかさまに得心し、「さうであらう。繰るがおそいといふ事の」と。

人の上ゆふつけ鳥のしだり尾の
長物語心あるべし

（醒睡笑巻四・そでない合点第一話・寛永五）

また、長物語の別のあだ名もある。

昔、よしなき事を長物語する者あり。異名《いみよう》を、

みこの弓といふ。口きくばかりで、いる事はないといふ心なり。（私可多咄巻二・第二二話・寛文十一）

一八 別人の腕を違えて継いだため、元の人の習性がその部分だけに出た笑いで、原形として能での語り「平家」がある。

そも〳〵一の谷の合戦敗れしかば、源平たがひに入れ乱れ、向ふ者の頤《おとがい》を斬らるる者あり、逃ぐる者の踵《きびす》を斬らるる者あり。忙はしき時のことなれば、踵を取つて頤につけ、頤を取つて踵につけたれば、生ようずこととて、踵に髭がむつくりむくりと生えたりけり。冬にもなれば、切れうずこととて、頤にあかがりが、ほつかりほかりと切れたりけり。

この語りを、軽口咄に仕立てたものとして、

さる奴、ふとしたる事よりいひあがり、互ひに抜きあひ、一人は頤《おとがい》を落され、また一人は踵《きびす》を切落され、互ひに手を負ひし折から、辻番衆立出、両方共にしづめられければ、ぜひなくとどまり、せんかたなく、せめてこの切落されしを拾ひ帰りて継ぎ申すやうに養生せんと思ひ、両人ながら互ひにこの心にて拾ひ帰りける。それより外科、本道《ほんどう》にかかりければ、継ぎたる所もさつそく癒えて、元の如く治りけるが、ふしぎや、治りたると思へば、一人の踵には鬚《ひげ》が生え、また一人の頤には冬になれば皹《あかがり》がきれける。よく〳〵思へば、いそがしまぎれに取りかへりしゆえ、取違へたものであろ。さて〳〵頤と踵はよく似たものじや。（福禄寿巻三・うろたへた奴の喧嘩・宝永五）

一九 仕事の下手な者を罵る「うどんぐらい」の語源話として、次の先行話がある。

世間に下手なる者を饂飩《うどん》くらひといふ事は、けしからず饂飩をすく者あり。さすが買うては食ひともなし。利口になき坊主に向ひ、「そなた、わが髪を剃りてたび給へ。もし切られ候はば饂飩をふるまはれよ。難なく剃られたらば、われ振舞はん」と言ひ合せ、剃らるる程に、はや切

らずに剃りはてんとするつがひに、ふと立ち、少し切られんとしければ、耳を一つ落されたり。腹をば立たで、結句よろこびぬるは、珍しきうつけなるかな。（醒睡笑巻一・謂へば謂はるる物の由来第二四話・寛永五）

さらに初出の『戯言養気集』上巻では、どんな犠牲を払ってもの譬え「耳に替ても喰ひたがる」（『譬喩尽』）の言を使った「耳にかへてうどんくふたる事」の題で、評言を添えて出ている。

二〇　浄土宗と日蓮宗の宗門争いの話は、狂言の「宗論」はじめ数多いが、大方は浄土宗びいきである。

浄土寺と法花寺、隣合せなりけるが、類火にあふて焼けける。浄土寺の檀那、精を出し金を集めて材木を買ひ、普請はじめて木遣りをする。檀那もとも〴〵手伝いて、「なまいだ、ゑいやらさ〳〵」と、念仏にて引くほどに、見る人、殊勝に思ひけり。法花寺の住持、無念に思ひ、にわかに檀那を呼び集め、浄土寺の様子をかたり、普請の談合しられける。檀那も野心《のごころ》に思ひつつ、「さらば、隣に劣らず普請をいたし申さん」と、材木屋をうけぎりて、これも木遣りをはじめける。檀那も日雇にうちまじり、題目にて木遣りをする。「なむめうほうれんげきやう、ゑいやらさ〳〵」と拍子をとるに、なか〳〵長くて念仏のやうになし。住持、難義に思ひつつ、檀那衆に下知しられしに、「題目を二つに切つて木遣りにしたらばよかろふ」とある。「もつともしかるべし」とて、「なむ妙法ゑいやらさ、蓮華経ゑいやらさ」といふた。（はなし大全中巻・浄土法花の建立くらべ・貞享頃）

かの子ばなし

二一　『初音草噺大鑑』（元禄十一）巻三「吸筒の煎薬」では、同じく禅寺での花見の場で再出するが、落語の「二番せんじ」の原形で、寒気を凌ぐ火の番と見回りの役人に仕立てたものもある。

摂州何之郡とかやの守護、きびしき殿にて、手下の百姓、町人ども納米を不足仕るは、これ皆おごりゆへなれば、平生食事の外、酒肴などは堅く停止《ちょうじ》との制法なり。所の者ども打寄り、「これはきびしき仰付け。さりながら、肴物はぜひないが、せめて酒は隠して少しづつは」といひける。折ふし近郷に火事ありけるが、これ又不届きの事なりとて、所々に番をさせられ、守護より諸事吟味の奉行、回られける。折ふし寒きころなれば、ある番所にて火鉢に鍋をかけ、酒の燗してゐる所へ、奉行来合せければ、隠すべき所なければ、せん方なくゐる。奉行も酒の燗と見ければ、「番の殿、これは何を煮るぞ。酒などは御法度なるぞ」とあれば、「されば、私ども風を引きましたれば、薬を煎じ、たべまする」といへば、奉行聞いて、「身どもも風引いたほどに、薬ならばよからふ」と、茶椀に二、三ばい引つかけ、「これはよい薬じや。後程又回るほどに、二番を煎じておけ」と申された。
(軽口ばなし巻四・せんじやうつねのごとく・元禄頃)

三 放屁の不始末を再度おかして取りつくろう言訳の初出は、次の男色同士の咄である。
ある若衆、念者と寝て、取りはづして、けがをして、さらぬ体《てい》にて、「さて〳〵、馴れ馴染の中ほど、なることはござるまい。今のやうなるけがをいたしては、腹を切りてもあかねども、馴染ゆへに何とも存ぜぬ」と仰せければ、念者承り、「さて〳〵忝い。さやうにおぼしめし候へば、生々世々忘れがたい」と申しもはてぬに、又せられた。念者、鼻をふさぎて、「重ね〳〵過分すぎた」といふた。(きのふはけふの物語下巻・第二〇話・寛永十三)

亖 『醒睡笑』(寛永五)巻一・祝ひ過ぎるも異なもの第四話が初出。貧乏神とは縁を切りたいと策を講ずるが、いずれも失敗に終る咄が多い。
不定《ふじょう》なることは大やう違《たが》はずとは、世の常なり。さる浪人、方々とかせぎて、大方すみよればはづれ、あるひは障《さわ》りありてありつかず。とかくおれには貧乏神、八十末社まで取りつきたるにやと述懐し、うか〳〵と年月をおくり、さん〴〵尾羽うち枯れ、火を吹く力もなきやうになりければ、貧乏神出現していふやう、「今までは随分影身《かげみ》に添ひてゐたれども、もはやたたずみもならねば、他所へ社《やしろ》をかゆるぞ」とて、門口へ出て行く。浪人、ありがたしとよろこび、女房をよび、「もはや仕合せが直つたぞ。この紙子羽織を質に置いて、酒を買ふてこい。祝ひに飲まん」と言付くる時、貧乏神立帰り、「いや〳〵、それを見ては、今日はまだ去《い》なれぬ」といふた。のふ悲しや。(初音草噺大鑑巻七・貧乏神の遷宮・元禄十一)

二四　『寒川入道筆記』(慶長末頃)の謎詰に見える「股蔵のたぬき　何ゾ　枕」同様、与次兵衛の「与」抜けで次兵衛とは理のある改名。同じ家に二兵衛が二人おり、呼び名を区別した咄として、

旦那立出で、物書かせなどして抱ゆるはづになり、「そちが名は何といふぞ」とたづね給へば、「わたくしが名は二兵衛と申しまする」といふ。「そんなら、そちが名はかへねばならぬ。ここの重手代《おもてだい》の名を二兵衛といへば、同じ家に同じ名は呼ばれぬ」と仰せければ、堅意地者がいふやう、「わしが名も代々伝はりたる名でござれば、かへまする事はなりませぬ」といふ。旦那聞いて、「この内の二兵衛は、おれが名代《みょうだい》して、あまたの手形までに二兵衛とあれば、それをかへる事は思ひもよらず。是非名をかへる事がいやなれば、抱ゑる事はならぬ」とあれば、それに当惑して、「そんなら、わしは閏二兵衛になりましよ」といふたはおかし。(露鹿懸合咄巻一・堅意地・元禄十)

二五　「女松やら今宵の月のさわりなり」(『柳多留』四六・11)の川柳もあるが、初出の話として、

堂前に古りたる松一木《ひとき》あり。老僧、少人《しょうにん》にたはぶれ、「あの松は、男松《おまつ》であらうか、妻松《めまつ》であらうか知れぬよ」。歌よみの子息《むすこ》出で、「妻松にてあらん。月のさはりになる程に」。土民の子、「いや、男松にすうだ。あれほど松ふぐりのあ

るものを」。(醒睡笑巻五・人はそだち第一八話・寛永五)

二六　初出の話は、路上での奴同士の喧嘩で、サゲも仲直りになっている。

さる町奴《やっこ》に、ふぐのわたとく助と申すおのこありける。堺町へ見物にきたるとて、親父橋を八文字にふみちらし、四方をねめまはして通る。又向ふより、なるほど小さき男、これもきかぬ風にて大脇差横たへ、鼻唄にて来たりける。橋の真中にて行きあたり、双方脇差に手をかけ、すでに喧嘩と見えし時、とく助、大きなる男なれば、かさにかかり、「小男《こおのこ》、まなこあけ」といふ。小さき男、きかぬものにて、「うぬがまなこあけ」といふ。たがひに言葉あらくなり、大脇差に手をかけんとしたる時、小男申しけるは、「やい、男が小さいとて、のまるるものではない。山椒は小粒でもからい」といふ事をば言はんとして、大き奴《やっこ》に気をのまれ、小粒を忘れ、「男小さいとて、のまるるものではない。山椒はからいさ」といふた。近所に番太郎居て、山椒はからいといふは小粒が落ちたと思ひ、「小粒が落ちた〳〵」といへば、両方下卑たる奴にて、まことの小粒が落ちたかと思ひ、下ばかりながめて、双方にが笑ひになりて別れ、終に喧嘩になりませなんだ。(武左衛門口伝ばなし下巻・やつこのけんくわ・天和三)

二七　初出の『囃物語』(延宝八)中巻「銭をひろはぬ咄」では、「少なくとも、百四五十はあらうに」と出ている。男の一物の平均的長さを銭百文分で示したことは、次の咄でも分かる。

ある人申しけるは、「世中のつとめほど、気の毒なものはない。義理準規《じゅんき》に困りたり。中にも寺詣りが気の毒じや」といふ。「それはどふした事に」と問へば、「五十は少なし、二百は過ぎる。銭の持つて行きやうがない」といふ。「それなら百文でよふござる」といへば、「百を紙に包んだところは、どふやらまらのやうで、お寺様へは出しにくい」といふた。(枝珊瑚珠

巻五・お寺の礼・元禄三)

軽口御前男

二八　肴という漢字を、「又有」と二字分に読んだしくじりを巧みに弁解した咄に、

塞翁に物を問へば、それもよしといふ。頓作は当座の恥辱をすすぐ。さる人、婚礼の祝儀に肴を贈るとて、祐筆に状を書かせらる。折ふし祐筆、肴といふ文字を忘れ、仮名《かんな》にて書きにけり。主人これを見て、「さて／＼粗相な事。肴といふ字を知らぬか」と、大きに咎められければ、祐筆頓作に、「されば常の御状には、肴といふ字、真名《まな》に書きまするが、祝言は一代に一度の物でござりまする。肴といふ字は、又有と書きまするさかいに、仮名で書きました」といふた。(うかれ小僧巻五・文盲は宛字を知る事・元禄七)

二九　同じく素人の飛入りが強くて、勝名乗りをあげる咄として、

京に勧進相撲はやるとて、国々より、いろ／＼の者ども上り、相引《あいびき》の大山の御用木の両国のとて強き者ありけるが、また此中、江戸より上りたるとて出て取りける者、一番にても負ける事なし。あまり強ければ、「御名乗りは何といふ」と問いけれども、名乗らざりければ、見物座中残らず、「名乗り／＼」と尋ねければ、負けぬこそ道理なれ、「江戸本町《ほんちょう》において現金かけねなしじゃ」と名乗つた。(軽口ひやう金房巻五・勧進相撲の事・元禄頃)

三〇　いろいろの崩し字の「の」について、人《にん》相応に適切な説明をした咄がある。

上野の茶屋に、女、茶を立てて居る所へ、高野《こうや》の坊主と座頭と紺屋と立寄り、茶を飲み居て、高野の坊主申しけるは、「上野のの字は、高野の野《や》の字」と申しける。紺屋聞て、「いや／＼、かたかなの濃《の》の字じゃ」と申しける。座頭聞て、「いや／＼、杖突きの乃《の》の字じゃ」といふ。茶を立てし女申しけるは、「いや／＼、上野のの

の字は、たすきがけのの字でございます」といふた。(武左衛門口伝ばなし下巻・三人軽口・天和三)

三一 火事や疫病神を錯覚させて、厄難から逃がれようとした工夫の咄に、
ある人いふやうは、「このごろ疫病《やくびょう》はやるゆへ、家々門並みに、まじないの札を張る」といふ。りくつなる人、「我等も札を張ろ」と、自分の才覚にて、「貸屋あり」と書き、柱におし置かれければ、見る人、「貴様は宿替へなさるるか」と問いければ、「いや、あれは疫病のよけ札じや」といふ。聞く人、「そのいわれは」と問ふ。「されば、あき家《いえ》じやと思ふて、疫病の神すぐに通る事、知り給はぬか」といわれた。(露休しかた咄巻三・ゑきれいのよけふだ・元禄十五)

三二 大男と小男の喧嘩『軽口露がはなし』(元禄四)巻二「卑怯者の喧嘩」を念者と若衆に代えただけだが、頭上に差し上げながら「人殺し〳〵」と悲鳴を上げる類話は多く見られる。

そんじやうそこに勧進相撲あり。いざ見に行かんと、四五人うちつれ行けるに、相撲ほどなく始り、だん〳〵取りけるほどに、寄の方より、いかにもたくましき男出ける。名乗り合はせて、行事、いざと声をかけ、両方すでに組合けるが、しばしが間は勝負は知れざりけり。ゑいやつと言て、目より高くさし上げ、「ああ見へたか〳〵」と、下より声をかくれば、さし上げられていながらいふやう、「いや〳〵、見へぬ〳〵。もし投げてみよ。左の方へ投げたらば、左の胴腹蹴やぶらん。右の方へ投げなば、右の膝蹴折らん」などといへば、この男、投げられはせず、困り果てて、やはりさし上げていながらいふやう、「人ごろしよ〳〵」。(笑眉巻一・かはつた相撲・正徳二)

三三 富士見西行を「不死身」にかけた咄として、
西行法師、諸国修行の時、三保の松原のあたりにて、追剝二三人出て、西行を取まはし、「酒手を渡せ。さもなくば切殺さん」とせちがへど

も、西行少しも騒ぐ気色なく、「其方どもが刀にて、愚僧が身は切れまじ」と申さるれば、盗人聞て、「なぜに」といへば、「汝ら、この西行がふじみをしらぬか」。（軽口浮瓢箪巻五・西行の頓作・寛延四）

三四　徳利子の話としては、

徳利子を産ませて、捨ても殺しもならず、育てしに、さん〴〵煩いける。医者に見せれども、脈のとり所がなさに、「この色合ひなら、ないじやあろ」といふて去なれし。また余の医者に見せたれば、才覚人にて、「どれ、脈見よ」と、首筋をつかみ、振つてみて、「いや、まだあるとも〳〵」。（当流噺初笑巻二・薬人を殺さず・享保十一）

三五　同じく蓮の料理に初めて接した田舎者の感想として、次の類話もある。

ある田舎の庄屋殿の一番子、はじめて花の都へ上りしが、なまじいに一門は皆京のれき〳〵の町人なれば、その知音の方へ振舞に行きけるに、酒とりまへになりて、ひやし物出でける。その中にはすの輪切りあり。それをかの息子、ふしぎそうにまもり居けるにより、連立ちたる男気の毒がり、小声にて、「あれははすといふ物じや」と言ひ聞かせば、「なるほど、私もはすは知つていますが、穴をよふあけたものじや」とやられた。（福禄寿巻四・知つた顔する恥の上塗り・宝永五）

三六　「念力のたびに仁王はきたながり」（『柳多留拾遺』三・20）の川柳もある通り、広く行われた俗信で、仁王の力紙の類話は多い。

彼岸の頃、天王寺の仁王門に、人多くあつまりて、仁王に力紙あてるとて、あるひは眼力をねがひ、腕の力をねがひなど、思ふ所を目あてにして、紙をあてけるを、さる人、夫婦づれにて見て居られしが、「われらも一つあてませう」とて、仁王のあたまの方をねらふて、あてんとしける時、お内儀は夫の手をとらまへて、「さて〳〵、用にもたたぬ所の力を願はずとも、ず

つと下のかたへあてさしゃんせ」といはれけるは、下心のおかしい事ぞや。（座敷ばなし巻五・仁王門にぞ人はあつまる・元禄十）

三七　謡曲の詞章を誤解した笑話は数多いが、初出の咄は分かりやすい表現で出ている。

薩摩守忠度の墓は、明石の人丸の宮のふもと、人家《じんか》の中にあり。ある人見物しける折ふし、「忠度は文武に名を得し御人なり。あの須磨の内裏より落ち給ふ折から、この辺にて、岡部の六弥太にあひ給ふらん。いたはしや、あつぱれ諸芸に達し、ことに歌に誉れある御方なり」と感じければ、親仁打聞きて、「さうじや〳〵。歌読みであつた。茶の湯までせられて、利休の弟子であつた」といはれければ、人々興をさまし、「それは時代が違ひました」といへば、「をれがいふ事は、ただ軽々しう思ふが、物をひかぬ事はいはぬぞ。忠度の謡に『せいなんのりきうにおもむき』とは謡はぬか。しかも俊成《としなり》の所へ行かぬ先に、茶をのみに行かれたそふな」といはれた。（軽口大わらひ巻四・忠度の旧跡見物の事・延宝八）

三八　現行落語「たいこ腹」の原形を思わす滑稽だが、鍼医の失敗咄として先例がある。

人の親の大事にわづらふ時、鍼立《はりたて》の上手とて呼び来る。鍼立、すなわち天突の穴《けつ》に鍼さす。息女《むすめ》あまたまはりにゐて見る内に、気色かはる。「ととの顔の色が変りたるは」と、はら〳〵泣くを見て、鍼立目を見出し、「何事に、むさと泣くまい」と戒め、鍼をぬくと同時に、「さあ泣け」といふ。わつと泣く紛れに出でて逃げたり。（醒睡笑巻二・賢だて第七話・寛永五）

三九　片目の利用のこじつけ話だが、現在、落語の吝嗇ばなしのマクラに使われる類話として、

今の世は物ごとに始末せねばならん世じやとて、さる吝い親父、まづ目といふ物、人ごとに二つあり。一つでも苦しからぬ事、二つはつゐへじや。もし目を煩ふか、又は物に中《あた》り、つぶれる事もあるものなれば、その時のためにとて、目

をかた〳〵紙にて張り、常に一つにて三十年ばかり暮らされしに、あんのごとく、五月暗《さつきやみ》のくらきに行きあたり、目つぶれければ、この時のためとて、くだんの張り置きたる紙をとり、役に立てられけり。しかれども、この目、三十年ばかり張りたる事なれば、近年の人を見知らず。息子のいふやう、「おやぢ〳〵」といへば、おやぢいふやう、「声は聞き知れども、御顔を見知りませぬ」といはれた。評に曰、三十年ばかり目を張り置くゆへ、三十年以前の顔を見知りて、今の事を知らぬもおかし。(軽口ひやう金房巻一・吝き者目を張る事・元禄頃)

露休置土産

四〇　改元に因んで年号を折りこんだ初出の咄は、無知な下男の失敗談として出ている。

さる町人の召使ひの小者、主人の留守をしていたる所へ、親しき友達来りて、「これの亭主はどこへ行かれたる」と問ひければ、小者まかり出て、「天和《てんわ》へまいられたる」と申す。かの人ふしぎに思ひ、翌日又まいりて亭主にあふて、「きのふは、そなたは何方《いずかた》へ行きたる」と問へば、「芝筋へまいりたる」といふ。「何と、芝筋に天和といふ所やあるか」と問ふ。「さて〳〵つがもない事を聞く人かな。それは今時の年号じや」といふ。さればこそと思ひ、小者を呼び出し、くだんの様子を主人問へば、小者申すやう、「されば、旦那様はつね〴〵、ほど遠き所を、『ゑんぱうへ行く』と御意なされますにより、只今は、ゑんぱうの年号変りましたにより、天和とは申しました」といひければ、主人あきれた。(武左衛門口伝ばなし下巻・がてんちがひ・天和三)

後出の咄は、さらに正徳―生得、享保―教法(又は向後か)を加えて複雑になっている。

ねんごろあひへ行たれば、客あり。「どれからお出なされた」といふたれば、「延宝《えんぽう》から貞享《じようきよう》いたしました」といわるる。「こりや年号で挨拶せざるまい」と、「元禄におまめで、宝永《ほうえい》事《ごと》でござる」。田舎人もちゃくと合点して、「正《しょう》徳《とく》不調法者でござります。享保《きょうほう》たのみます」。（当流噺初笑巻一・うてばひびく・享保十一）

四一　初出の『武左衛門口伝ばなし』（天和三）上巻「下り謎のそさう者」の「狸までは気がついた」のサゲの改作。謎ときの笑話は多いが、同時代の同じ形のものに、

三人づれにて、さる所へ行きしに、床の掛物に、すの字を赤くかきて置けり。あるじいふやう、「この掛物を判じてごらうじませ」。一人が見て、「わたくしは繻子《しゆす》と判じました」。一人は、「単子《たんす》と解きました」といへば、一人のそさう者、「さて〳〵口おしや。おれも長持とまで気がついたもの」。（かす市頓作巻一・すの字の掛物・宝永五）

四二　初出は『露鹿懸合咄』（元禄十）巻二の「題手拭」で、内容は同じだが、「何と、その中に巾着切はなかつたかの」の一文がサゲに添えられている。さらに同書には、宗貞という談林派俳諧師の評言が付いており、話す笑話と読む笑話の違いに触れてあり、元禄時の話芸論が見られるので、その評言を記す。

露のはなし、口ではなす時は、そのためおいた「ぶて」を、手拭とると一同《いちどう》に、「ぶて〳〵〳〵」と舌ばやにはなすゆへ、おかしけれども、書て読む時は、「ぶて〳〵」といくつもおくつてつづけ書きにしたばかり。口ではなすやうにはづまぬゆへ、平点に珍。惣別これに限らず、聞ておかしき咄なれども、書てからおかしうないが多し。これ、そのたぐいの咄なるべし。

四三　初出の咄は、若衆に食事を与えるのを避けるための空寝入りとして出ている。

若衆と二人寝《い》ねてありし法師が、暁、雨の降る音を聞き、「南無三宝、とめて朝食《めし》をふるまはずばなるまい。そら寝入りし、起きて帰るを知らぬふりにせんこそよからめ」と思案しければ、若衆、そと起きて行き、もはや門の外へ出でぬ

べきと思ひ、心もとなさに起きて見ければ、いまだ門の内にやすらへるを見付け、仰天し、立つて居ながら、目をふさぎ高鼾をかきごとは。(醒睡笑巻七・廃忘第六話・寛永五)

四四　『露新軽口ばなし』(元禄十一)巻四「利根なる豆腐うり」の改作咄。

さる所に、庚申の夜、豆腐売りしを呼べ〳〵ど、聞かず行きしを、人をいだして呼びかへし、「そこな豆腐屋。耳はないか」といへば、「やう〳〵一つござります」と、耳豆腐を一丁置いて行きしと。

四五　人間が狐を逆に化かした咄として、落語「王子の狐」の原話にもなった軽口咄が見える。

亀井戸の藤見に行かんと、ぶら〳〵と行けるに、小狐、この男を見て化かさんとや思ひけん、忽ち美しき若衆に化けて来り、後や先になつて行ける。この男、初めより化けたるを見すましけるが、わざと知らぬ顔にて、「これ〳〵、お前はお一人そうなが、どこへ御出なさるる」といふ。「いや、私は亀井戸の藤見に参ります」といふ。かの男、「私も藤見に参ります。幸ひの事、御同道申しませう」「さやうならば、お連れなされて下されませい」と打連れ、程なく亀井戸に着き、藤最中盛りなるを見歩き、「いかうくたびれました。酒一つ上げませう」とて茶屋へ寄り、料理など言付け、かの化若衆にひじいに食はせ、「日もたけました。いざ帰りませう」と打連れ、もと来し道に帰りけるが、初め化け出し所とおぼしき辺にて、かの若衆、「私はこの近所の者。さて〳〵けふは忝ふござります」といふて別れける。かの男、跡よりかの化若衆をつけて見けるに、狐の穴と覚しき所へ入りける。穴へ耳を寄せ、ひそかに聞居たりしが、穴のうちにていふやう、「さて〳〵けふはいかふ馳走になつて」といふ。「それはどこで」といふ。「されば〳〵」と右の趣を語る。親狐にやありけんいふやう、「黙りやれ。それは馬糞であらふ」。(笑眉巻一・初心な狐・正徳二)

四六　猫の真似して忍ぶつもりが見破られる失敗に、中国笑話集『笑苑千金』(宋)巻四「両脚猫児」に依った間男話がある。

亭主の留守となれば、常に通ひなれたる者あり。かねての約束は、「屋根から忍び来れ。梯《はし》をかけ置かん。亭主帰りたらば、『屋根をありくは猫であらう』といふ時、猫の鳴くまねをせよ」としめし合はせて置きつるが、まことの折、男聞きつけ、「屋根をありくは人のやうな」。女房、「いや、この程大いなる猫がありく」といふに、かの男肝をけし、「にやう」といふべきを打ち忘れ、ほそ声になり、「ねこう」と申しける。

(醒睡笑巻七・廃忘第五話・寛永五)

四七　初出の『露がはなし』(元禄四)巻二「道外者《どうけ》が挨拶」では、「大坂に介六といふ大工さへ御座るに」という「つかぬ言葉」で夫婦とも笑い出す筋であり、次の類話に及んでいる。

文盲にして、しかもどうけ者あり。その隣に、なにがしとて由《よし》ある人ありけるが、ある時、内義、りん気を言ひつのりて、女夫《めおと》いさかひになり、声高くなりけるに、かのどうけ者行きて、あつかひけるやうは、「まづお前様がお前様なれば、こな様がこな様でござる。事のたとへにも、大坂に介作《すけさく》といふ薬罐屋さへござるに、御かんにんなされませい」といふ。このつかぬ言葉がおかしうなりて、夫婦ともに笑ひになつてすんだ。(初音草噺大鑑巻四・女夫いさかひも果ては笑ひ・元禄十一)

四八　「若返り水」の民話でも知られる話で、若返りの方法も滝の霊水や人魚などと、いろいろである。上方落語「十年玉」の原話となった次の咄が初出である。

四谷に孫作といふ者、元来生れ付きたる臆病にて、四十に余れど物おじをしけり。さるほどに、杉の木には天狗の住むと聞きて、杉さへ見れば礼をなして通りける。ある時、高井戸村まで用ありて、黄昏時に原中を帰りける。杉の並木にありければ、しばらくこしをそらさず。上よりしわがれ声にて言いけるは、「凡夫の身にて、おれが居る事を知りたるこそ安からね。ことに礼をなす心ざしのやさしけれ」と姿をあらはせ給ひ、「不《ふ》老丸《ろうがん》といふ薬なり」とて三粒下されける。「そも〳〵この薬は若き者に用ゆべからず。一粒のめば十二年づつ若くなる息災延命の薬」と仰せける。「ありがたし」といただきて一粒はのみたり。女方《にようぼう》、男の帰りたるを見れば、四十にあまりけるが三十より内の男にぞなりたり。女方肝をけして、子細を問へば、あらまし語りて、「この薬一粒のめば、一回りづつ若くなる。せがれ、わづか十なれば、のむとなくなるぞ。わぐれも未だ若ければ、見もすることなかれ」とて、かけ硯に入置き、錠をおろしおきたり。女方、亭主の留守に、いかなれ、さやうの事はあらじと思ひて、一粒《いちりゆう》のめば、その味甘露のごとし。残り一粒も食いけるほどに、二十七の女方が三つになりて、いろりばたに茶を立居たるこそ、男帰りて肝をけしたるとなり。

(枝珊瑚珠巻四・天狗の奇瑞・元禄三)

四九　初出の咄では、茶が風を引いた(空気に触れて風味を失う)のは、肩脱(挽いてない茶を保存する高価な壺)が原因としている。

客来りて茶を乞ふ時、小者、茶を立てて出す。亭主のんで見て、「この茶、風味よろしからず。物の移り香にや、水の移り香にや」と小者を叱りければ、小者、口のきいたやつにて、「定めて風を引いたものでござりませう」といふ。主人聞て、「何として風を引きたるぞ」といへば、「されば、風引きたればこそ、つぼがはなごゑに候」と申す。主人おかしく思はれて、「いかにもさうあらふ。おれが茶壺は、じたい、かたぬぎじや」とて笑ひになつた。(当世口まね笑巻四・茶の給仕人軽口の事・延宝九)

五〇　落語「四人癖」の原話。初出の咄は二人の癖人だが、題名は適切である。

ねんごろにはなす人、二人寄合い、一人のいふやう、「そなたはつね〳〵癖にて、鼻を横撫でにするとて、世間にて笑ふ。又我等も御存じの通り、あたまを叩く癖ありて人が笑ふほどに、いざ、今より言合せ、互ひに癖をやめん」といへば、かの鼻する人、「なるほどさやうでござる。今より互ひに申合せ、直そう」とて、さて四方山の咄して、「なにと、このごろの矢数を見やつたか」といへば、「なるほど見たが、五人ばりほどの弓にて、心易そうに、こう引いた」とて、つゐ鼻を撫でられた。いま一人これを見て、「なに、その矢が通りたら、したたかと言はふがや」といふて、またあたまをたたかれた。(百登瓢箪巻二・くせは直らぬ・元禄頃)

解説

一　近世以前の笑話の流れ

笑話は、話の字が示すように、元来、口で話すのを耳から聞くものであって、文字を必要としなかった。このような口承の本質に加えて、内容は日常身近な話題が多く、表現も卑俗で、大半がその場限りの笑いに終るものである。また、近世以前文学に携った貴族や僧侶・武士は、笑いは低級下劣なものと蔑視したので、従来、笑話はごく断片的・付随的にしか記載文学中には見出されない。しかし、民間では当然多くの笑い話が話されていたし、社会生活の中にも笑話を得意とする特定の者が登場した。

神話や伝説の有力な担い手だった語りジサ・語りバサと並んで、「物をかしく云ひて人笑はするを役とする」(『今昔物語』二八—六)烏滸《おこ》な言動を表芸とする話上手が、咄の者として笑話の伝達にあたった。下層階級に伝わる笑話の一部は上部の知識層に取りこまれ、文学的に変形潤色されて説話文学に載り、また『古本説話集』の藤六に代表される滑稽的主人公までが出現した。末世に入った中世では、人々は寺院に救いを求め、僧侶もこれに応えて布教につとめた。しかし、無知文盲な庶民に深遠な経典を直接講じても、たやすくは理解されない。むずかしい経義をやさしく説くためには、時に気軽な雑談をまじえてなごませ、分かりやすい譬え話として笑話を用いることが、説教の話術上必要であった。こうした譬喩的に使われた笑話は『沙石《しゃせき》集《しゅう》』など説教集に多く見られ、信州における有名なおどけ禅亭《ぜんこう》も、「物をかしく云ひて、人笑はする説教教化なむしける」(『今昔物語』二八―七)談義僧侶の一人であった。また中世末には、各種の専門的な知識や芸能をもって、貴族や大名武将の側近に仕えた御伽《おとぎ》(咄《しゅう》)衆がいた。その中には茶の湯や歌会などの伽の席や滞陣の徒然の折りなどに、滑稽な咄を話して座興を添える者もいた。こうした特技の持ち主は、織田信長における沼の藤六、豊臣秀吉の寵臣曾呂利新左衛門など、町人階級出身者が多かった。

常民の中の半職業的な咄の者、笑話を多用する説教談義僧、貴紳の座興に話した御伽衆たちは、職掌柄、当然多くの笑話を用意して巧みに口演したので、この三者によって、中世末期には社会の各層で多くの笑話が紹介され、また人々も広く笑いに関心と興味を持った。折りしも開放的で明るい地下《じげ》連歌＝俳諧が盛んになり、庶民出の連歌師が輩出して、あまねく日本国中に笑いの話柄《わへい》を伝播したし、知的な遊びの謎立てが貴族の間に流行するなど、笑いを主とした文芸を愛好する気運が時代の風潮となっていた。

二　近世初期の笑話本三種

武力で政権を手中にした地方出の武将や、財力で社会的地位を築いた町衆たちの新興階層は、まず既成文化の模倣習得から、やがては自らの好みを率直に求めるようになり、従来低俗と無視されていた笑いの文芸も歓迎した。元和偃武《げんなえんぶ》で平和がおとずれ、朝鮮や西欧の印刷技術の導入に刺激されて、各種の出版が盛んとなり、従来の経典中心の硬い内容から、文芸の分野にまで広がった。この機に、多くの笑話を所有し、編集の才腕も兼ね備え、有力な後援者に支えられた御伽衆や談義僧によって、本格的な笑話本の編集が行われた。

年代的に最も古いとされる『戯言養気集《ぎげんようきしゅう》』(元和〔一六一五―一六二四〕初年頃)は、俳諧や破戒僧に関する一般的な笑いも含むが、半ば以上は実在の有名人の逸話や笑談で占められ、巻末には「前関白秀吉公御検地帳」とか「朝鮮国御進発之人数帳」などといった笑いとは無縁な記録が載る点からも、書記役を司る武士出身の御伽衆の編集と考えられる。また『きのふはけふの物語』は、『戯言養気集』との共通話が約四分の一の四十余話もあるが、その他にも今まで触れることの少なかった下層の一般人の生活や人情を扱った内容が多く、とくに無遠慮で明るい好色咄を多く含んでいる点が特徴で、笑いの純度はきわめて高い。そこで御伽衆でも町人階層出身で滑稽話に長じた者が、滞陣の無聊をなぐさめる夜席などで演じた性的笑話までが取り入れられた編集と思われ、新時代人の趣向が反映されている。上層階層で広く回覧・愛読されたと見え、話順や表現が異なり、話の出入りもかなり多い諸本が残っている。

編者も刊年も版元も不明記の、いわば仲間内で読まれた〃なぐさみ本〃の二書に対し、半生を浄土宗の説教僧として送り、晩年は京都誓願寺の法主となった安楽庵策伝《あんらくあんさくでん》の『醒睡笑《せいすいしょう》』は、元和九年頃に、「小僧の時より耳にふれておもしろくをかしかりつる事を反古の端にとめ置」(序文)いたものを、知友の所司代板倉重宗の勧めでまとめ、寛永五年(一六二八)に献呈したものである。岩波文庫(鈴木棠三氏校注)にも収められたこの書は、上中下三冊全八巻、「謂被謂《いえばいわるる》物之由来《もののゆらい》」から「祝済多《いわいすました》」までの四二項に一〇三九話を配列した写本系の〈広本〉と、寛永期にそれを抄選した三一一話所収の整版系〈狭本〉がある。笑話数の膨大なこと、各種笑いの類型や要素が網羅されている点、また不十分ながら笑話を探索しやすいように分類した等々、いずれも画期的な編集で、近世までの笑話の流れを取りこんだ一大集成といえる。

この三書は噺本の祖といわれ、後代の笑いに及ぼした影響も大きい。当時笑話は、単に「はなし」といい、笑話本は「はなしの本」(『きのふはけふの物語』寛永十三年本刊記)と呼ばれた。『天正十七年本節用集』によれば「咄　雑談」で、肩のこらない他愛ない内容の、おかしく楽しいおしゃべりで、しかも耳新しい新鮮な話題が喜ばれた。「噺」という日本製の漢字が作られたのも、この時代の「はなし」愛好の事実を物語るものであろう。

三　咄の類から軽口本への移行

しかしまだ、これら三書には、純粋に笑話本とは言い切れない要素があった。第一に、編者も読者層も限られた上層階級に属し、その仲間内にだけ通ずる固有名詞を伴った話が多く、一般性を欠いた。また笑い本位に徹せず、主君のための教訓や社会への啓蒙風刺などを含んだ第二義的な性格も見えた。さらに笑話にとって一番肝心の「落ち」の形が整わぬものも多々あった。こうした非笑話の要素を含む傾向は、寛永から寛文頃までの仮名草子の範疇に属する文人著作の笑話本にも引き続いた。浅井了意作といわれる『百物語《ひやくものがたり》』(万治二年〔一六五九〕刊)、中川喜雲『私可多咄《しかたばなし》』(万治二年序、寛文十一年刊)、苗村常伯(径山子)『理屈物語』(寛文七年〔一六六七〕刊)等は、いずれも古今和漢の書中から広く滑稽な笑談や故事を抄《ぬ》き書きしたもので、口承よりは書承による笑話という色彩が濃い。作者は知識人で、内容が高度な上に文飾も加わり、啓蒙的な性格もあって、一般人が気楽に親しむには程遠かった。また、『一休ばなし』(寛文八年刊)、『(曾呂利)狂歌咄』(寛文十二年刊)、『竹斎《ちくさい》ばなし』(同年頃刊)なども、特定の有名人物の名に仮託した滑稽譚や狂歌咄の体裁で、親しみにくい面があった。この時期のものを当時の『書籍目録《しよじやくもくろく》』では「咄《はなし》の類《るい》」と称しているが、『きのふはけふの物語』に一部見られた率直で明るい笑いは消えて、「はなし」本来の性格にそぐわない物堅さが見られる。

しかし、延宝年間（一六七三—八一）に至って笑話は新転機を迎える。元禄五年（一六九二）刊『広益書籍目録』では、「咄の類并かる口咄シ」の項目名で、『醒睡笑』はじめ『百物語』『一休ばなし』等の「咄の類」に対し、『うき蔵主《ざす》』（延宝六年刊）、『にがわらひ』（同七）、『かる口大笑』（同八）、『手打わらひ』（同九）以下を、「当世かる口咄」として区別している。軽口とは、『大坂独吟集』（延宝三年刊）の鶴永（西鶴）の「軽口にまかせてなけよほととぎす」の句にあるように、談林俳諧が主張した、口から出まかせの道化のおかしみを主とした表現であり、即妙な洒落冗談の意にも通ずる。元来、咄は無責任な戯言でよいはずで、重々しい個人名や仰々《ぎょうぎょう》しい典拠などを持ち出す「咄の類」が異端である。この両者の違いを端的に示したものに、幸佐作『咄（囃）物語』（延宝八年刊）の序文がある。いささか長くなるが、その概略を引用し紹介する。

「雨夜の物語して徒然をも晴らさん」と、その家の主人が友人に次の物語を聞かせた。——ある男が、家に忍び込もうとする盗人の首を斬り損じた。盗人は落ちかけた首を抱えて逃げ去る。男が奉行所にこの旨を報告すると、奉行は、「もし、頸《くび》のなき者、道を通り候はば、見合ひ次第きつと搦《から》め参るべし」との触れを国中へ回した。——この荒唐無稽な話を聞いた友人は、「物語せんと申さるる程に、耳をすまし聞き居たれば、思ひのほかの戯言《たわごと》なり。さやうの事を、咄《はなし》とこそいふなれ。世の噂にも、まことしからぬ儀を人の語れば、それは咄にてぞあらめ、といふにても弁《わきま》へ知られよかし。物語とは、出書正しき事をいふなるべし。……

いで、只今の咄に似たる事を物語して聞け侍らん」といって、天慶三年二月に平将門が下総の国相馬の郡で、藤原秀郷に討たれた首が京で獄門にかけられ、口惜しさに歯がみした時、藤六左近なる者が、「将門は米かみよりぞきられけり　たはら藤太がはかりごとして」と狂歌を詠んだので、将門の首も笑って消えたという物語(『平治物語』などに出る)を聞かせ、「かやうに出所ある事を物語といふなり」と主張した。主人は「誠にさもあるべき義なれども、予《よ》はかつて知らずかし。所詮、僕《やつがれ》は噺《はなし》侍らん。そこには似通ひたる事を物語し給へ」といって、主客が交互に好む形式で話した。

かくして『咄物語』は、まさに書名の示す通り、同想の内容の話を、一は主人の好む一般的な笑いである戯れ言「咄」で、一は客のいう出所正しい「物語」の形式で並べる体裁になっている。この非笑話の夾雑物を多分に含んでいる「物語」的要素の濃い「咄の類」から、単純な笑いの「咄」中心の「軽口本」への移行は、中世から近世への転換が完了したことを意味するものであり、近世に入って半世紀もすぎた延宝年間のことであった。

四　笑話同好者の創作笑話集

延宝という時期に、笑話は確実に市民権を持ち得た。寛永以降、新興階層が社会の全面に進出活動し、印刷出版の進歩で文芸面の書物も飛躍的に刊行され、俳諧を始めとして文芸に直接参加する底辺も大いに広がった。笑話も以前の知識人好みの高尚で知的な笑いから、一般人の日常生活に身近で卑俗な笑いが喜ばれるようになった。人々が集まる場所での座興、楽しみに、笑話が話されたことには変りはないが、従来の貴紳を囲む伽の席が、町内の会所《かいしょ》や日待などの民間行事の寄合いの場と変り、有名人の逸話や和漢書中の笑談類の紹介ではなく、笑話愛好者が創作し披露した単純な滑稽話が中心になった。さらに今までは社会の水面下にあって実態を見せなかったが、民間の笑話の伝達者だった咄の者が表舞台に登場し、聴衆に笑話を口演する職業的話芸者として活躍した。笑話の話し手も、場所も、演出方法も、内容も、すべて前代の「咄の類」から脱皮して、市民の、市民による、市民のための笑話となり得たといえる。この時代の笑い、軽口咄を集めた笑話本が軽口本である。

談林派の有力な俳諧師から『好色一代男』(天和二年〔一六八二〕刊)で一躍元禄文壇の雄となった井原西鶴は、咄の方法を多く駆使し、咄の会を催しては創作上の素材とする咄の種を得たともいわれている。「その頃は咄作りて点取《てんとり》の勝負はやりしに、おりふしの兼題に……明暮れ案じ入り、咄程の事ながら心をそれになして」(貞享三年〔一六八六〕刊『本朝二十不孝』一—四)、「いひかはしたる朋友四五人語るには、夜の長きを重宝に、おとし咄も耳馴れたるは、はやいひ尽して」(貞享四年刊『武道伝来記』五—四)、「ふるなの忠六といふ男、常にかる口たたき、町の芸者《げいしゃ》といはれて、月待・日待に物まねして、人の気に入ける」(元禄五年〔一六九二〕刊『世間胸算用』三―二)などからも、当時の笑話の流行ぶりがうかがわれる。ことに、座の文学の俳諧が普及し、しかも庶民の射倖心を煽る景品付きの点取りの興行が流行し、その手法が笑話の場合にも行われていたことは興味ぶかい。

この笑話流行の様子は、軽口本の序文などからも十分裏付けられる。すなわち、「通り者が……打よりて遊ぶ、こちの町の会所のはなしを書集め」たものが『軽口大わらひ』(延宝八年刊)となり、同じく「あたりの通り者等が……うち寄り、かたり遊びし軽口を書集めて五巻となし」たものが『当世手打笑』(延宝九年刊)であり、「人きたれば、何かにつけておかしきこと物語りいたされしを、一つ二つと聞きうつし、梓にちりばめ」たのが『咄大全』(貞享四年刊)であった。いずれも俳諧や狂歌など庶民文芸に親しむのと同じ連中が、同好者の集いで自作の笑話を発表披露しては優劣を競い、佳作を集めて編んだ合作集であった。その内容は日常身近見聞できる親しめるもので、しかも咄のおもしろさを終末部で集中的・効果的に高める「落ち」まで整えた完全な笑いであった。『にがわらひ』(延宝七年刊)、『口まね笑』(同十年刊)、『軽口又おかし』(天和二年刊)、『うかればなし』(天和頃刊)、『当世はなしの本』(貞享頃刊)などの書名で明らかなように、「当世」の「笑い」「おかし」を中心とした「軽口」「はなし」を集めた純粋な笑話本である。新興の町人階層が実力を備え、上昇気運に乗った時期に軽口本は成立し、それは近世文学の祖と目される『好色一代男』の成立と、ほぼ時を同じくしている。

この頃の創作笑話の披露がどのように行われたかを具体的に示す資料を欠くが、元来、声に出して話したり読むのを聞いて文字に書きとめるのが笑話本の通常な形であることは、『醒睡笑』の跋文に策伝が、「周防守殿の前にて我がよむを」と記した通りである。町の会所や同人宅の座敷などで、作り手本人か選ばれた話上手が話したものと思われるし、すでに笑話口演の際の演出効果についても考慮が払われている。

以前、『私可多咄』の序文で「わかちめあざやかならねば、しかたばなしになんしける」と、手ぶり身ぶりなど所作をまじえて話すことが人物描写の上で大切といわれ、また、石川流舟の『正直咄大鑑《しょうじきばなしおおかがみ》』(貞享四年刊)巻四「はなしの仕様」の中で、「それ、はなしは一がおち、二が弁説《べんぜつ》、三がしかた。ことに当世は、いにしへの曾呂利などの噺の風俗とはかわりて、軽口におかしく、しどけなく、利をつめ、げびたよふできやしやなり。まづ、おちが悪ふてはつまらぬ」と、笑話の生命は洗練された巧みな落ちに尽きるが、絶妙な弁舌と表情豊かな仕方＝仕草が笑いの効果を高める要件だと強調している。さらに浮世草子作家の夜食時分の『座敷咄』(元禄七年序・同十年刊)の「はなしの弁」では、「抑《そもそも》、咄といふ文字を、口編に出《いずる》と書きたるこそおかしけれ。……咄をするに心得あるべし。まづ、其所、其時節、其聞く人の年頃ばひに気を付る事、第一なり。その興に乗じてはなす時は、石をもつて水に投ぐるたとへのごとし。長ければ気がつきる。あまり短ければ何いふやら埒があかず。仕形ばなしは下卑たり。声高きはやかましく、舌ばやなるは聞きにくし。とかく工夫あるべき事にや」と、具体的に笑話を口で演ずる際の注意を記している。また、『露鹿懸合咄《つゆしかかけあいばなし》』(元禄十年刊)の「題手拭」に実例の話を示したあと、「口ではなす時は、そのためおいた『ぶて』を、手拭とると一同に、『ぶて〳〵〳〵』と舌ばやにはなすゆへ、おかしけれども、書て読む時は、『ぶて〳〵』といくつもおくつてつづけ書きにしたばかり。口ではなすやうにはづまぬ……聞ておかしき咄なれども、書てからおかしうないが多し」と、話す笑話を聞く場合と、字に書かれたものを読む時では、おのずから面白味に違いがあることに触れている。

このように笑いについての関心と認識が深まると、延宝中期からの笑話本流行の勢いは、当然元禄に入っても続いた。『うかれ小僧』(元禄七年刊)や『座敷咄』のような通常の笑話集のほかに、江戸の浮世絵師石川流宣《いしかわとものぶ》の『枝珊瑚珠《えださんごじゅ》』(元禄三年刊)では、各話の下に作り手の略称が示され、巻末には師匠格の鹿野武左衛門《しかのぶざえもん》以下十五人の同人の名が連記されるといった珍しい形をとる。また、先行書中の佳話を抜き出して脚色を加えて再出、七巻二〇五話の大冊に仕上げた寓言子の『初音草噺大鑑《はつねぐさはなしおおかがみ》』(元禄十一年刊)などの集成も出た。さらに『咄大全』三冊の各巻末の数話分の板木を寄せ集めて一冊の『つれ〳〵御伽草《おとぎぐさ》』という新板まがいの細工本を作り出したりしている。各書とも浮世絵師が挿絵を受けもって色彩を添えている。こうした軽口本の出版は、それだけの需要と期待に応えた結果であった。

五　舌耕者口演笑話の控え帳

笑話同好者によって自作の発表が行われ、その優秀作が軽口本として刊行されたのと並行して、従来民間にあって笑話の伝達につとめていた咄の者が、笑話隆盛の時流に乗じて社会の表舞台に姿を現わした。江戸の鹿野武左衛門、京の露《つゆ》の五郎兵衛《ごろべえ》、大阪の米沢彦八《よねざわひこはち》と、ほぼ時を同じく登場し、口演した場所や演出方法などにより、「座敷仕型《しかた》ばなし」とも「辻噺《つじばなし》」とも「仕《し》方《かた》物真似」とも呼ばれる実演を催した。彼らは趣味で関わった素人の同好者ではなく、半ば職業化した咄の者の流れをひく「軽口頓作に妙を得て、生業《すぎわい》は咄の種」(『露鹿懸合咄』序文)とした文字通りの舌耕者であった。創作の才のない一般大衆はもとより、笑話創作に携わる趣味人も、争って専門家の洗練された話芸に聞き興じたのである。彼等の演芸は笑話口演が中心であったので、自作も心掛けたが、多くは巷間伝わる笑話を自己流に作り上げたり、既刊書中の佳話を焼き直して使用した。そして、単にその場限りの口演に終らせず、実際に話した数多くの「はなしの控へ帳」(『露休置土産』序文)＝笑話のタネ本が、軽口本としてまとめられた。延宝に始まった素人同好者の創作笑話集と元禄年間に全盛を見た職業的話芸者の口演笑話集は、軽口本の両輪であり、相互に関連し共存して、笑話流行をもたらす力となった。

山東京伝が『近世奇跡考』(文化元年〔一八〇四〕序)に「元禄の頃、江戸に座敷仕型ばなしといふ事おこなはる。長谷川町の鹿野武左衛門といふ上手なり」と記された武左衛門は、前身は上方出身の塗師《ぬし》職人で、堺町の芝居に出入りした経歴を持つ。大名や富商の屋敷や日待など寄合いの席に呼ばれて演ずることが多く、「ここかしことお伽に召さるる」(『武左衛門口伝ばなし』序文)実景は、同書の口絵に描かれている。彼の同業者としては、「横山町三丁目休慶、中橋きやら小左衛門、同四郎斎」(『江戸惣鹿子』・元禄二)や「芝に在候喜作と云ふ咄にて渡世の者」(『松平大和守日記』・元禄七年五月八日)や、『枝珊瑚珠』に連記した同人たちがいた。いずれも、「ここにおどけ、かしこに戯《ざ》れて、世人の頤をふさがず」(『かの子ばなし』序文)活躍したが、中でも武左衛門は、「一休の軽口をまなび、竹斎がをどけばなし、曾呂利が頓作の言葉にまさりたりとて、世の人もてはやしける」(『正直咄大鑑』赤巻)第一人者であった。

彼の演じた笑話は、『武左衛門口伝ばなし』(天和三年刊)、『鹿の巻筆』(貞享三年刊)の軽口本から窺われる。大半が創作で、江戸の人名や地名を入れた実話仕立ての形式と、娯楽の中心の歌舞伎と吉原関係の題材が目立つ。主に役者たちの「仕型」を演じ、口跡を真似て聞かせる咄を得意としたが、実演時には豊かな所作も加えて好評だったろうが、文字に書かれた咄を読む限りでは、その場の魅力の幾分も伝わらない。一般的な滑稽話も当然数多くあるが、全体に固有名詞が多出し、文章も凝りすぎて叙述も冗長で、決して上出来の笑話とは言えない。その点では、彼を師と仰ぐ同人たちの軽口本『正直咄大鑑』、『枝珊瑚珠』、『かの子ばなし』などの方がすぐれている。元禄十二年に没した彼は、『鹿の巻筆』巻三の「堺町馬の顔見世」の一話が筆禍を招き、流刑されるという悲劇も加わって、後世、江戸落語の祖と謳われた。
各務支考《かがみしこう》の『本朝文鑑《ほんちょうぶんかん》』(享保三年刊)の「露五郎兵衛辻談義説」に「此者ハ夷洛ニ名ヲ知ラレテ洛陽ノ仏事祭礼ニ彼ガ芝居ヲ張ラザル事ナシ、世ニ云フ辻噺ノ元祖ナリト」と記された京における露の五郎兵衛は、前身は日蓮宗の坊主落ちといわれ、辻噺の名の示すように、主に庶民が群集する盛り場で不特定多数の聴衆相手に笑話を演じた。座敷咄主体の武左衛門に見られぬ大衆性を持つと同時に、趣味や同好の域を超えた厳しい職業意識があった。「虚言と軽口とを一荷にして、四条河原の夕涼み、又は万日の回向、ここかしこの開帳所に場どりし、数万の聴衆に腹筋をよらす都の名物入道露休」(『露休置土産』序文)こそ、中世以来の民間における咄の者の成功した姿であった。彼は「法会〳〵に出見世をし、下直《やす》ふうれども床几借す水茶屋を加ゆれば廿人余の口すぎ」(『露鹿懸合咄』序文)を行う舌耕者で、時には貴紳のお座敷に招かれ、殊勝な談義説教も行い、芸人が多く住む虱辻子《しらみのずし》の町役を勤めるなど、話芸者として多彩な活動をした第一人者であった。

　彼の軽口本の代表作『軽口露がはなし』(元禄四年刊)は、『醒睡笑』からの再出話が三割余もあり、創作が少くて新鮮味に欠ける憾みはあるが、内容は日常身近な笑いで親しみやすい。庶民向きの普遍性を持った笑話が特色で、「田舎までも露が斯様の咄などともてはや」(『拾椎雑話』)されたのも当然といえる。彼には『露新軽口《つゆしん》ばなし』(元禄十一年刊)、『露休ばなし』(元禄末年刊)ほか、説教の口演集『あだごとだんぎ』(元禄十二年刊)や京都での大出水・落雷に因んだ際物咄本『露の五郎兵衛新噺』(元禄十四年刊)などを出し、死後も『露休置土産』の遺作集が出されている。

大阪において、「五郎兵衛の類にて軽口咄しに名ある」(『足薪翁記』)のが、やや遅れて出た米沢彦八である。彼は始めは大道や茶店に床几を据えただけの舞台(『軽口御前男』口絵)で演じたが、やがて大阪生玉神社境内を定場所として、「当世仕方物真似」の看板を出した小屋がけ(宝永七年刊・『御入部伽羅女』挿絵)で演じた。主に歌舞伎役者や当世風俗の物真似をし、とくに「俄大名」が評判の狂言といわれた。また当然、単純な滑稽話も、「さらば一はなし仕りませふ」(『軽口御前男』序文)と口演している。そうした笑話を書きとめた軽口本に、代表作の『軽口御前男《かるくちごぜんおとこ》』と豊笑堂の号での『軽口大矢数《おおやかず》』(宝永・正徳頃刊)がある。いずれも創作が主で新鮮味に溢れ、当時の社会風俗を存分に織りこんで短くまとめ、巧みな落ちを付けたものが多い。正徳四年六月、名古屋大須の興行先で客死した最期や、彦八の名跡が四代まで伝わり、また「彦八」が落語家の異称となり、「彦八咄」が軽口咄と同義語に用いられるなど、後代の笑話界に影響を残した点でも、三人の中では最も大衆的な芸人であり、大阪落語の始祖的存在であった。

六　元禄以後の笑話の動き

延宝中期に始まった素人の笑話愛好者による創作活動と、それと並んで職業的話芸者の活発な口演興行によって、元禄年間は他文芸同様に、笑話も非常な活況を呈した時期であった。しかし、その盛りは意外に短く、早くも宝永以降は惰性沈滞に陥った。笑話創作の会は依然つづいたし、舌耕の徒も江戸では前述の同業者たち、京阪では都又平とか又八、信夫八十郎、彦八の弟子の沢谷儀八等々がいて、軽口本は相変らず続刊されていたが、いずれも内容的には特に見るべきものも少なく、出版点数も減少気味であった。また、笑話は元来一話ずつが短く独立しているので、切れ目のよい所で板木をうまく利用する細工が古くから行われていた。本巻所収の『当世手打笑』も、序文だけ新刻し、各巻の後半部数話を削って新版『軽口居合刀』としたし、『かの子ばなし』も『軽口大かさり』と改題再板されたり、三巻をそれぞれ一冊本に仕立ててもいる。こうした安易な細工本でも、年代が隔たったり、始めて見る人には新作同様楽しく読めたと見え、二番煎じながら結構喜ばれもした。しかし、肝心の新版の方は新鮮な佳話に乏しく、八文字屋本の代表作家江島《えじま》其磧《きせき》の『軽口独機嫌』(享保十八年〔一七三三〕刊)、二代彦八の『軽口福おかし』(元文五年〔一七四〇〕刊)以下の連作、西川祐代画の絵本形式の『絵本軽口恵方謎』(宝暦十一年〔一七六一〕刊)等々、目先を変えたものも出たが、所詮魅力あるものではなかった。しかし、沈滞ながらも引続き軽口本が刊行されたことは、笑話愛好の水脈を絶やさずに、享保(一七一六―三六)を境とする文運東遷後、やがて明和末(一七七二)の江戸小咄を誕生させ、安永中期の上方における咄の会の流行をよび起こす力となり得たのである。

以上、近世前期の笑話本の中から、笑話の純度の高い作品として、延宝期の笑話同好者の創作選集の『当世手打笑』、需要に応じて本屋が一冊本に仕立てた『当世はなしの本』、さらに代表的話芸者三人に関わる『かの子ばなし』、『軽口御前男』、『露休置土産』の五種を選び、紹介することにした。「難句に名句なし」という言葉通り、笑話の場合も、説明を要せずとも面白さが分かるものに佳話が多い。人間性に根ざした普遍的な笑いは共感しやすいからであろう。また、語釈やサゲの説明を付すことは、かえって笑いを遠ざける無用な愚挙になりかねない。従来は、分かる範囲で気ままに噺本に親しんでいたが、今回は、理解・鑑賞の一助にもと、乏しい知識で、あらずもがなの注を施すことになった。不詳部分や臆解の誤りについての御教示を、切にお願いする。

元禄期 軽《かる》口《くち》本集《ぼんしゅう》

1987年7月16日　第1刷発行

2025年7月29日　第9刷発行

校注者　武藤禎夫《むとうさだお》

発行者　坂本政謙

発行所　株式会社 岩波書店
〒101-8002 東京都千代田区一ツ橋 2-5-5

案内 03-5210-4000　営業部 03-5210-4111
文庫編集部 03-5210-4051
https://www.iwanami.co.jp/

印刷・精興社　製本・中永製本

ISBN 978-4-00-302511-6　Printed in Japan

読書子に寄す

——岩波文庫発刊に際して——

岩波茂雄

真理は万人によって求められることを自ら欲し、芸術は万人によって愛されることを自ら望む。かつては民を愚昧ならしめるために学芸が最も狭き堂宇に閉鎖されたことがあった。今や知識と美とを特権階級の独占より奪い返すことはつねに進取的なる民衆の切実なる要求である。岩波文庫はこの要求に応じそれに励まされて生まれた。それは生命ある不朽の書を少数者の書斎と研究室とより解放して街頭にくまなく立たしめ民衆に伍せしめるであろう。近時大量生産予約出版の流行を見る。その広告宣伝の狂態はしばらくおくも、後代にのこすと誇称する全集がその編集に万全の用意をなしたるか。千古の典籍の翻訳企図に敬虔の態度を欠かざりしか。さらに分売を許さず読者を繫縛して数十冊を強うるがごとき、はたしてその揚言する学芸解放のゆえんなりや。吾人は天下の名士の声に和してこれを推挙するに躊躇するものである。このときにあたって、岩波書店は自己の責務のいよいよ重大なるを思い、従来の方針の徹底を期するため、すでに十数年以前より志して来た計画を慎重審議この際断然実行することにした。吾人は範をかのレクラム文庫にとり、古今東西にわたって文芸・哲学・社会科学・自然科学等種類のいかんを問わず、いやしくも万人の必読すべき真に古典的価値ある書をきわめて簡易なる形式において逐次刊行し、あらゆる人間に須要なる生活向上の資料、生活批判の原理を提供せんと欲する。この文庫は予約出版の方法を排したるがゆえに、読者は自己の欲する時に自己の欲する書物を各個に自由に選択することができる。携帯に便にして価格の低きを最主とするがゆえに、外観を顧みざるも内容に至っては厳選最も力を尽くし、従来の岩波出版物の特色をますます発揮せしめようとする。この計画たるや世間の一時の投機的なるものと異なり、永遠の事業として吾人は微力を傾倒し、あらゆる犠牲を忍んで今後永久に継続発展せしめ、もって文庫の使命を遺憾なく果たさしめることを期する。芸術を愛し知識を求むる士の自ら進んでこの挙に参加し、希望と忠言とを寄せられることは吾人の熱望するところである。その性質上経済的には最も困難多きこの事業にあえて当たらんとする吾人の志を諒として、その達成のため世の読書子とのうるわしき共同を期待する。

昭和二年七月

《日本文学(古典)》〔黄〕

古事記　倉野憲司校注
日本書紀　全五冊　坂本太郎・家永三郎・井上光貞・大野晋校注
万葉集　全五冊　佐竹昭広・山田英雄・工藤力男・大谷雅夫・山崎福之校注
竹取物語　阪倉篤義校訂
伊勢物語　大津有一校注
玉造小町子壮衰書 ―小野小町物語　杤尾武校注
古今和歌集　佐伯梅友校注
土左日記　紀貫之　鈴木知太郎校注
蜻蛉日記　今西祐一郎校注
紫式部日記　池田亀鑑・秋山虔校注
紫式部集 付 大弐三位集・藤原惟規集　紫式部　南波浩校注
源氏物語　全九冊　柳井滋・室伏信助・大朝雄二・鈴木日出男・藤井貞和・今西祐一郎校注
補作 源氏物語 山路の露・雲隠六帖 他二篇　今西祐一郎編注
枕草子　池田亀鑑校訂
和泉式部日記　清水文雄校注
更級日記　西下経一校注

今昔物語集　全四冊　池上洵一編
堤中納言物語　大槻修校注
西行全歌集　久保田淳・吉野朋美校注
建礼門院右京大夫集 付 平家公達草紙　久松潜一・久保田淳校注
拾遺和歌集　小町谷照彦・倉田実校注
後拾遺和歌集　久保田淳・平田喜信校注
金葉和歌集　川村晃生・柏木由夫・伊倉史人校注
詞花和歌集　工藤重矩校注
古語拾遺　斎部広成撰　西宮一民校注
王朝漢詩選　小島憲之編
新訂 方丈記　市古貞次校注
新訂 新古今和歌集　佐佐木信綱校訂
新訂 徒然草　西尾実・安良岡康作校注
平家物語　全四冊　梶原正昭・山下宏明校注
神皇正統記　北畠親房　岩佐正校注
御伽草子　全二冊　市古貞次校注
王朝秀歌選　樋口芳麻呂校注

定家八代抄 ―続王朝秀歌選　全二冊　樋口芳麻呂・後藤重郎校注
閑吟集　真鍋昌弘校注
中世なぞなぞ集　鈴木棠三編
千載和歌集　久保田淳校注
謡曲選集 読む能の本　野上豊一郎編
おもろさうし　外間守善校注
太平記　全六冊　兵藤裕己校注
好色一代男　井原西鶴　横山重校訂
好色五人女　井原西鶴　東明雅校註
武道伝来記　井原西鶴　前田金五郎・横山重校注
西鶴文反古　井原西鶴　片岡良一校訂
芭蕉紀行文集 付 嵯峨日記　中村俊定校注
芭蕉 おくのほそ道 付 曾良旅日記・奥細道菅菰抄　萩原恭男校注
芭蕉俳句集　中村俊定校注
芭蕉連句集　中村俊定・萩原恭男校注
芭蕉書簡集　萩原恭男校注
芭蕉文集　潁原退蔵編註

芭蕉俳文集 全二冊　堀切実編注
芭蕉自筆 奥の細道　上野洋三・櫻井武次郎校注
蕪村俳句集 付 春風馬堤曲 他二篇　尾形仂校注
蕪村七部集　伊藤松宇校訂
近世畸人伝　伴蒿蹊・森銑三校註
雨月物語　上田秋成・長島弘明校注
宇下人言 修行録　松平定信・松平定光校訂
新訂 一茶俳句集　丸山一彦校注
一茶 父の終焉日記・おらが春 他一篇　矢羽勝幸校注
増補 俳諧歳時記栞草 全二冊　曲亭馬琴編・藍亭青藍補・堀切実校注
北越雪譜　鈴木牧之編撰・京山人百樹刪定・岡田武松校訂
東海道中膝栗毛 全二冊　十返舎一九・麻生磯次校注
浮世床　式亭三馬・和田万吉校訂
梅暦 全二冊　為永春水・古川久校訂
百人一首一夕話 全二冊　尾崎雅嘉・古川久校訂
こぶとり爺さん・かちかち山 ―日本の昔ばなしI　関敬吾編
桃太郎・舌きり雀・花さか爺 ―日本の昔ばなしII　関敬吾編
一寸法師・さるかに合戦・浦島太郎 ―日本の昔ばなしIII　関敬吾編
芭蕉臨終記 花屋日記 付 芭蕉翁終焉記・前後日記・行状記　小宮豊隆校訂
醒睡笑 全二冊　安楽庵策伝・鈴木棠三校注
歌舞伎十八番の内 勧進帳　郡司正勝校注
江戸怪談集 全三冊　高田衛編・校注
柳多留名句選　山澤英雄選・粕谷宏紀校注
松蔭日記　上野洋三校注
鬼貫句選・独ごと　復本一郎校注
井月句集　復本一郎編
花見車・元禄百人一句　雲英末雄・佐藤勝明校注
江戸漢詩選 全二冊　揖斐高編訳
説経節 俊徳丸・小栗判官 他三篇　兵藤裕己編注

《日本思想》〔青〕

- 風姿花伝（花伝書）　世阿弥／野上豊一郎・西尾実校訂
- 五輪書　宮本武蔵／渡辺一郎校注
- 葉隠　全三冊　山本常朝／和辻哲郎・古川哲史校訂
- 養生訓・和俗童子訓　貝原益軒／石川謙校訂
- 貝原益軒 大和俗訓　石川謙校訂
- 蘭学事始　杉田玄白／緒方富雄校註
- 島津斉彬言行録　牧野伸顕序
- 塵劫記　吉田光由／大矢真一校注
- 兵法家伝書　付 新陰流兵法目録事　柳生宗矩／渡辺一郎校注
- 農業全書　宮崎安貞編録／貝原楽軒刪補／土屋喬雄校訂
- 上宮聖徳法王帝説　東野治之校注
- 霊の真柱　平田篤胤／子安宣邦校注
- 仙境異聞・勝五郎再生記聞　平田篤胤／子安宣邦校注
- 茶湯一会集・閑夜茶話　井伊直弼／戸田勝久校注
- 西郷南洲遺訓　附 手抄言志録及遺文　山田済斎編
- 文明論之概略　福沢諭吉／松沢弘陽校注

- 新訂 福翁自伝　富田正文校訂
- 学問のすゝめ　福沢諭吉
- 福沢諭吉教育論集　山住正己編
- 福沢諭吉家族論集　中村敏子編
- 福沢諭吉の手紙　慶應義塾編
- 新島襄の手紙　同志社編
- 新島襄 教育宗教論集　同志社編
- 新島襄自伝　―手記・紀行文・日記　同志社編
- 植木枝盛選集　家永三郎編
- 日本の下層社会　横山源之助
- 中江兆民 三酔人経綸問答　桑原武夫・島田虔次訳・校注
- 中江兆民評論集　松永昌三編
- 一年有半・続一年有半　中江兆民／井田進也校注
- 憲法義解　伊藤博文／宮沢俊義校註
- 日本風景論　志賀重昂／近藤信行校訂
- 日本開化小史　田口卯吉／嘉治隆一校訂
- 新訂 蹇蹇録　―日清戦争外交秘録　陸奥宗光／中塚明校注

- 茶の本　岡倉覚三／村岡博訳
- 武士道　新渡戸稲造／矢内原忠雄訳
- 新渡戸稲造論集　鈴木範久編
- キリスト信徒のなぐさめ　内村鑑三
- 余はいかにしてキリスト信徒となりしか　内村鑑三／鈴木範久訳
- 代表的日本人　内村鑑三／鈴木範久訳
- 後世への最大遺物・デンマルク国の話　内村鑑三
- 宗教座談　内村鑑三
- ヨブ記講演　内村鑑三
- 足利尊氏　山路愛山
- 徳川家康　全二冊　山路愛山
- 妾の半生涯　福田英子
- 三十三年の夢　宮崎滔天／島田虔次・近藤秀樹校注
- 善の研究　西田幾多郎
- 西田幾多郎哲学論集 II　―論理と生命 他四篇　上田閑照編
- 西田幾多郎哲学論集 III　―自覚について 他四篇　上田閑照編
- 西田幾多郎歌集　上田薫編

- 西田幾多郎講演集　田中裕編
- 西田幾多郎書簡集　藤田正勝編
- 帝国主義　幸徳秋水　山泉進校注
- 兆民先生 他八篇　幸徳秋水　梅森直之校注
- 基督抹殺論　幸徳秋水
- 貧乏物語　河上肇　大内兵衛解題
- 河上肇評論集　杉原四郎編
- 西欧紀行 祖国を顧みて　河上肇
- 中国文明論集　宮崎市定　礪波護編
- 史記を語る　宮崎市定
- 中国史 全二冊　宮崎市定
- 大杉栄評論集　飛鳥井雅道編
- 女工哀史　細井和喜蔵
- 奴隷 —小説・女工哀史1　細井和喜蔵
- 工場 —小説・女工哀史2　細井和喜蔵
- 初版 日本資本主義発達史 全二冊　野呂栄太郎
- 谷中村滅亡史　荒畑寒村

- 遠野物語・山の人生　柳田国男
- 海上の道　柳田国男
- 野草雑記・野鳥雑記　柳田国男
- 孤猿随筆　柳田国男
- 婚姻の話　柳田国男
- 都市と農村　柳田国男
- 十二支考 全二冊　南方熊楠
- 津田左右吉歴史論集　今井修編
- 特命全権大使 米欧回覧実記 全五冊　久米邦武編　田中彰校注
- 日本イデオロギー論　戸坂潤
- 古寺巡礼　和辻哲郎
- 風土 —人間学的考察　和辻哲郎
- イタリア古寺巡礼　和辻哲郎
- 倫理学 全四冊　和辻哲郎
- 人間の学としての倫理学　和辻哲郎
- 日本倫理思想史 全四冊　和辻哲郎
- 「いき」の構造 他二篇　九鬼周造

- 九鬼周造随筆集　菅野昭正編
- 偶然性の問題　九鬼周造
- 時間論 他二篇　九鬼周造　小浜善信編
- 田沼時代　辻善之助
- パスカルにおける人間の研究　三木清
- 構想力の論理 全二冊　三木清
- 漱石詩注　吉川幸次郎
- 新版 きけわだつみのこえ —日本戦没学生の手記　日本戦没学生記念会編
- 新版 第二集 きけわだつみのこえ —日本戦没学生の手記　日本戦没学生記念会編
- 君たちはどう生きるか　吉野源三郎
- 地震・憲兵・火事・巡査　山崎今朝弥　森長英三郎編
- 懐旧九十年　石黒忠悳
- 武家の女性　山川菊栄
- 覚書 幕末の水戸藩　山川菊栄
- 忘れられた日本人　宮本常一
- 家郷の訓　宮本常一
- 大阪と堺　三浦周行　朝尾直弘編

国家と宗教 —ヨーロッパ精神史の研究　南原　繁
石橋湛山評論集　松尾尊兊編
民藝四十年　柳　宗悦
手仕事の日本　柳　宗悦
工藝文化　柳　宗悦
南無阿弥陀仏 付 心偈　柳　宗悦
柳宗悦茶道論集　熊倉功夫編
雨夜譚 —渋沢栄一自伝　長　幸男校注
中世の文学伝統　風巻景次郎
平塚らいてう評論集　小林登美枝・米田佐代子編
最暗黒の東京　松原岩五郎
日本の民家　今　和次郎
原爆の子 —広島の少年少女のうったえ 全二冊　長田　新編
暗黒日記 —一九四二—一九四五　清沢　洌　山本義彦編
臨済・荘子　前田利鎌
『青鞜』女性解放論集　堀場清子編
大津事件 —ロシア皇太子大津遭難　尾佐竹猛　三谷太一郎校注

幕末遣外使節物語 —夷狄の国へ　尾佐竹猛　吉良芳恵校注
極光のかげに —シベリア俘虜記　高杉一郎
イスラーム文化 —その根柢にあるもの　井筒俊彦
意識と本質 —精神的東洋を索めて　井筒俊彦
神秘哲学 —ギリシアの部　井筒俊彦
意味の深みへ —東洋哲学の水位　井筒俊彦
コスモスとアンチコスモス 東洋哲学のために　井筒俊彦
幕末政治家　福地桜痴　佐々木潤之介校注
渡辺一夫評論選 狂気について 他二十二篇　大江健三郎・清水　徹編
維新旧幕比較論　木下真弘　宮地正人校注
被差別部落一千年史　高橋貞樹　沖浦和光校注
花田清輝評論集　粉川哲夫編
英国の文学　吉田健一
中井正一評論集　長田　弘編
山びこ学校　無着成恭編
考史遊記　桑原隲蔵
福沢諭吉の哲学 他六篇　丸山眞男　松沢弘陽編

政治の世界 他十篇　丸山眞男　松本礼二編注
超国家主義の論理と心理 他八篇　丸山眞男　古矢　旬編
田中正造文集 全二冊　由井正臣・小松　裕編
国語学史　時枝誠記
定本 育児の百科 全三冊　松田道雄
大西祝選集 哲学篇 全二冊　小坂国継編
哲学の三つの伝統 他十二篇　野田又夫
大隈重信演説談話集　早稲田大学編
大隈重信自叙伝　早稲田大学編
人生の帰趣　山崎弁栄
転回期の政治　宮沢俊義
何が私をこうさせたか —獄中手記　金子文子
明治維新　遠山茂樹
禅海一瀾講話　釈　宗演
明治政治史　岡　義武
転換期の大正　岡　義武
山県有朋 —明治日本の象徴　岡　義武

近代日本の政治家　岡　義武

ニーチェの顔 他十三篇　氷上英廣　三島憲一編

伊藤野枝集　森まゆみ編

前方後円墳の時代　近藤義郎

日本の中世国家　佐藤進一

岩波茂雄伝　安倍能成

《日本文学（現代）》〔緑〕

怪談 牡丹燈籠	三遊亭円朝
小説神髄	坪内逍遥
当世書生気質	坪内逍遥
アンデルセン 即興詩人 全二冊	森鷗外訳
ウィタ・セクスアリス	森鷗外
青年	森鷗外
雁	森鷗外
阿部一族 他二篇	森鷗外
山椒大夫・高瀬舟 他四篇	森鷗外
渋江抽斎	森鷗外
舞姫・うたかたの記 他三篇	森鷗外
鷗外随筆集	千葉俊二編
大塩平八郎 他三篇	森鷗外
浮雲	二葉亭四迷 十川信介校注
吾輩は猫である	夏目漱石
坊っちゃん	夏目漱石
草枕	夏目漱石
虞美人草	夏目漱石
三四郎	夏目漱石
それから	夏目漱石
門	夏目漱石
彼岸過迄	夏目漱石
漱石文芸論集	磯田光一編
行人	夏目漱石
こころ	夏目漱石
硝子戸の中	夏目漱石
道草	夏目漱石
明暗	夏目漱石
思い出す事など 他七篇	夏目漱石
文学評論 全二冊	夏目漱石
夢十夜 他二篇	夏目漱石
漱石文明論集	三好行雄編
倫敦塔・幻影の盾 他五篇	夏目漱石
漱石日記	平岡敏夫編
漱石書簡集	三好行雄編
漱石俳句集	坪内稔典編
漱石・子規往復書簡集	和田茂樹編
文学論 全二冊	夏目漱石
坑夫	夏目漱石
漱石紀行文集	藤井淑禎編
二百十日・野分	夏目漱石
五重塔	幸田露伴
努力論	幸田露伴
一国の首都 他一篇	幸田露伴
渋沢栄一伝	幸田露伴
飯待つ間 —正岡子規随筆選	正岡子規 阿部昭編
子規句集	高浜虚子選
病牀六尺	正岡子規
子規歌集	土屋文明編
墨汁一滴	正岡子規

- 仰臥漫録　正岡子規
- 歌よみに与ふる書　正岡子規
- 獺祭書屋俳話・芭蕉雑談　正岡子規
- 子規紀行文集　復本一郎編
- 正岡子規ベースボール文集　復本一郎編
- 金色夜叉 全二冊　尾崎紅葉
- 多情多恨　尾崎紅葉
- 不如帰　徳冨蘆花
- 武蔵野　国木田独歩
- 運命　国木田独歩
- 愛弟通信　国木田独歩
- 蒲団・一兵卒　田山花袋
- 田舎教師　田山花袋
- 一兵卒の銃殺　田山花袋
- あらくれ・新世帯　徳田秋声
- 藤村詩抄　島崎藤村自選
- 破戒　島崎藤村

- 桜の実の熟する時　島崎藤村
- 夜明け前 全四冊　島崎藤村
- 藤村文明論集　十川信介編
- 生ひ立ちの記 他一篇　島崎藤村
- 島崎藤村短篇集　大木志門編
- にごりえ・たけくらべ　樋口一葉
- 大つごもり・十三夜 他五篇　樋口一葉
- 修禅寺物語・正雪の二代目 他四篇　岡本綺堂
- 高野聖・眉かくしの霊　泉鏡花
- 歌行燈　泉鏡花
- 夜叉ケ池・天守物語　泉鏡花
- 草迷宮　泉鏡花
- 春昼・春昼後刻　泉鏡花
- 鏡花短篇集　川村二郎編
- 日本橋　泉鏡花
- 外科室・海城発電 他五篇　泉鏡花
- 海神別荘 他二篇　泉鏡花

- 鏡花随筆集　吉田昌志編
- 化鳥・三尺角 他六篇　泉鏡花
- 鏡花紀行文集　田中励儀編
- 俳句はかく解しかく味う　高浜虚子
- 俳句への道　高浜虚子
- 立子へ抄 ―虚子より娘へのことば　高浜虚子
- 回想 子規・漱石　高浜虚子
- 有明詩抄　蒲原有明
- 宣言　有島武郎
- カインの末裔・クララの出家　有島武郎
- 一房の葡萄 他四篇　有島武郎
- 寺田寅彦随筆集 全五冊　小宮豊隆編
- 柿の種　寺田寅彦
- 与謝野晶子歌集　与謝野晶子自選
- 与謝野晶子評論集　鹿野政直・香内信子編
- 私の生い立ち　与謝野晶子
- つゆのあとさき　永井荷風

濹東綺譚	永井荷風
荷風随筆集 全二冊	野口冨士男編
摘録 断腸亭日乗 全二冊	永井荷風／磯田光一編
すみだ川・新橋夜話 他一篇	永井荷風
あめりか物語	永井荷風
下谷叢話	永井荷風
ふらんす物語	永井荷風
荷風俳句集	加藤郁乎編
花火・来訪者 他十一篇	永井荷風
問はずがたり・吾妻橋 他十六篇	永井荷風
斎藤茂吉歌集	山口茂吉・柴生田稔・佐藤佐太郎編
鈴木三重吉童話集	勝尾金弥編
小僧の神様 他十篇	志賀直哉
暗夜行路 全二冊	志賀直哉
志賀直哉随筆集	高橋英夫編
高村光太郎詩集	高村光太郎
北原白秋歌集	高野公彦編
北原白秋詩集 全二冊	安藤元雄編
フレップ・トリップ	北原白秋
友情	武者小路実篤
釈迦	武者小路実篤
銀の匙	中勘助
若山牧水歌集	伊藤一彦編
新編 みなかみ紀行	若山牧水／池内紀編
新編 百花譜百選	木下杢太郎画／前川誠郎編
新編 啄木歌集	久保田正文編
吉野葛・蘆刈	谷崎潤一郎
卍（まんじ）	谷崎潤一郎
谷崎潤一郎随筆集	篠田一士編
多情仏心 全二冊	里見弴
道元禅師の話	里見弴
今年竹 全二冊	里見弴
萩原朔太郎詩集	三好達治選
郷愁の詩人 与謝蕪村	萩原朔太郎
猫町 他十七篇	萩原朔太郎／清岡卓行編
恋愛名歌集	萩原朔太郎
恩讐の彼方に・忠直卿行状記 他八篇	菊池寛
菊池寛戯曲集 父帰る・藤十郎の恋	石割透編
河明り 老妓抄 他一篇	岡本かの子
春泥・花冷え	久保田万太郎
大寺学校 ゆく年	久保田万太郎
久保田万太郎俳句集	恩田侑布子編
室生犀星詩集	室生犀星自選
随筆 女ひと	室生犀星
室生犀星俳句集	岸本尚毅編
出家とその弟子	倉田百三
羅生門・鼻・芋粥・偸盗	芥川竜之介
地獄変・邪宗門・好色・藪の中 他七篇	芥川竜之介
河童 他二篇	芥川竜之介
歯車 他二篇	芥川竜之介
蜘蛛の糸・杜子春・トロッコ 他十七篇	芥川竜之介

侏儒の言葉・文芸的な、余りに文芸的な	芥川竜之介
芥川竜之介書簡集	石割透編
芥川竜之介随筆集	石割透編
蜜柑・尾生の信 他十八篇	芥川竜之介
年末の一日・浅草公園 他十七篇	芥川竜之介
芥川竜之介紀行文集	山田俊治編
田園の憂鬱	佐藤春夫
海に生くる人々	葉山嘉樹
葉山嘉樹短篇集	道籏泰三編
嘉村礒多集	岩田文昭編
日輪・春は馬車に乗って 他八篇	横光利一
宮沢賢治詩集	谷川徹三編
童話集 風の又三郎 他十八篇	宮沢賢治 谷川徹三編
童話集 銀河鉄道の夜 他十四篇	宮沢賢治 谷川徹三編
山椒魚・遙拝隊長 他七篇	井伏鱒二
川釣り	井伏鱒二
井伏鱒二全詩集	井伏鱒二

太陽のない街	徳永直
黒島伝治作品集	紅野謙介編
伊豆の踊子・温泉宿 他四篇	川端康成
雪国	川端康成
山の音	川端康成
川端康成随筆集	川西政明編
三好達治詩集	桑原武夫 大槻鉄男選
詩を読む人のために	三好達治
夏目漱石 全二冊	小宮豊隆
新編 思い出す人々	内田魯庵 紅野敏郎編
檸檬《レモン》・冬の日 他九篇	梶井基次郎
蟹工船 一九二八・三・一五	小林多喜二
富嶽百景・走れメロス 他八篇	太宰治
斜陽 他一篇	太宰治
人間失格・グッド・バイ 他一篇	太宰治
津軽	太宰治
お伽草紙・新釈諸国噺	太宰治

右大臣実朝 他一篇	太宰治
真空地帯	野間宏
日本唱歌集	堀内敬三 井上武士編
日本童謡集	与田凖一編
至福千年	石川淳
小林秀雄初期文芸論集	小林秀雄
近代日本人の発想の諸形式 他四篇	伊藤整
小説の認識	伊藤整
中原中也詩集	大岡昇平編
ランボオ詩集	中原中也訳
晩年の父	小堀杏奴
夕鶴・彦市ばなし 他二篇 ―木下順二戯曲選II―	木下順二
元禄忠臣蔵 全二冊	真山青果
随筆滝沢馬琴	真山青果
みそっかす	幸田文
古句を観る	柴田宵曲
俳諧随筆 蕉門の人々	柴田宵曲

岩波文庫の最新刊

E・H・カー著／中村研一訳
平和の条件

第二次世界大戦下に出版された戦後構想。破局をもたらした根本原因をさぐり、政治・経済・国際関係の変革を、実現可能なユートピアとして示す。
〔白二二-二〕 **定価一七一六円**

澤西祐典・柴田元幸編訳
芥川龍之介選
英米怪異・幻想譚

芥川が選んだ「新らしい英米の文芸」は、当時の〈世界文学〉最前線であった。芥川自身の作品にもつながる〈怪異・幻想〉の世界が、十二名の豪華訳者陣により蘇る。
〔赤N二〇八-一〕 **定価一五七三円**

正岡子規著
俳諧大要

正岡子規(一八六七-一九〇二)による最良の俳句入門書。初学者へ向けて要諦を簡潔に説く本書には、俳句革新を志す子規の気概があふれている。
〔緑一三-七〕 **定価五七二円**

レッシング作／笠原賢介訳
賢者ナータン

十字軍時代のエルサレムを舞台に、ユダヤ人商人ナータンが宗教的対立を超えた和合の道を示す。寛容とは何かを問うたレッシングの代表作。
〔赤四〇四-二〕 **定価一〇〇一円**

……今月の重版再開……

曲亭馬琴著／徳田武校注
近世物之本江戸作者部類
〔黄二二五-七〕 **定価一二七六円**

実吉捷郎訳
トオマス・マン短篇集
〔赤四三三-四〕 **定価一一五五円**

岩波文庫の最新刊

サン＝テグジュペリ作／野崎 歓訳

夜間飛行・人間の大地

「愛するとは、ともに同じ方向を見つめること」――長距離飛行の先駆者＝作家が、天空と地上での生の意味を問う代表作二作。原文の硬質な輝きを伝える新訳。〔赤N五一六-二〕 定価一二二一円

久保田淳校注

百人一首

藤原定家撰とされてきた王朝和歌の詞華集《アンソロジー》。代表的な古典文学として愛誦されてきた。近世までの諸注釈に目配りをして、歌の味わいを楽しむ。〔黄一二七-四〕 定価一七一六円

ショーペンハウアー著／藤野 寛訳

自殺について 他四篇

名著『余録と補遺』から、生と死をめぐる五篇を収録。人生とは欲望が満たされぬ苦しみの連続であるが、自殺は偽りの解決策として斥ける。新訳。〔青六三二-一〕 定価七七〇円

ゲルツェン著／金子幸彦・長縄光男訳

過去と思索（七）

一八六三年のポーランド蜂起を支持したゲルツェンは、ロシアの世論から孤立し、新聞《コロコル》も終刊、時代の変化を痛感する。〔青N六一〇-八〕 定価一七一六円 （全七冊完結）

……今月の重版再開……

中 勘助作

鳥の物語

定価一〇一二円 〔緑五一-二〕

中 勘助作

提婆達多

定価八五八円 〔緑五一-五〕

定価は消費税10％込です

2025.5